KB064452

발자크와 스탕달

발자크와 스탕달

— 두 거장의 대화

발자크 · 스탕달 지음

이충훈 엮고 옮김

도서출판 b

| 일러두기 |

1. 이 책은 오노레 드 발자크가 『르뷔 파리지엔*Revue parisienne*』에
   실은 「벨 씨에 대한 연구Etudes sur M. Beyle」(1840년 9월 25일자)
   및 이 서평에 대해 스탕달이 발자크에게 보낸 편지(*Correspondance
   de Stendhal*, éd. Ad. Paupe et P.-A. Cheramy, t. III, Paris, Charles
   Bosse, 1908, pp. 257-262)를 번역한 것이다. 발자크의 서평은
   Balzac, Ecrits sur le roman, éd. Stéphane Vachon, Le Livre de
   Poche, 2000, pp. 195-274를 대본으로 삼고, 내용의 이해를 돕기
   위해 이 책에 실린 편집자 주를 번역해 실었다.
2. 부록에 실은 스탕달의 세 통의 편지 초고는 Stendhal, *La Chartreuse
   de Parme*, Paris, Le Livre de poche, 2000, pp. 723-734를, 역시
   스탕달의 두 편의 짧은 글 「월터 스코트와 『클레브 공작부인』」과
   「문체론」은 Stendhal, *Racine et Shakespeare - études sur le roman-
   tisme*, Paris, Michel Lévy Frères, 1854, pp. 294-298, pp. 299-321을
   번역한 것이다.
3. 발자크의 「벨 씨에 대한 연구」에서 앞서 언급한 스테판 바숑의
   편집자 주와 역자가 붙인 주석을 별도로 구분하지 않았다. 스탕달
   의 글에 붙인 주석은 모두 역자의 것이다.

LITTÉRATURE.

ETUDES SUR M. BEYLE.

(FRÉDÉRIC STENDAHL).

Dans notre époque , la littérature a bien évidem-
ment trois faces ; et loin d'être un symptôme de
décadence , cette triplicité, expression forgée par
M. Cousin èn haine du mot *trinité*, me semble un effet
assez naturel de l'abondance des talens littéraires :
elle est l'éloge du dix-neuvième siècle qui n'offre
pas une seule et même forme, comme le dix-sep-
tième et le dix-huitième siècle, lesquels ont plus ou
moins obéi à la tyrannie d'un homme ou d'un sys-
tème.

Ces trois formes, faces ou systèmes, comme il vous
plaira de les appeler, sont dans la nature et corres-
pondent à des sympathies générales qui devaient se
déclarer dans un temps où les Lettres ont vu, par
la diffusion des lumières , s'agrandir le nombre des
appréciateurs, et la lecture faire des progrès inouis.

Dans toutes les générations et chez tous les peu-
ples, il est des esprits élégiaques, méditatifs, contem-

▲ 발자크가 『르뷔 파리지엔*Revue parisienne*』에 실은 「벨 씨에 대한 연구Etudes
sur M. Beyle」(1840년 9월 25일자) 첫 장. 스탕달 철자의 오기가 보인다.

• 차 례 •

벨 씨에 대한 연구

발자크

우리 시대 문학은 세 얼굴을 하고 있음이 틀림없다.
'삼위일체la trinité'라는 말에 진저리를 쳤던 쿠쟁 씨[1]는

---

1.   발자크는 1816년부터 1820년까지 소르본 대학에서 빅토르
     쿠쟁의 강의를 수강한 것으로 알려져 있다. 그렇대도 쿠쟁의
     책을 직접 읽은 것 같지는 않다. 『루이 랑베르』에서 발자크는
     "한 철학 교수는 플라톤이 왜 플라톤인지를 설명해 유명해지기
     도 하더군요"(『루이 랑베르』, 송기정 역, 문학동네, 2010, 98-
     99쪽)라는 빈정거리는 어조로 그의 이름을 언급한다. 발자크가
     쿠쟁의 영향을 받았는지 여부에 대해서는 의견이 갈린다. 필립
     베르토(『발자크와 종교*Balzac et la religion*』, p. 57), 아리에트
     미셸(『초기 소설에 나타나는 "신비적" 양상*Aspects "mysthiques"
     des romans de jeunesse*』, p. 29), 알베르 피리우(『발자크 작품에
     나타난 프로테스탄트의 영향*Influencens protestantes sur l'oeu-*

9

이를 삼중성^{triplicité}이라고 표현했다. 이는 쇠락^{déca-}
^{dence}의 징후이기는커녕, 문학적 재능들이 넘쳐날 때
생기는 자연스러운 결과가 아닐까 한다. 이 삼중성이라
는 표현이야말로 19세기에 바치는 찬사가 아닐까?
17~18세기에 형식이란 그저 하나뿐이었고, 정도의
차이는 있지만 한 사람이나 하나의 체계에 복종했지만
과연 우리 시대가 그러한가?

이를 여러분 좋으실 대로 세 가지 형식, 세 가지
양상, 세 가지 체계로 불러도 좋겠다. 하나가 아니라
셋이 된 것도 당연한 일이다. 지식의 보급으로 문학을
감상하는 사람 수가 폭발적으로 늘었고, 독서 수준도
전례 없이 높아진 시대가 왔으니 공감의 형태도 여럿으
로 나타날 수밖에 없다.

어떤 세대든, 어떤 민족이든 애상哀傷, 사색, 명상에
젖는 사람들이 있게 마련이다. 그들은 특히 위대한
이미지들, 자연이 펼쳐놓는 광대무변한 광경에 열중하

---

vre de Blazac』, pp. 246-247)는 긍정적인 입장이며, 기용(『정
치 사회 사상*La pensée politique et sociale*』, p. 26)과 막스
앙드레올리(「발자크, 쿠쟁, 절충주의Balzac, Cousin et l'éclec-
tisme」, pp. 37-81)는 이에 부정적인 입장이다.

면서 그런 것들을 자기 내면으로 옮긴다. 여기서 하나의 유파가 등장하는데, 나는 그것을 '이미지 문학Littérature des Images'으로 부르고 싶다. 서정시와 서사시를 대표적인 장르로 꼽을 수 있겠으나, 세상만사를 이런 방식으로 바라보는 모든 장르가 이 분류를 따른다.

이와는 반대로 활기에 넘치는 영혼을 가진 사람들도 있다. 이들은 속도, 변화무쌍함, 간결함, 충격, 행동, 드라마를 즐긴다. 논쟁을 멀리하고, 몽상의 취향은 없다시피 한 이들은 성과를 얻는 데 만족하는 사람들이다. 여기서 첫 번째 유파와 맞서는 다른 유파가 등장하는데, 나는 그것을 '관념 문학Littérature des Idées'이라고 부르고 싶다.

마지막으로 이 둘을 다 가진 사람들도 있다. '머리 둘을 가진bifrons'[2] 지성은 모든 것을 포괄하고자 한다. 세상만사를 총체적으로 바라보는 시각이 없다면 완전

---

2.   야누스처럼 두 개의 머리를 가진 석상이나 흉상을 가리키는 라틴어이다. 『잃어버린 환상』에서 야심 많은 젊은 문학청년 뤼시앵을 문학담당 신문기자로 데뷔시키는 블롱데는 그에게 다음과 같이 말한다. "사상의 영역에서는 모든 것이 양면적이지. 관념이라는 것은 이원적이야. 야누스는 비평의 신화요, 재능의 상징이야"(『잃어버린 환상』, 이철 역, 서울대학교 출판부, 2012, 420쪽).

성도 없다고 생각하는 그들은 서정시냐 행동이냐, 드라마냐 오드냐를 따지기에 앞서 어느 것도 버리려 들지 않는다. '절충 문학Eclectisme littéraire[3]'이라 할 이 유파는 세계를 있는 그대로[4] 제시해야 한다고 본다. 그래서

3. 빅토르 쿠쟁은 『철학 강의』 13강(1828년 7월 17일)에서 절충주의를 "상반된 것들의 결합"으로 정의한다. "그것은 칸트의 관념론과 로크의 감각론처럼 두 체계를 길항하게 만드는 배타적인 입장들을 버리는 것이고, 이들이 포함하는 모든 진리를 받아들이는 것이고, […] 보다 포괄적인 시각으로 모든 진리를 화해시키는 것이다." 그는 다른 곳에서 이렇게 썼다. "존재, 자아, 비非자아는 결코 흔들리지 않는 의식의 세 요소이다. 이 세 요소는 의식에서, 즉 현재 의식의 발현과정에서뿐 아니라, 의식의 첫 단계는 물론 의식의 마지막 단계에서도 발견된다. 그러니 여러분이 셋 중 하나를 파괴한다면 다른 둘의 가능성도 역시 파괴하는 셈이다. 이것이 절충주의다"(피송과 디디에, 1828; 파야르, 1991, 343쪽, 346-347쪽). 발자크가 절충주의라는 말을 사용한 것은 다양한 관점들 가운데 중립성을 지키기 위한 것이라기보다는 "세상만사를 바라보는 총체적인 시각"을 통해 이들 관점을 종합하고 지양하기 위해서인 것 같다. 1829년에 출간한 『결혼의 생리학』의 부제는 "혹은 가정의 행복과 불행에 대한 한 젊은 독신자의 절충주의적 명상"이다. 이 주제에 대해서는 막스 안드레올리, 「발자크, 쿠쟁, 절충주의」, L'Année Balzacienne, 1971, 37-81쪽 참조.

4. 이 표현은 아스톨프 드 퀴스틴 후작le marquis Astolphe de Custine의 것이다. 그의 소설 『있는 그대로의 세상Le Monde comme il est』은 1835년 1월 초에 출간되었다. 후작은 발자크에게 바치는 헌사(「한 피그미가 거인에게 영예를 돌리며」)를 담은 책 한 부를 보냈다. 발자크는 『르뷔 드 파리Revue de

이미지와 관념을 모두 추구하고, 이미지 속에 관념을 넣거나 관념 속에 이미지를 넣고, 변화무쌍함과 차분한 몽상을 모두 그려보고자 한다. 월터 스코트야말로 이러한 절충적 본성ces natures éclectiques을 완벽히 충족한 작가이다. [5]

어떤 입장이 지배적[6]인가? 정말 모르겠다. 이 차이는

Paris』지에 이 책의 서평을 쓰려고 했지만 완성하지 못했다.

5. 『잃어버린 환상』에서 뤼시앵은 파리에서 젊고 진지한 문학 서클에 그를 소개한 다르테즈에게 다음과 같은 작품 평을 듣는다. "[…] 하지만 당신 작품은 고칠 데가 많아요. 월터 스코트를 흉내 내는 원숭이가 되고 싶지 않다면 다른 방식을 만들어야 하는데, 당신은 그를 모방했어요. […] 스코트는 여자를 모두 하나의 관념으로 끌어들임으로써, 다소간 생생한 착색으로 다양해지긴 하지만, 동일한 유형의 여러 인물들을 뽑아낼 수 있었을 뿐입니다"(『잃어버린 환상』, 앞의 책, 239-240쪽).

6. 『잃어버린 환상』에서 신문기자 에티엔 루스토는 뤼시앵에게 다음과 같이 충고한다. "보세요. 댁은 악착스러운 싸움의 한복판에 있어요. 빨리 결정해야 합니다. 문학은 우선 여러 지대로 분할되어 있는데, 대작가들은 두 진영으로 나뉘어 있지요. 왕당파들은 낭만주의자이고, 자유파들은 고전주의자입니다. […] 낭만주의 왕당파는 문학적 자유와 우리의 문학에 적절한 형식을 부여하는 법칙의 혁신을 요구하는 반면, 자유파는 통일성과 12음절 시형과 고전주의적 주제를 유지하고자 해요. […] 댁이 절충주의자라면, 아무도 편을 들어주지 않을 겁니다. 어느 쪽에 서겠어요? […] 낭만주의자가 되세요. 낭만주의자들은 젊은이들로 구성되어 있어요. 고전주의자들은 가발이구요. 낭만주의자들이 승리할 겁니다. 가발이라는 단어는 낭만주의파

자연적으로 생긴 것이니 여기서 억지로 결론을 끌어내려들지 않았으면 좋겠다. 이미지 유파의 시인이라 관념이 없고, 관념 유파의 시인이라 아름다운 이미지를 만들어낼 줄 모른다는 말을 들어 보셨는가.[7] 이 세 가지 형식은 그저 시인들의 작품을 읽을 때 갖게 되는 인상, 작가가 사유를 부어넣는 주형鑄型, 작가의 정신이 따르는 경향에 부합할 뿐이다. 이미지란 한 가지 관념에 호응하지 않는가. 더 정확히 말하자면 관념들의 집합이라 할 한 가지 '감정'에 호응한다. 하지만 반대로 관념이

저널리즘이 최근에 찾아낸 것으로, 그것은 고전주의자들을 괴상한 사람들로 만들어버렸다"(『잃어버린 환상』, 앞의 책, 269-270쪽).

7. 『잃어버린 환상』에서 블롱데는 뤼시앵에게 신문기자 직업을 택하도록 하면서 '기사 쓰는 법'을 다음과 같이 전수한다. "이 책에서 결점을 찾아내기 위해 그 비평가는 이 책에 대해 여러 이론을 만들어내지 않을 수 없었던 바, 그것은 두 문학, 즉 관념에 몰두하는 문학과 이미지에 몰두하는 문학을 구분하는 것이었다. 여기에서 자네는 말이야, 문학의 최고 단계는 관념을 이미지 속에 새기는 것이라고 말해. 이미지야말로 시의 모든 것이라는 것을 증명하려고 노력하면서, 자네는 우리 국어로 쓰인 것 중에는 시가 별로 없다는 것에 대해 한탄을 하고, 우리 문체의 실증주의에 관해 외국인들이 퍼붓는 비난에 대해 말을 해. 그리고 자네는 카날리스와 나탕이 프랑스어를 탈산문화함으로써 프랑스에 기여한 바를 칭송하는 거야"(『잃어버린 환상』, 앞의 책, 422-423쪽).

항상 이미지로 표현되는 것은 아니다. 관념은 고생스럽게 전개되지 않으면 안 되는데, 모든 사람이 이런 능력을 가진 것은 아니다. 이미지가 대중적이고 이해하기 쉬워 보이는 것이 이런 까닭이다. 빅토르 위고 씨의 소설 작품 『파리의 노트르담』과 지난 세기 소설 프레보 신부의 『마농 레스코』가 동시에 출판되었다고 가정해 보자. 『파리의 노트르담』은 『마농 레스코』보다 비교가 되지 않을 정도로 빠르게 수많은 대중의 마음을 사로잡을 테니, 민중의 목소리Vox populi만을 굽실거리며 따르는 사람들은 전자가 후자를 압도한다고 생각할 것이다.

그렇대도 한 작품이 장르와는 별개로 이상l'Idéal의 법칙과 형식la Forme의 법칙을 따르지 않는다면 인간의 기억에서 이내 종적을 감춘다. 문학에서 말하는 이미지와 관념은 정확히 회화에서 말하는 데생과 색채에 해당한다. 루벤스와 라파엘로는 회화사에 길이 남을 두 거장이다. 하지만 라파엘로가 색채주의자가 아니라고 믿는다면 그것처럼 잘못 생각하는 일이 없을 것이다. 또 저 유명한 플랑드르의 화가 루벤스가 데생주의자가 아니라고 믿는 사람이 제노바의 예수회 성당에 있는 그의 그림[8] 앞에 서본다면 그만 머리를 숙이고 말 것이다. 그 그림이야말로 대생의 찬사나 다름없으니 말이다.

 벨 씨는 스탕달이라는 필명으로 더 잘 알려진 분인데 내가 보기에 '관념 문학' 진영의 발군의 거장이다. 이 진영에 속한 분으로는 알프레드 드 뮈세, 메리메, 레옹 고즐랑, 베랑제, 들라비뉴, 귀스타브 플랑슈, 지라르댕 부인, 알퐁스 카르, 샤를 노디에를 꼽을 수 있다.[9] 앙리

---

8.   "[제노바에서] 루벤스는 교단과 개인을 대상으로 수많은 그림과 초상화를 그렸다. 그는 예수회 성당 산안브로치오Sant'Ambrogio 를 위해 그림 두 점을 그렸다. 이 두 작품은 루벤스가 이탈리아에서 그린 작품 중 최고로 봐도 좋다. 하나는 이탈리아 방식의 스타일과 색채를 취해 열두 명의 인물로 구성된 것으로 할례의식을 재현했다. 다른 하나는 다들 잘 알고 있는 이 거장의 방식으로 구상된 것으로 병자들과 마귀 들린 자들을 치유하는 성 이냐시오를 재현했다"(André Van Husselt, *Histoire de P.P. Rubens*, Bruxelles, 1840, 24쪽). 발자크는 1837년 3월과 1838년 4월에 제노바를 지나갔는데, 이때 마테오티 광장에 자리 잡고 있는 산암브로치오 성당에서 루벤스의 그림을 감상할 기회가 있었을 것이다.

9.   뮈세, 메리메, 베랑제, 들라비뉴, 노디에는 명성을 누린 작가들이지만, 발자크는 이 명단에 자신의 헌신적인 친구들의 이름도 슬쩍 집어넣었다. 레옹 고즐랑(1803-1866)은 소설가이자 기자로 발자크를 추억하는 인상 깊은 글을 남겼다(『실내화를 신은 발자크*Balzac en pantoufles*』(Hetzezl, 1856), 『자기 집의 발자크, 레 자르디의 추억*Balzac chez lui, Souvenirs des Jardies*』 (Michel-Lévy, 1862)). 델핀 드 자라르댕(1804-1855)은 시인

모니에도 그가 쓴 소小희극[10]에 두드러진 진실성이라는 면에서 볼 때 이 진영 사람이다. 모니에의 극에 중심 사상idée mère이 없는 경우가 많기는 해도 이 유파의 특징 중 하나인 엄격하면서도 자연스러운 관찰이 적지 않다.[11]

이 유파의 멋진 저작들이 벌써 나와 있다. 풍부하게

이자 문인으로, 남편인 에밀 지라르댕이 운영하는 『라 프레스La Presse』 및 여러 유명 저널에 글을 실었던 칼럼니스트였다. 알퐁스 카르(1808-1890)는 『르 피가로Le Figaro』지에서 근무하다가 『레 게프Les Guêpes』지의 주간으로 옮겼는데 이 저널의 첫 호가 1839년 11월에 나왔다. 발자크의 『르뷔 파리지엔Revue parisienne』이 큰 영향을 받았다. 귀스타브 플랑슈(1808-1857)는 『라르티스트L'Artiste』와 『양세계 평론Revue des Deux Mondes』에서 동시에 일했는데, 발자크는 1836년에 그를 『파리 연대기 Chronique de Paris』에 고용했다.

10. 아카데미 프랑세즈 사전은 Proverbe라는 말을 "사교계에서 공연되는 일종의 소小희극으로 관객으로 하여금 희극에 담긴 교훈의 의미를 찾아보도록 하는 극"으로 정의한다(아카데미 프랑세즈 사전, 1835년).

11. 발자크는 앙리 모니에(1799-1877)의 재능에 호평을 아끼지 않았다. 모니에는 캐리커처 화가, 희극배우, 작가이면서, 『프뤼돔 씨Monsieur Prudhomme』의 저자이기도 했다. 발자크와 모니에는 1828-1830년 사이에 친구가 되었다. 발자크는 1830년 5월 15일자 『르 볼뢰르Le Voleur』에서 모니에의 『민중의 정경 Les Scènes populaires』을 소개하고 석판화 앨범 『레크레아시옹 Récréations』(La Caricature, 1832년 5월 31일)의 서평을 썼다. 모니에는 『인간희극』의 삽화를 담당하기도 했다.

담긴 사실들, 소박한 이미지, 간결함, 명증성, 볼테르식 촌철살인, 18세기식 화법, 특히 희극적인 표현이 두드러진다는 점에서 이들의 진가를 알 수 있다. 벨 씨와 메리메 씨의 작품은 진지함에서 대단한 깊이를 보여주고 있지만, 사실들을 제시하는 방식에는 무언지 모르게 냉소적이고 빈정대는 투가 있다. 그러니까 이 두 사람의 작품에는 희극적인 데가 있는 것이다. 얼음 속의 도가니라고나 할까.

빅토르 위고 씨는 '이미지 문학'에서 가장 걸출한 재능을 가진 분임이 확실하다. 라마르틴 씨도 이 유파 사람이다. 유파의 이름은 샤토브리앙 씨가 붙였는데, 이들은 발랑슈 씨를 시조로 하는 철학으로 무장하고 있다. 오베르만[12]도 여기 속한다. 앙투안 알렉상드르

---

12. 세낭쿠르(1770–1846)의 자전적 소설(1804)로, 발자크는 『고리오 영감』 서문에서 세낭쿠르를 "저 위대한 시대의 가장 특이한 정신을 가진 사람들 중 한 명"이라고 평가한다. 발자크는 한스카 부인에게 보낸 편지에서 그의 저작을 읽어보라고 권하면서 "그 시대의 가장 아름다운 책 중 하나입니다"라고 썼다. 발자크는 이 책을 모티프로 삼아 『골짜기의 백합』과 『세라피타』의 몇몇 주제를 생각해냈다. 발자크는 조르주 상드의 서문이 실린 샤르팡티에 출판사 간(刊) 1840년 재판본으로 이 책을 읽었던 것 같다.

바르비에, 테오필 고티에, 생트 뵈브도 여기 사람인데, 무능하기 짝이 없는 아류들도 여기 상당히 포진되어 있다. 방금 언급한 몇몇 저자들의 경우 감정이 이미지를 압도하는 경우도 간혹 있기는 하다. 세낭쿠르 씨와 생트 뵈브 씨가 그들이다. 알프레드 드 비니 씨는 산문도 그렇지만 특히 운문에서 이 유파와 끈끈히 연결되어 있다. 이 시인들은 누구나랄 것도 없이 희극적 표현에는 재주가 없고, 대화를 소홀히 한다. 물론 고티에 씨는 예외이다. 그는 대화를 활기차게 표현하는 능력이 있다. 위고 씨가 구성한 대화를 읽어본다면 너무 자기 말투가 느껴진다. 그는 정말 다른 사람이 되어 볼 줄 모른다. 다른 인물이 되어 보는 것이 아니라 자신을 인물에 투사한다. 그러나 앞의 유파처럼 이 유파에도 멋진 작품들이 많다. 이 유파의 진가는 시정詩情 넘치는 문장, 풍부한 이미지, 시적 언어, 자연과의 내밀한 합일에서 드러난다. 앞서 언급한 유파가 인간적이라면, 뒤의 유파는 신성하다고 하겠다. 감정을 통해 천지창조의 정수에 육박하기 때문이다. 이미지 문학의 유파는 인간보다는 자연을 선호한다. 이 유파는 프랑스어가 필요로 했던 시정 가득한 표현을 듬뿍 담아냈다. 프랑스

어의 '실증주의positivisme[13]'(이 말을 쓴 것을 양해해 주시기 바란다)와 18세기 작가들이 언어에 새겨놓은 무미건조한 문체로 인해 프랑스어는 오랫동안 시정 넘치는 감정을 표현할 수 없었지만, 이제는 다르다. 이런 변화가 가능했던 것은 장 자크 루소와 베르나르댕 드 생피에르와 같은 선구자 덕분이었다. 참 다행이라고 생각한다.

고전주의자와 낭만주의자가 싸웠던 데에는 지식인들이 자연스럽게 이렇게 양분되어 있었던 이유가 숨어 있다. 지난 두 세기 동안 절대적으로 지배적인 문학은 관념 문학이었다. 그리고 18세기를 계승한 사람들은 자기가 알고 있던 유일한 문학 체계를 문학의 전부라고 여겼음이 틀림없다. 그렇대도 이 고전주의 옹호자들에게 비난은 말도록 하자! 사실들을 풍부하게 담은 밀도

---

13. 리트레 사전(1873)에서 실증적(positif)이라는 말은 "상상력과 이상에서 비롯된 것과 대립하는 것"으로 정의된다. 발자크는 『잃어버린 환상』에서 루스토를 통해 똑같은 표현을 한다. "소네트란 말입니다. [...] 프랑스에서는 아무도 페트라르카와 견줄 수가 없는데, 그 나라의 말은 우리의 말보다 훨씬 더 유연해서 우리의 실증주의(이 단어를 쓰는 것을 용서하세요)에 의해 거부된 사상의 유희를 받아들여요" (『잃어버린 환상』, 위의 책, 268쪽).

높은 관념 문학이야말로 프랑스의 정수가 아니겠는가.
『사부아 보좌신부의 고백』, 『캉디드』, 『쉴라와 에우크라테스의 대화』, 『로마인들의 영광과 쇠락』, 『레 프로방시알』, 『마농 레스코』, 『질 블라스』[14]는 '이미지 문학'을 대표하기 이전에 프랑스 정신을 반영하는 작품들이다. 이미지 문학이 있었으니 이전 두 세기 동안 라 퐁텐, 앙드레 셰니에, 라신을 빼놓고는 생각할 수도 없었던 시정이 프랑스어에 갖춰진 것이다. 이미지 문학은 아직 요람에 있지만 벌써 누구도 부정할 수 없는 천재적인 작가들을 배출했다. 그런데 관념 문학 작가들이 지금까지 배출한 천재들을 세어본다면 나는 아름다운 프랑스어를 쓰는 우리 프랑스 왕국이 쇠락하고 있다기보다는 오히려 앞으로 전성기를 맞게 되리라 생각한다. 투쟁은 끝났지만 낭만주의자들은 아직 새로운 방법

---

14. 여기 언급된 작품은 17세기와 18세기 작품이다. 『사부아 보좌신부의 고백』은 루소의 『에밀』(1762) 4권에 삽입된 종교를 다룬 부분이고, 『캉디드』(1759)는 볼테르의 콩트, 『쉴라와 에우크라테스의 대화』(1748)와 『로마인들의 영광과 쇠락』(1734)은 몽테스키외의 작품이다. 그 다음에 등장하는 작품들은 각각 파스칼의 『레 프로방시알』(1656-1657), 프레보 신부의 소설 『마농 레스코』(1731), 르사주의 피카레스크 소설 『질 블라스』(1715-1735)이다.

을 고안해내지 못했다고 하겠다. 예를 들면 연극에서 극적 행동의 결함을 불평했던 사람들조차 장광설과 독백을 얼마나 많이 늘어놓던가. 보마르셰의 압축적이면서도 활기에 넘치는 대화, 몰리에르의 희극적인 표현을 갖춘 연극은 우리 시대에 아직 나오지 않았다. 그런 것은 언제나 이성과 관념에서 나오기 마련이다. 명상에 잠기고 이미지를 그려내는 사람은 희극적일 수 없다. 위고 씨는 이 전투에서 엄청난 승리를 거두었다. 그러나 교양 있는 사람들이라면 제정기 샤토브리앙 씨가 치렀던 전쟁을 기억할 것이다. 악착같았던 그 전쟁은 샤토브리앙 씨 혼자 맞섰던 것이었으니 너무 빨리 진정되고 말았다. 그는 위고 씨가 구할 수 있었던 전투부대stipante caterva도 없었고, 맞서 싸워준 신문들도 없었고, 더 명성이 높고 더 잘 알아주는 영국과 독일의 천재적인 낭만주의자들의 지원도 받지 못했기 때문이다.

세 번째 유파는 양쪽에 모두 속하기는 해도 앞의 두 유파만큼 대중을 열광시킬 기회가 없었다. 대중은 이것저것 뒤섞인 것이며, 절충점mezzo termine을 좋아하지 않는 법이다. 대중이 보기에 절충주의의 방식은 정념을 자극하기는커녕 오히려 진정시키는 것이었다.

프랑스는 뭐가 됐든 전쟁하는 걸 참 좋아해서 평화 시에도 늘 갈라져 싸우지 않던가. 그렇지만 나는 월터 스코트, 슈탈 부인, 쿠퍼, 조르주 상드를 대단히 훌륭한 천재라고 본다. 내가 절충주의 문학의 기치 아래 선 것은 다음과 같은 이유 때문이다. 17, 18세기 문학의 엄격한 방식으로는 현대 사회를 그려낼 수 없다고 나는 생각한다. 극적 요소, 이미지, 그림^{tableau}, 묘사, 대화가 없는 문학을 현대 문학이라 할 수 있는가. 솔직히 한 번 말해보자. 『질 블라스』는 형식적으로 지루하다. 사건들이며 관념들이 쌓이고 쌓여 있으니 뭔지 모르게 메말라 보인다. 관념은 인물로 화化할 때 더 훌륭히 이해된다. 플라톤도 자신의 심리적 도덕을 대화로 풀어내지 않았던가.

나는 벨 씨의 『파르마의 수도원』을 현재까지 나온 우리 시대 관념 문학의 걸작이라고 본다. 이 책에서 벨 씨는 다른 두 유파에게 한 발짝씩 양보했기에 재사들이라면 이를 못 받아들일 것도 없고 두 진영 모두 만족스러워 할 것이다.

이 책의 중요성에도 불구하고 소개가 상당히 늦어졌다면[15] 내가 공정성이라 해야 할 것을 기하기 어려웠기 때문이었음을 믿어주시기 바란다. 내가 공정성을 유지하고 있는지 얼마 전까지도 확신이 서지 않다가, 이 책을 찬찬히 곱씹으며 세 번째로 읽고 나서야 정말 대단한 작품이라는 생각이 들었다.

이런 내 감탄을 보고 다들 얼마나 빈정거리실지 잘 알고 있다. 처음에 아무리 열렬한 마음이었대도 시간이 흐르면 누그러지게 될 텐데 그때도 내가 여전히 열정에 사로잡혀 있다면 내가 분명 거기에 빠져 헤어나오지 못하는 것이라고 비난하셔도 좋다. 흔히들 상상력이 풍부한 사람들은 평범한 사람들이 우쭐대고 빈정거리면서 도무지 이해할 수 없다는 어떤 작품들에 쉽게 애정을 품다가 또 그만큼 쉽게 잊는다고 한다. 수박 겉핥기로 작품을 평가할 뿐인 순박한 사람들이나 교회

---

15. 발자크는 뒤늦은 서평에 사과하고 싶었던 것 같다. 이미 1838년 9월에 발자크는 『뉘싱겐 상사 *La Maison Nucingen*』를 통해 "이 시대의 가장 구도적이고 가장 심오한 명사 중 한 분인 스탕달"에 경의를 표했다. 또한 "우리 시대 가장 천재적인 작가 중 한 분으로 이탈리아를 가장 제대로 관찰했던 분"(『마시밀리아 도니』), "자유를 누리지 못한 이탈리아에 기가 막히게 잘 쓴 소설 하나가 나왔으니 『파르마의 수도원』이 그것이다"(『이브의 딸』 서문) 등에서도 스탕달에 보내는 그의 경의를 찾아볼 수 있다.

사람들은 내가 역설을 내세우고 별것도 아닌 것을 침소 봉대하면서 재미를 보고 있다고 하리라. 요컨대 생트 뵈브 씨처럼 아끼는 미지인들[16]이 내게도 있다고 할 것이다. 그러나 나는 진실을 갖고는 장난할 줄 모르는 사람이다. 그뿐이다.

벨 씨가 쓴 이 소설은 어느 장을 넘겨보아도 숭고함이 빛나지 않는 곳이 없다. 웅장한 주제를 '찾기'가 불가능한 나이에, 벌써 대단히 재기 발랄한 스무 권의 책을 쓰고도, 탁월한 영혼을 가진 사람이 아니고서는 올바르게 평가할 수 없는 대작을 내놓았다. 마침내 그는 『현대의 군주론』이라 할 책을 써 냈다. 마키아벨리가 19세기 이탈리아에 살다가 추방되었다면 썼음 직한 바로 그런 소설이다.[17]

---

16. 철천지원수나 다름없는 자에게 응수하는 가시 돋친 말이다. 발자크는 『르뷔 파리지엔』(8월 25일)의 2호에서 그렇게 응수했다. 여기 실린 단편소설 『클로딘의 환상들[보헤미아 왕자]』에서 작가로 나오는 등장인물인 나탄은 "미지의 인물들의 생애를 기록하는 생트 뵈브 씨가 썼던 문체"를 고스란히 모방했다. "문학, 연극, 예술에 대한 편지"는 역사가이자 비평가인 생트 뵈브의 『포르루아얄』에 대한 길고 가혹한 혹평으로, 그가 "역사의 지하묘지에서 잊힌 사람들"에게 흥미가 있었고, "미지인들에 미지인들을 더해 그 수를 늘리는 기벽"이 있다고 비판했다.

17. 1839년 4월 5일에 스탕달에게 보낸 편지를 보면 "아! 이탈리아

벨 씨가 당연히 받아 누려야 할 명성에 누累가 될 가장 큰 장애물이 있다면 『파르마의 수도원』을 제대로 감상할 수 있을 능력 있는 독자들을 찾기 어렵다는 점일 것이다. 이 책의 독자들은 외교관, 대신大臣, 명민한 관찰자들, 탁월한 사교계 사람들, 걸출한 예술가들 가운데에서도 유럽에서 가장 똑똑하다고 할 수 있는 기껏해야 천이백에서 천오백 명에 불과할 것이다. 그래서 저 놀라운 작품이 출판되고 열 달이 지났는데[18] 그 책을 읽고, 이해하고, 깊이 연구해 봤던 저널리스트가, 이 책의 출간 소식을 알리고, 책을 분석하고, 상찬했던 저널리스트가, 심지어 지나가는 말로 언급이라도 했던 저널리스트가 한 명도 없었대도 놀랄 일이 아니다.[19] 조금쯤 그 책의 진가를 알아봤다고 생각한 나조차

어처럼 아름다운 책입니다. 마키아벨리가 오늘날에 살아 소설을 썼다면 그 책은 『파르마의 수도원』일 겁니다"(Corr. III, 586쪽). 한스카 부인에게 보낸 편지에서도 같은 찬사가 나타난다. "제가 보기에 벨은 지난 50년 이래 가장 아름다운 책을 최근에 출간했습니다. 『파르마의 수도원』이라는 제목의 책입니다. 그 책을 구하실 수 있을지 모르겠습니다. 마키아벨리가 소설을 썼다면 바로 그 책일 것입니다"(1839년 4월 14일).

18. 사실은 열여덟 달이다. 1839년 3월 27일자 『르 시에클Le Siècle』에서 『파르마의 수도원』이 출간되어 판매되기 시작되었음을 알렸다.

최근 그 책을 세 번째로 읽고 나서야 그 작품을 훨씬 더 아름답게 알아보게 되었다. 그제야 선행을 했을 때 갖게 되는 행복 같은 것을 느낄 수 있었다.

엄청난 재능을 가졌지만 그 사람의 천재며, 너무도 우수한 생각을 알아 볼 수 있는 사람은 고작 몇몇 특출한 사람들뿐이라 대중적인 인기를 얻지 못한 사람을 정당하게 인정하고자 노력을 기울이는 것이야말로 선한 행동을 하는 일이 아니겠는가. 민중의 입맛에 영합하는 사람들이 추구하는 그 인기란 것은 눈 깜짝할 사이에 생겼다가 또 금세 사라져버리기 마련이므로

19. 발자크의 서평 이전에 최소한 여섯 개의 서평이 있었다. 외젠 D. 포르그(*Le Commerce*, 1839, 4월 13일), 외젠 기노(*Le Courrier français*, 1839년 4월 27일), 조엘 셰르빌리에 (*Revue critique des livres nouveaux*, 1839년 4월), 아르노 프레미(*Revue de Paris*, 11월 5권, 1839년 5월 5일), 테오도르 뮈레(*La Quotidienne*, 1839년 7월 24일), 고타르도 칼비 (*Rivista Europea*, 1839년 8월 15일), 델핀 드 지라르댕(La Presse, 1839년 4월 27일), 케라르(*La Littérature française contemporaine XIXe siècle*, 1840)가 그것이다. 1840년 9월 21일의 샤페르 판에 실린 주석에 따르면 1839년 1월 24일에 앙브루아즈 뒤퐁과 체결한 계약서에 1,200부를 찍었는데 그중 팔리지 않고 남은 재고가 20부에 불과했다. 그러니까 대단히 잘 팔린 책이라고 할 수 있다. 앞의 서평 중 포르그, 기노, 프레미는 이 소설에 대단한 찬사를 보냈다. 그러므로 위의 내용은 발자크의 오류나 과장이라 하겠다.

벨 씨에 대한 연구
....

27

위대한 영혼들은 거들떠보지도 않는다.[20] 범속한 이들이 그 위대한 영혼을 이해하게 될 때 비로소 숭고에 이를 수 있는 기회를 잡게 된다는 것을 알 수만 있었다면 『파르마의 수도원』이 지난 세기 『클라리사 할로』[21]가 출간되기가 무섭게 그 책을 읽었던 엄청난 수의 독자들을 못 가질 것도 없었을 것이다.

이런 감탄의 마음을 의식하게 되면 뭐라 말로 표현할 수 없는 고통도 느껴진다. 그래서 내가 이 자리를 빌려 하려는 말은 순수하고 고상한 마음을 가진 사람들을 대상으로 한 것이다. 서글픈 일이지만 세상 어디에나 그런 분들이 안 계신 곳이 없는데도 그들은 아무도 누군지 알아보지 못하는 칠성七星 시인들처럼, 예술이라는 종교에 헌신한, 마음으로 이어진 가족들 가운데

---

20. "저는 제 작품을 1880년 이전에는 누구도 읽지 않으리라 생각했습니다"(스탕달의 답장, 이 책 169쪽, 187쪽, 197쪽).

21. 18세기 영국 소설가 새뮤얼 리차드슨의 소설(1747-1748). 발자크는 이 책을 일찌감치 프레보 신부가 프랑스어로 번역, 출판(1751)했던 판본으로 읽었다. 클라리사의 부모는 딸을 숌즈(Solmes)라는 끔찍한 자와 결혼시키려고 한다. 이것이 클라리사를 부모와 가족의 희생자로 만든 첫 번째 일이다. 그 뒤에는 그녀가 믿었던 비열하기 짝이 없는 러브레이스의 유혹에 굴복함으로써 그의 희생자가 된다. 클라리사가 겪는 연속적이고 중첩된 불행을 발자크는 『인간희극』에서 여러 차례 언급했다.

살아간다. 스웨덴의 위대한 예언가 스베덴보리[22]가 좋아했던 표현에 따르면 인류는 세대에서 세대를 거치며 지상에 영혼의 성좌星座들을, 인간의 하늘을, 인간의 천사들을 가졌다. 진정한 예술가들은 이들 엘리트 민족을 위해 작업한다. 그 뛰어난 민족의 호평을 받기 위해 예술가들은 빈곤도 견디고, 벼락출세자들의 무례도 참아내고, 정부政府가 그들을 방치하고 있어도 아랑곳하지 않는다.

적의를 품은 사람들이라면 뭐 이리 장황하냐고 하겠지만 이 점 양해해주시기 바란다. 첫째, 단언컨대 더없이 까다로운 사람들이라도 미발표 단편소설을 위해 마련된 이 자리에 실린 저 흥미롭고 기이한 작품을 분석하는 글에서 더 큰 즐거움을 얻을 것이고,[23] 둘째,

---

22. 스웨덴의 신지학자神智學者 에마누엘 스베덴보리(1688-1772)는 발자크의 신비철학에 막대한 영향을 미쳤다. 특히 그의 영향이 두드러진 발자크의 소설로 『루이 랑베르』, 『세라피타』, 『위르쉴 미루에』를 꼽을 수 있다.

23. 『르뷔 파리지엔』이 출간 될 때마다 발자크는 최신단편소설을 실었다. 첫 호(7월 25일)에는 『제피랭 마르카스Z Marcas』, 2호에는(8월 25일)은 『클로딘의 욕망Les Fantaisies de Claudine』을 실었다. 3호에는 단편소설을 싣는 대신 스탕달의 연구를 실은 것이다.

다른 비평가가 이 작품을 적절히 설명하고자 했다면 지금 이 글보다 적어도 세 배는 더 긴 기사를 써야 했을 것이니 말이다. 이 작품 한 페이지에 책 한 권 분량의 이야기가 들어 있고, 북이탈리아를 내 집처럼 훤히 아는 사람이어야 이 작품을 이해할 수 있다는 것이 그 이유이다.[24] 셋째, 내 글을 끝까지 즐겁게 읽을 수 있도록 벨 씨의 작품을 바탕으로 상세히 설명하고자 최선을 다할 테니 독자 여러분들은 이 점 의심치 않으셔도 좋다.

발세라 델 동고 후작의 누이 안젤리나는 지나라는 애칭으로 불린다. 그녀의 성격은 딱 어린 소녀의 그것이었다. 한 이탈리아 여성이 프랑스 여성을 닮을 수 있다면 지나는 『포블라 기사의 사랑』[25]에 등장하는 리뇰 부인

---

24. 발자크는 자기 이야기를 하고 있다. 발자크는 북이탈리아에 세 번 체류(1836년 7-8월, 1837년 2-5월, 1838년 3-6월)했는데, 매번 극진한 환대를 받았고, 토리노와 밀라노의 상류사회에서 우정을 쌓았다. 『인간희극』의 여러 소설에 붙인 많은 헌사들이 이의 증거이다. 이것이 그가 스탕달 소설에 찬탄을 아끼지 않았던 한 가지 이유이다. 여기에 더해 발자크는 이 시기 이탈리아와 관련된 두 편의 단편소설을 막 끝냈다(『감바라』(1839년 3월), 『마시밀리아 도니』(1839년 8월)).

25. 장 바티스트 루베 드 쿠브레Jean-Baptiste Louvet de Couvray의 리베르탱 소설 『포블라 기사의 사랑Les Amours du chevalier

과 꽤 닮았다고 하겠다. 오빠는 지나를 밀라노의 부유한 귀족 노인네와 결혼시키려고 했는데 그녀는 오빠의 뜻을 거역하고 무일푼이었던 가난한 피에트라네라 백작과 결혼한다.

백작 내외는 오스트리아 지배에 맞서 프랑스 편에 서서 외젠 공작의 궁정을 화려하게 빛낸다. 소설은 이탈리아 왕국 시대로 시작한다.[26]

밀라노 사람 델 동고 후작은 오스트리아 편에 선 사람으로, 오스트리아에서 보낸 밀정과 손을 잡고 나폴레옹 황제가 실각하기만을 14년째 기다리는 중이다. 후작은 지나 피에트라네라의 오빠로 밀라노를 떠나,

---

    de Faublas』(1787–1790)을 가리킨다. 휴고 폰 호프만슈탈이 이 소설을 각색하여 대본을 쓰고 리하르트 슈트라우스가 음악을 맡은 오페라 『장미의 기사*Der Rosenkavalier*』의 원작이다.

26. 이탈리아 왕국은 1805년에 나폴레옹이 현재 이탈리아 북부지역에 세운 나라로, 수도는 밀라노였다. 나폴레옹의 실각과 함께 1814년에 사라졌다. 스탕달은 『파르마의 수도원』의 첫 번째 사건을 1796년 5월 15일 나폴레옹이 밀라노에 입성한 일부터 시작하는데, 이탈리아 왕국의 건국은 이로부터 10년 후의 일이니, 이는 발자크의 오류이다. 외젠 공작(외젠 로제 드 보아르네 Eugène Rose de Beauharnais 1781–1824)은 나폴레옹의 황후 조제핀 드 보아르네가 전남편에게서 얻은 아들로 나폴레옹이 이탈리아 국왕을 겸하게 되자 부왕이 되었다.

벨 씨에 대한 연구
·····

코모호수의 그리앙타 성관에서 살고 있다. 그곳에서 그는 장남을 오스트리아노선을 따르는 견해를 견지하도록 교육시킨다. 차남인 파브리스는 피에트라네라 부인이 애지중지 아끼는 조카이다. 파브리스는 차남이라, 고모처럼 재산 한 푼 물려받지 못할 처지이다. 아름다운 영혼을 가진 이들이 상속권을 물려받지 못한 사람들에게 얼마나 깊은 애정을 품고 있는지 아무도 모를 것이다! 그래서 고모는 조카를 대단한 인물로 만들고 싶다. 다행히 파브리스는 정말 매력적인 아이이다. 고모는 파브리스를 밀라노에 있는 학교에 넣어도 좋다는 허락을 받아낸다. 그곳이라면 잠깐씩 조카를 부왕의 궁정으로 부를 수 있다.

나폴레옹이 처음으로 실각하고 엘베섬에 유배되어 있는 동안 밀라노에 반동이 일어나고 오스트리아 군대가 입성한다. 그러던 중 피에트라네라 백작의 면전에서 이탈리아군 병사들이 모욕을 받는 일이 벌어지고 공작이 이에 응수하다가 결투 중에 결국 사망하게 된다.[27]

---

27. "한 청년이 치살피나 공화국 병사들의 용맹을 우스갯거리로 삼자, 백작은 따귀를 한 대 갈겼고, 곧 싸움이 벌어졌다. 청년들 전부를 혼자 대적할 수밖에 없었던 백작은 살해되고 말았다.

백작부인을 사랑하던 자가 한 명 있었는데 지나는 그에게 남편의 복수를 부탁하지만 거절당한다. 그러자 지나는 그를 모욕함으로써 복수한다. 파리에서나 복수를 바보 같은 짓이라고 생각하지, 이탈리아에서 복수는 훌륭한 일이다. 그녀의 복수는 다음과 같다.

　그 남자는 지나를 육 년이라는 오랜 기간 사모했지만 아무 소득이 없었다. 그녀는 그 가련한 자를 '가슴 깊이in petto' 경멸했다. 그러다가 관심을 보여주는 척했더니 그 남자가 희망에 한껏 달아올랐다. 바로 그때 그에게 이런 편지를 써 보낸 것이다.

　한 번쯤은 기지 넘치는 남자처럼 처신해보시면 어떨까요? 저를 전혀 모르는 사람이라고 생각해주세요. 다소 경멸을 담아 당신의 충실한,[28]

　결투라고 부를 수도 없을 이 싸움이 구설수에 오르자 그 자리에 있었던 사람들은 스위스로 달아나버렸다."(1권, 2장, 40쪽) 이후 발자크가 스탕달의 『파르마의 수도원』에서 인용할 때 한국어 번역본(원윤수, 임미경 역, 민음사, 2001, 전 2권)에서 옮길 텐데, 필요할 경우 Stendhal, *La Chartreuse de Parme*, in *Romans et nouvelles* t. II, éd. Henri Martineau, Gallimard, Bibliothèque de la Pléiade, 1952를 대본으로 한 역자의 수정된 번역을 제시하기로 한다.

벨 씨에 대한 연구
....

지나 피에트라네라

　여기에 더해 이십만 리브르의 연금이 있는 이 부자富
者를 한층 더 절망에 빠뜨려 볼 목적으로 그녀는 은근한
'추파를 흘린다'…. ('추파를 흘리다ginginer'라는 동사
는 연인들이 마음을 고백하기 전에 거리를 둔 채 일어나
는 모든 일을 의미하는 밀라노 방언이다. 이 동사의
명사형은 '진지노gingino'[29]이다. 그 남자는 추파를 흘리
는 사람이다, 라는 식으로 쓴다. 사랑의 첫 번째 단계를
말한다.) 그래서 그녀는 잠시 추파를 흘리고, 그 어리숙
한 자를 차버린다. 그런 다음 고작 천오백 프랑의 연금을
가지고 건물 4층에 은둔하지만, 당시 밀라노 남자들이
줄기차게 그녀에게 찬사를 보내고 그녀를 만나보려고

28.　『파르마의 수도원』, 1권, 2장, 41쪽.
29.　밀라노 방언으로 gingin(gingino와는 다른 단어이다)은 하찮
　　은 것, 노리개, 꼭두각시, 폴리치넬 등을 가리키는데, 여성에게
　　환심을 사려는 목적으로 옷을 잘 차려입는 멋쟁이, 여자를
　　유혹하는 자 등의 의미로 사용된다. 『밀라노-이탈리아어 사전
　　Vocabulario milanese-italiano』(밀라노, 1839)의 해당 항목에는
　　프랑스어에는 "c'est un esprit bien ginguet"라는 표현이
　　있는데 이는 편협한 사람, 소인배(picciolo spirito)를 가리키는
　　말이라고 설명한다.

그곳에 찾아들 오는 것이다.

그래서 그녀의 오빠 델 동고 후작은 여동생에게 코모호수의 그리앙타 성관에 와서 머물라고 한다. 피에트라네라는 제안을 수락하고 그리로 간다. 그곳에서 그녀는 예쁘기만 한 조카 파브리스를 다시 만나, 그를 후원하고, 올케를 위로하고, 지극히 아름다운 코모호수의 풍경을 바라보며 자신의 미래를, 자신의 조국을, 자신의 조카의 미래를 생각한다. 그녀에겐 아이가 없었으니 조카야말로 아들이나 다름없었다. 나폴레옹을 존경하는 파브리스는 주앙만彎에 나폴레옹이 상륙[30]했다는 소식을 듣자, 자기도 죽은 피에트라네라 삼촌이 예전에 모셨던 그 황제를 도와 일하고 싶었다. 파브리스의 어머니는 오십만 리브르의 연금이 있는 부유한 후작의 아내이지만, 아들을 위해서는 돈 한 푼 꺼내 쓸 수 없었다. 그래서 연금 한 푼 없는 지나 고모가 다이아몬드를 구해준다. 두 여자에게 파브리스는 영웅이나

---

30.   나폴레옹이 엘베섬에서 돌아와 1815년 3월 1일에 프랑스 남부 코타쥐르 지방의 주앙만에 상륙한 일을 가리킨다. 그는 같은 해 6월 18일 워털루 전투에서 연합군에 패배하고, 같은 해 7월 7일에 결국 두 번째이자 마지막으로 권력을 빼앗기게 되는데, 이 기간을 '백일천하'라고 부른다.

다름없는 것이다.

한껏 고무된 이 지원병은 스위스를 건너 파리에 이르고, 워털루 전투에 참여한 뒤 이탈리아로 돌아온 다. 파브리스의 아버지 델 동고 후작은 유럽의 안위에 누를 끼쳤던 1815년의 모반謀叛에 아들이 깊이 연루되 었다고 저주를 퍼붓고, 오스트리아 정부는 파브리스를 요주의 인물로 삼는다. 그래서 파브리스가 밀라노로 돌아간다는 건 슈필베르크[31]로 간다는 것이나 다름없 다. 불행하게도 파브리스는 그가 품었던 영웅주의의 희생자가 되고 말았다. 그러자 이 탁월한 아이가 지나 고모의 인생의 전부가 되었다.

그녀는 이제 밀라노로 돌아온다. 그녀는 부브나 장군 과 그 당시 오스트리아 정부에서 밀라노로 보낸 재사들 에게 청원하여 파브리스를 박해하지 않겠다는 약속을 얻어냈다. 그리고 대단히 눈치 빠른 사람이었던 참사원

---

31. 브르노Brno/Brünn 인근 모라비아 지방의 감옥으로 1815년 이후
     합스부르크가가 통치하던 시대에 정치범들을 수감했다. 이탈리
     아의 애국자 실비오 펠리코(Silvio Pellico 1789–1854)가 9년
     동안 이곳에 감금되었다. 1832년에 출판된 펠리코의 회상록은
     대단한 성공을 거두었고 이 덕분에 슈필베르크성이 유명해졌
     다.

의 충고에 따라 백작부인은 파브리스를 노바라에 숨긴다. 이런 일들을 전부 도맡아 하는 동안에도 그녀는 여전히 돈 한 푼 없는 상태였다. 그러나 지나는 탁월한 아름다움을 갖춘 여인으로, 롬바르디아의 아름다움 bellezza folgorante[32]의 전형이다. 밀라노와 그곳에 있는 스칼라 극장에 가보지 못하신 분들이라면 그녀가 얼마나 아름다운 인물일지 상상이 가지 않을 것이다. 여러분이 그곳에 가보시면 롬바르디아 지방의 수천 명의 미인과 마주치게 될 테니 말이다. 백작부인은 바람 잘 날이 없던 인생에서 겪어보지 않은 사건이 없었으니 결국 더없이 훌륭한 이탈리아인의 성격을 갖추게 된다. 재치, 섬세함, 이탈리아적인 아름다움, 더없이 유쾌하게 대화를 이끌어가는 능력에 놀라운 자제력까지 생긴 것이다. 그녀는 몽테스팡 부인이자, 카트린 드 메디치이자, 예카테리나 2세를 동시에 갖춘 여인이래도 좋겠다.[33] 저 아름다운 모습 속에 누구보다 과감한 정치적

---

32. "치명적인 아름다움"이라는 뜻.

33. 몽테스팡 부인(1641-1707)은 루이 14세의 애첩으로, 재치가 뛰어난 여자로 알려졌다. 이후 맹트농 부인에게 국왕의 총애를 뺏겼다. 예카테리나 2세(1729-1796)는 러시아 여제이다. 카트린 드 메디치(1516-1589)는 앙리 2세의 왕비로 남편이 죽은

천재성과 누구보다 영향력 강한 여성적 천재성이 감춰져 있다. 장남은 동생을 질투해서 미워하고, 아버지도 차남에게 무관심을 넘어 이제 증오까지 하고 있으니, 고모가 조카를 돌보고, 위험에서 구해내게 된다. 그녀는 예전에 외젠 부왕의 궁정에서 세도가 당당했던 인물이었으나 그것도 이젠 끝이다. 그녀는 이 모든 위기 상황을 극복하면서 자연스럽게 힘을 길렀고, 능력을 키웠고, 둔해졌던 본능을 깨웠다. 사실 그 전에 부족함 없이 살았고, 그 뒤에는 결혼 생활로 그녀의 본능은 마비된 것이나 다름없었다. 죽은 전남편은 나폴레옹을 헌신적으로 섬기느라 자주 집을 비웠던 탓에 결혼생활의 즐거움을 누릴 기회도 없다시피 하긴 했다. 그렇대도 그녀 안에서 무궁무진한 정념과 세상에서 가장 아름다운 마음을 가진 여성의 능력과 광채를 보지 못하고 발견하지 못할 사람은 단연코 없다.

후, 세 아들이 차례로 왕위에 올랐다(프랑수아 2세(재위 1559-1560), 샤를 9세(재위 1560-1574), 앙리 3세(재위 1574-1589)). 어린 아들들이 왕위를 잇게 되자 그녀의 섭정이 시작되었다. 발자크는 『카트린 드 메디치에 대하여』(1842-1844)에서 왕국을 능수능란하게 통치했던 왕후의 정치적인 능력에 찬사를 보냈다.

백작부인은 늙은 참사원 한 명을 구슬려 놓았다. 그래서 그가 파브리스를 피에몬테의 작은 도시 노바라로 보내 한 주임사제의 보호를 받게 했다. 사제는 다음과 같은 말 한마디로 경찰의 추적을 막아세웠다. "그는 장남이 되지 못해 불만인 차남이라오."[34] 지나는 조카 파브리스가 나폴레옹의 부관이 되길 바랐지만, 이제 나폴레옹이 세인트헬레나섬에 갇혔다는 소식을 듣게 되었다. 밀라노 경찰은 파브리스를 위험인물로 분류했고, 그녀는 영원히 조카를 잃게 될 처지가 되었음을 깨닫는다.

워털루 전쟁이 벌어지던 때 유럽에는 불안이 팽배했다. 그동안 지나는 모스카 델라 로베레 백작을 만나게 된다. 유명한 파르마의 군주 라누체 에르네스트 4세의 재상宰相으로 일하는 사람이었다.

여기서 잠시 멈춰보자.

확실히 이 책을 다 읽고서 모스카 백작의 초상이 메테르니히 공작을 놀랍도록 닮게 그려낸 것임을 알아보지 못할 수가 없다. 물론 무대가 오스트리아 왕국의

---

34. 『파르마의 수도원』, 5장의 마지막 부분(1권, 5장, 138쪽).

내각이 아니라 보잘것없이 작은 파르마로 바뀌긴 했다. 내가 보기에 에르네스트 4세와 파르마의 관계는 모데나 공작과 그의 공국公國의 관계와 같다.[35] 벨 씨는 에르네스트 4세가 유럽에서 가장 부유한 군주였다고 썼는데, 사실 모데나 공작의 재산도 엄청나기로 이름이 났다. 벨 씨는 특정인을 지목하고 있다는 말을 듣지 않으려고 재능을 쏟아부었는데, 이런 그의 재능에 비하면 월터 스코트가 『케닐워스*Kenilworth*』[36]를 구상하면서 기울

---

35. 발자크는 스탕달의 『파르마의 수도원』의 무대가 된 지역의 의미를 처음으로 논의한 작가이다. 발자크는 세부사항들을 비교해보면서 모데나 공작이었던 프랑수아 4세와 파르마 공을 동일 인물로 보았다. 스탕달은 두 사람의 관계를 부정하지는 않는다. 그런데 발자크는 이 두 인물의 동일성을 들어 자동적으로 그 지역이 모데나 공국이라고 추론한다. 스탕달은 다음과 같이 답변한다. "제가 사라져버린 왕조, 예를 들면 '사라져버린 가문들' 중에 그래도 가장 잘 알려진 파르네제와 같은 가문 생각을 하게 되었다는 것을 아시게 될 겁니다."(답장, 182쪽, 세 번째 초고 212쪽). 1839년 4월 5일자 편지에서 발자크는 "파르마를 제시할 때 파르마 국, 파르마 도시라고 명명해서는 안 되었습니다. 이것이 선생의 큰 실수입니다. 독자가 상상력을 통해서 모데나 공작과 그를 보좌하는 재상 및 다른 모든 사람들을 상상하게끔 해야 했습니다. 호프만은 소설의 이 법칙을 한 번도 따르지 않았던 적이 없습니다. 세상에서 가장 뛰어난 환상소설 작가였던 그가 말이죠! 모든 것을 실재처럼 확정되지 않은 상태 그대로 남겨두세요, 그러면 저절로 현실적이게 됩니다. 그냥 파르마라고 말해도 모두 동의할 겁니다"라고 썼다.

였던 재능은 초라해 보인다. 사실 외모만 놓고 본다면 모스카와 메테르니히가 정말 닮은꼴일까 싶은 생각이 들기 때문에 두 사람의 관계를 부정할 수 있을지 모른다. 그러나 내적인 모습으로만 본다면 두 사람은 판박이와 같아서 아는 사람들이라면 절대 잘못 생각할 수 없다. 벨 씨는 파르마 군주에게 봉사하는 재상의 탁월한 성격을 두드러지게 표현했으니, 아무래도 메테르니히 공작보다는 모스카가 더 위대한 인물로 보이기는 한다. 그래도 저 저명한 정치가 메테르니히가 어떤 삶을 살았는지 잘 아는 사람이라면 그의 마음에 일었던 한두 가지 정념을 통해 그가 모스카에 필적할 만한 인물임을 알 것이다. 모스카가 전부 드러내놓지 않았던 위대함을 오스트리아 재상도 갖고 있었다고 생각하는 것이 후자를 비방하는 일은 아니다. 작품 전체에서 모스카라는 인물, 그러니까 지나가 '이탈리아에서 수완이 가장 뛰어난 자'라고 부르는 인물의 행동을 그리려면 정말

---

36. 1821년에 출간된 월터 스코트의 소설. 스탕달은 스코트의 문학에 대한 발자크의 관점에 동의하지 않는다. "월터 스코트의 산문은 우아하지 않고 무엇보다 멋을 너무 부립니다. 자기 키에서 한 치도 줄이고 싶지 않은 난쟁이를 보는 것 같죠"(세 번째 초고 213쪽).

대단한 천재가 필요했다. 셀 수 없이 많고 끊임없이 반복되는 분쟁들, 사건들, 음모들을 만들어내고 그것들 가운데에서 모스카의 위대한 성격을 드러내고 펼쳐내었으니 말이다. 메테르니히 씨 역시 오랜 경력을 쌓으며 많은 일을 수행했지만 이 책에서 여러분이 읽었듯이 모스카가 수행했던 일보다 더 놀랍지는 않다. 궁정에서 모든 일이 얽혀들었다가 풀리다가 하는 것처럼, 저자가 모든 것을 고안해냈고, 모든 것을 뒤얽어 놓았다가, 모든 것을 다시 풀어 놓았던 것은 아닐까 생각하게 된다. 개념적으로 사유하는 데 익숙한 정신을 가진 대단히 집요한 사람이라면 저자가 그런 엄청난 작업을 해 놓은 것을 보고 입을 다물지 못할 것이다. 나는 세상에는 어떤 '문학의 마법 램프' 같은 게 있지 않는가 한다. 슈아죌 씨, 포템킨 씨,[37] 메테르니히 씨의 능력을

---

37. 쇼아죌 공작(1719-1785)은 루이 15세의 재상(1758-1770)으로 국왕의 애첩이었던 퐁파두르 부인이 그를 정적政敵들로부터 지켜주었다. 그러다가 국왕의 새로운 애첩이 된 뒤바리 부인의 미움을 받아 실각하게 된다. 포템킨(1739-1791)은 러시아의 정치가, 육군원수, 재상으로 예카테리나 2세가 가장 총애한 인물이다. 쇼아죌은 발자크가 다른 곳에서 "과도적인 인물"(「루이 15세」, 『대화 사전Dictionnaire de la conversation』)이라고 부르던 인물이었는데, 유럽의 위대한 재상을 거론하는 자리에

지닌 한 천재를 과감히 무대에 올리고, 그런 인물을 창조하고, 그 인물을 행동케 함으로써 그가 직접 창조한 인물임을 입증하고, 그 인물에 적합하고 그의 능력이 만개하게 될 장소에서 그를 움직여 내는 일, 이 전체가 어찌 한 사람이 다 할 수 있는 작업이겠는가. 만에 하나 가능하대도, 그 작품은 요정이며, 마술사의 작품과 같다고 하겠다. 월터 스코트의 전매특허인 교묘하게 짜 맞춘 저 복잡한 구상들이 마지막에 기가 막힐 정도로 간단히 풀려지지 않았다고 상상해보시라. 디드로의 유명한 표현을 빌자면 '나뭇잎들 무성하듯'[38] 저 엄청난 수의 사건들이 얽힌 이야기에 단순성의 통제가 이뤄져야 한다.

모스카의 초상을 읽어보자. 우리는 1816년에 와 있다. 이 점에 주목하시라!

"그는 마흔에서 마흔다섯 살쯤 되어 보였다. 이목구

서 그의 이름을 언급했다는 점이 놀랍기는 하다.

38. 루소는 『고백』 9권에서 『신엘로이즈』의 초고를 친구 디드로에게 읽어주었던 이야기를 하며 "그는 이 모든 것이 장황하다(feuillu)고 했다. 이 말은 그가 자주 쓰던 말로 말이 많고 반복이 많다는 뜻이었다"(루소, 『고백 2』, 이용철 역, 나남, 2012, 300쪽)고 말했다.

비가 뚜렷하고 거드름 피우는 모습은 전혀 없다. 쾌활하고 소박한 풍채가 호감을 품게 한다. 그가 모시는 군주가 별난 사람이어서 머리에 분칠을 하지 않는 것을 올바른 정치적 감정을 보증하는 뜻으로 생각해서 허용해 주었다면 훨씬 더 나아보였을 것이다."[39]

그래서 메테르니히 씨는 머리에 분粉을 뿌려 안 그래도 유순한 표정을 더욱 유순하게 보이게 했고, 모스카는 머리에 분을 뿌려 그가 군주의 의지를 따른다는 점을 입증해 보여준다. 벨 씨는 멋지게 고안해낸 것들을 페이지마다 전혀 티가 나지 않게 집어넣어 독자에게 착시를 일으키고 암시의 방향을 바꾸어본다. 정신은 모데나의 정신으로, 파르마에 국한 되지 않는다. 메테르니히 씨를 보고, 만나보고, 마주쳤던 사람들이라면 누구든지 모스카가 하는 말을 들을 때 메테르니히가 말한다고 생각하고, 메테르니히의 목소리를 듣게 되고, 메테르니히가 말하는 방식을 느끼게 된다. 벨 씨의 작품에서 에르네스트 4세는 죽지만, 모데나 공작은 아직 생존해 있다. 그렇지만 독자는 '너무나 가혹해서

---

39. 『파르마의 수도원』, 1권, 6장, 141-142쪽.

밀라노 자유주의자들이 잔인하기 짝이 없다고 했던'
파르마의 군주를 영원히 기억한다. 이 표현은 벨 씨가
에르네스트 4세를 언급할 때 썼던 것이다.[40]

이 두 인물의 초상을 그릴 때는 애초부터 매서운
의도는 있었어도 모욕적인 데는 전혀 없고 복수심도
느껴지지 않는다. 벨 씨가 자기에게 영사직 승인장ex-
equatur을 내주지 않았던[41] 메테르니히 씨를 호의적으
로 받아들일 수는 없었겠고, 모데나 공작이 『로마,
나폴리, 피렌체』와 『로마의 산책』[42] 등을 출판한 저자
를 기쁘게 만나 봤을 리도 없지만, 이 두 인물은 시의적
절하게 그려졌고 안목이 대단하다.

---

40. 『파르마의 수도원』, 1권, 6장, 147쪽.

41. 스탕달의 답변은 다음과 같다. "저는 메테르니히 씨의 승인장을
     발부받지 못했던 것을 전혀 생각해 본 적이 없습니다"(첫 번째
     초고 195쪽). 발자크는 스탕달이 1830년에 트리에스테의 영사
     로 임명되었다는 점을 상기한다. 11월에 오스트리아 정부는
     외교관으로 스탕달을 원치 않는다고 공언했다. 발자크는 『볼뢰
     르Voleur』에 실린 정치 시평에서 "벨 씨가 트리에스타 영사로
     임명되었으나 메테르니히 씨가 그를 거부했다"고 썼다.

42. 1829년 12월 15일자 르바쇠르 서적상의 영수증이 남아 있어서
     발자크가 스탕달의 『로마, 나폴리, 피렌체』(1817, Delaunay,
     Pelicier, 1 vol, in-8)와 『로마에서의 산책』(1829, Delaunay,
     2 vol, in-8)을 구입한 것을 알 수 있다.

이탈리아의 한 군주와 한 수완가를 창조하는 작업에서 이런 상황을 염두에 두었음이 분명하다. 점토와 초벌작업 도구, 붓과 물감, 펜과 도덕적 본성의 보고寶庫를 다루는 사람이 열정이 없어서 되겠는가. 벨 씨는 그런 열정에 고양되어 이 두 인물을 그리고자 했고, 마침내 '군주'의 전형을, 재상의 전형을 그려냈다. 이런 유사성은 애초에 빈정거리기 좋아하는 정신이 상상력을 발휘해서 만들기 시작한 것이지만 예술가가 천재를 발휘하게 되는 곳에 이르러서는 더는 유사성으로 그치지 않게 된다.

이 두 사람의 가면 뒤에 실제인물이 있음을 받아들일 때 독자는 강렬한 흥미를 갖게 되어 저자가 그려내는 이탈리아의 감탄을 자아내는 풍경이며, 이야기에 빠질 수 없는 도시며, 모든 건축물들을 받아들이게 된다. 수많은 부분들로 구성된 도시의 건축물들은 동방의 콩트에 나타나는 마법을 갖춘다.

여담이 길었지만 꼭 필요한 것이었다. 계속해보자.

모스카는 사랑의 감정을 품는다. 그것도 엄청나고, 영원하고, 무한한 사랑이다. 지나에 대한 그의 사랑은 메테르니히가 라이캄[43]에게 품은 것과 똑같은 것이다.

모스카는 평판이 위태로워질 위험을 무릅쓰고 누구보다 먼저 그녀에게 최신 외교 소식들을 전한다. 파르마의 재상이 왜 밀라노에 나타났는지는 나중에 완벽히 설명이 된다.[44]

이탈리아 사람들이라면 모르는 이가 없는 메테르니히 씨의 사랑이 어떤 것이었는지 아주 유명한 이야기 하나로 여러분에게 설명드릴까 한다. 1799년에 오스트리아 사람들이 물러날 때의 일이다. 그들은 본국으로 철수할 때 성루城壘에서 B*** 백작부인과 한 참사원이 마차로 산책을 하는 것을 보았다. 그들은 서로 사랑했으니 혁명이며 전쟁 따위는 걱정도 하지 않았다. 이 성루는 포르타 오리엔탈레(포르타 렌차)에서 시작되는 멋진 산책로이다. 파리의 샹젤리제 거리로 보면 좋겠지만 차이가 있다면 왼쪽에 두오모 성당이 들어서 있고, 오른쪽에 알프스 산맥의 눈덮인 가장자리가 넘실거리

---

43. 1825년에 마리 엘레오노르 드 코이니츠(1775-1825)가 사망하면서 메테르니히 공은 혼자가 된다. 그는 1827년에 마리 앙투아네트 드 라이캄과 재혼한다. 그녀는 1829년 1월 12일에 사망했다.

44. 지나에게 남편을 얻어주어 그녀를 산세베리나 탁시스 공작부인으로 만들어주기 위한 것이다(1권, 6장, 158쪽).

며 이어지다 갑자기 쑥 들어간 골짜기가 펼쳐져 있다는 점이다. 재치 넘치는 표현에 일가견이 있던 프랑수아 2세는 두오모 성당을 두고 "대리석으로 변해버린 저 황금 산山"이라고 말한 적이 있다. 시간이 흘러 1814년에 오스트리아 사람들이 다시 들어왔을 때 그들에게 처음 눈에 띈 사람이 누구겠는가? 똑같은 마차를 타고, 똑같은 성루를 산책하는 그 백작부인과 그 참사원이었다. 아마 그들이 나누는 이야기도 똑같은 것이었으리라. 내가 이 도시에 왔을 때 한 젊은이를 만난 적이 있다. 그는 애인의 집을 떠나 거리 몇 개만 지나도 고통스러워하곤 했다. 한 여인이 이탈리아 남자에게 감정을 불어넣으면 그는 영원히 그 여인을 떠날 줄 모른다.

벨 씨는 이렇게 썼다. "모스카는 태도가 경쾌하고 행동에 활력이 넘치는 사람이었지만 마음만은 '프랑스식'이 아니었다. 그는 슬픔을 '감출' 줄 몰랐다. 베갯머리에 가시가 하나 있으면 그걸로 팔다리를 찔러대는 것이었다."[45] 아나나 다를까 이 탁월한 인물은 백작부인

---

45. 『파르마의 수도원』, 1권, 6장, 148쪽.

의 탁월한 영혼을 알아챈다. 그는 그녀를 사랑해서 학생이나 할 법한 유치한 짓까지도 하게 된다. 재상은 이렇게 혼잣말을 한다. "결국 늙는다는 건 그런 감미로운 소심한 행동을 더는 못한다는 것일 뿐 아닌가."[46] 어느 날 저녁 백작부인은 모스카의 아름답고 친절한 시선(메테르니히 씨가 신을 속일 법한 시선)을 발견한다.

백작부인은 모스카에게 이렇게 말한다. "파르마에서 그런 시선을 보여주었다면 '모두들' 교수형으로 죽진 않겠다고 생각할거예요."[47]

결국 이 수완가는 백작부인 없이는 행복할 수 없으리라고 깨닫게 된다. 석 달 동안 고민에 고민을 거듭한 끝에 그는 세 가지 안案을 가지고 그녀를 찾아온다. 백작부인이 가장 현명한 안에 동의하도록 하려고 고안한 안들이었다. 그것이 그를 행복하게 만들어줄 것이

---

46. 『파르마의 수도원』 수상은 이렇게 혼잣말을 했다. "노쇠란 감미로운 이런 유치한 짓을 더는 할 수 없다는 것이 아닌가"(1권, 6장, 149쪽).

47. 『파르마의 수도원』 "파르마에서 아랫사람들과 지내실 때는 그렇게 상냥한 눈빛을 짓는 일은 없겠지요. 그러면 모두들 버릇없이 굴 것이고 교수형 같은 것은 당하지 않으리라는 희망 같은 걸 품게 될 테니까요"(1권, 6장, 152쪽).

다.

모스카가 보기에 파브리스는 아이나 다름없었다. 백작부인이 파브리스에게 품은 호의는 연애를 시작하기 전에 여성의 아름다운 영혼을 즐겁게 해주는 '선택적 모성'과 같은 것이리라.

불행히도 모스카는 기혼자였다. 그래서 그는 밀라노에 가서 산세베리나 탁시스 공작을 모셔왔다. 이 부분에 몇 가지 인용문을 넣을 수 있으면 좋겠다. 여러분은 이 인용문에서 벨 씨의 활력이 넘치고, 생기발랄한 문체를 알아 볼 수 있을 것이고, 그것이 내 글을 읽는 재미를 더해 줄 것이다. 다만 그 문체는 간혹 부정확할 때도 있긴 하다.

"공작은 예순여덟이 된 단구短軀의 노인이었다. 회색 머리가 희끗희끗했고 예절바르고 말쑥한 매력 있는 사람이다. 엄청난 부자지만 고상한 사람은 아니었다."[48] "이 점을 제외한다면 공작이 아주 멍청한 사람은 아닙니다. 의복과 가발을 주문해서 파리에서 가져오게 하죠. 미리부터 '깊이 생각하는' 악의를 가진 사람은

---

48. 『파르마의 수도원』, 1권, 6장, 158쪽.

아닙니다. 그는 명예란 훈장un cordon을 받는 거라고 정말 진지하게 생각하고 자기가 재산이 많다는 점을 부끄러워합니다. 그는 대사직職을 바라요. 그 사람과 결혼하세요. 그러면 십만 에퀴가 생기고, 미망인이 되면 엄청난 재산을 물려받게 되고, 성城도 생기고, 파르마에서 가장 멋진 생활을 할 수 있습니다. 그런 조건으로 저는 그를 군주에게 대사로 임명해달라고 하겠습니다. 훈장 치고는 대단한 것이지요. 남편은 결혼 다음날 바로 떠날 테고, 당신은 산세베리나 공작부인이 되는 겁니다. 우리는 행복하게 살 겁니다. 공작과는 다 이야기가 되었습니다. 그는 우리가 체결한 협정 덕분에 세상에서 가장 행복한 사람이 될 거고 파르마에 다시는 돌아오지 않을 겁니다. 제게는 사십만 프랑이 있어요. 이런 생활이 당신에게 진력이 나면 저는 사임하고 당신과 나폴리에 가서 살겠습니다."

"당신과 당신이 말씀하신 공작이 합의한 내용이 얼마나 부도덕한 건지 알기나 하세요?" 공작부인이 대답했다.

"궁정에서 합의하고들 하는 내용보다는 덜 부도덕합니다." 재상이 대답한다. "절대 권력에는 이런 편리한 데가 있습니다. 모든 것을 정당화해주지요. 1793년이 다시 오면 어쩌나 두려워 할 테니, 그런 두려움을 줄여주는 것을 도덕적이라고 해야 하지 않을까요. 그 점에 대해서는 접견할 때 제가 하는 연설을 들어주세요. 군주는 벌써 동의했어요. 당신은 공작을 오빠라고 생각하면 됩니다. 공작은 자기를 구제하는 그런 결혼에 희망을 거는 사람은 아닙니다. 공작은 저 대단한 페란테 팔라에게 나폴레옹 금화 스물다섯 개를 빌려줬던 것으로 자기 인생은 다 끝났다고 생각하고 있지요. 공화주의자이자 천재성이 좀 엿보이는 시인 페란테 팔라 말입니다. 우리는 그에게 사형선고를 내렸습니다만, 다행히도 궐석 재판이었죠.[49]

지나가 수락한다. 이제 그녀는 산세베리나 탁시스 공작부인이 되어, 차분하고 고상한 정신과 친절한 모습을 보여주며 파르마의 궁정을 깜짝 놀라게 한다. 그녀는 도시에서 가장 아름다운 집에 살면서 그곳에 군림했고, 작은 궁정의 큰 영광이 되었다.

에르네스트 4세 군주의 초상, 공작부인의 접견, 지배

---

49. 『파르마의 수도원』, 1권, 6장, 163쪽.

가문의 인사士들이 모인 자리에서의 첫 등장, 이 모든 세부사항은 정신, 깊이, 간결함에서 경이로울 정도이다. 군주, 각료, 조신, 여인의 마음이 그렇게 그려진 사례가 이전에 도대체 있었는가? 이 엄청난 페이지를 읽어보시라.

이런 중에 파브리스는 오스트리아의 박해를 피해, 고해신부와 주임신부의 보호를 받으며 코모호수에서 노바라로 지나가고 있다. 그는 도중에 파르마 군軍을 지휘하는 파비오 콘티 장군과 마주친다. 콘티 장군이야말로 이 책과 이 책에 등장하는 궁정사람들 중 가장 기이한 인물이라 하겠으니, 각하의 병사들이 제복에 단추를 일곱 개 달아야 하는지 아홉 개 달아야 하는지 걱정하는 사람이다. 그런데 이 희극적인 장군에게는 매력적인 딸이 하나 있고, 그녀의 이름은 클렐리아 콘티이다. 파브리스와 클렐리아는 헌병의 감시를 피해 말을 나눈다. 클렐리아는 파르마 최고의 미인이었다. 군주는 산세베리나 공작부인이 궁정에 들어와서 생긴 변화를 보고 클렐리아가 들어오면 미모가 너무 한쪽으로 기우는 것을 막을 수 있겠다고 생각한다. 그런데 처녀들이 궁정에 들어올 수 없으니 이는 곤란한 일이다.

그래서 군주는 클렐리아를 세속 수녀가 되게 한다.

에르네스트 4세는 애첩이 있다. 그의 결함은 루이 14세를 곧이곧대로 모방하려는 데 있었다. 그래서 그는 유행이라도 따르듯 루이즈 드 라 발리에르[50]처럼 발비 백작부인을 애첩으로 두었다. 그녀는 여기저기 들쑤시고 다니고, 관청에서 공급 계약을 할 때 꼭 나타나는 여자였다. 발비 백작부인이 이렇게 탐욕스러운 여자가 아니었다면 오히려 군주는 실망했을지도 모른다. 애첩이 축재한 파렴치한 재산이야말로 강력한 왕권의 상징이 아닌가. 백작부인이 탐욕스러운 여자였으니 군주에게는 다행인 일이다!

"그 여자가 절 어떻게 맞았는지 아세요. 제가 팁buona mancia이라도 줄 것처럼 기대했다니까요."[51] 공작부인이 모스카에게 이렇게 빈정댔다.

하지만 재기라고는 없는 백작부인은 공작부인과 자기가 비교되는 것을 참지 못했다. 이것이 라누체 에르네

---

50. 루이 14세의 애첩으로 국왕의 총애는 이내 몽테스팡 부인(각주 33 참조)으로 넘어간다.

51. "그 집에 찾아갔더니 그 여자는 마치 내게서 오십 프랑 정도의 보조금을 기대하는 듯이 대접하더군요"(『파르마의 수도원』, 1권, 6장, 172쪽).

스트 4세의 큰 고통거리였다. 그는 자기 애첩이 수치스러웠다. 보기만 해도 그녀에게 짜증이 일었다. 군주의 애첩은 서른 살[52]로, '예쁘장한' 이탈리아 여인의 모델이다.

"세상에 그보다 더 아름다운 눈이 없었고, 그보다 더 작고 우아한 손이 없었다. 하지만 피부에 자잘한 주름이 많이 잡혀 있어서 젊은 노파처럼 보였다. 군주가 말할 때마다 억지로 웃어보여야 했고, 자기가 군주의 뜻을 헤아리고 있다는 걸 그런 간악한 미소를 지어보이며 믿게 만들었다. 그때마다 모스카 백작은 결국 그녀가 속으로 하도 하품을 해대서 그 많은 주름이 생긴 것이라고 말하곤 했다."[53]

공작부인은 클렐리아와 친구가 되어 군주의 첫 번째 공격을 피해갔다. 다행히도 클렐리아는 너무도 순수한 인물이었다. 정치적인 고려 때문에 군주는 파르마에 자유주의[54](어떤 자유주의인지는 누구도 모른다!) 비

---

52. 『서른 살의 여인 *La femme de trente ans*』의 저자 발자크의 오류. 『파르마의 수도원』에는 스물다섯 살로 되어 있다.

53. 『파르마의 수도원』, 1권, 6장, 171쪽.

54. 리트레 사전(1873)은 이 단어를 "왕정복고기 정부의 시책에 맞서는 당파의 구성원들"로 명시한다. 라베르시 후작부인이

숫한 당파를 방임하고 있었다. 이때 자유주의자란 단테, 마키아벨리, 페트라르카, 레온 10세와 같은 이탈리아의 위인들 가운데 몬티[55] 같은 자를 끼워주는 무리를 말한다. 더는 위인들이 나오지 않는 권력에 대한 풍자라고도 하겠다. 자유주의 당파의 수장은 라베르시 후작부인이었는데 그녀는 정말 추하고 사악한 여자로 야당野黨들이나 하듯이 매번 물고늘어졌다. 파비오 콘티 장군도 이 당파 사람이다. 그러니 불순분자로 몰아 목을 매달던 군주가 자유주의 당파 같은 것을 필요로 하는 이유가 있는 것이다.

에르네스트 4세는 재정총감이자 법무대신으로 이

이끄는 소위 '자유주의 당파'는 뒤에 등장하는 군주정에 맞서 싸우고 군주에 의해 투옥되거나 사형을 당하는 자유주의자들과는 전혀 관련이 없다. 군주는 자신이 자유주의자를 탄압한다는 비난을 피하기 위해 어용 당파를 만들어 방치하는 것이다.

55. 시인 빈첸초 몬티(1754-1828)는 그의 시 「에제키엘로의 환상」(1776)으로 보르게제 추기경의 인정을 받고 교황청에 들어갔다. 교황 피오 6세의 후원으로 고전주의 색채가 강한 「우주의 미」(1781), 기구(氣球) 발명가를 찬양하는 「몽골피에 형제 찬가」(1784), 비극 「아리스토 데모」(1786), 「가레오토 만프레디」(1788) 등을 썼다. 프랑스혁명을 비난하고 교황을 옹호하는 「바스빌리아나」(1793)를 썼지만, 이후 혁명파를 옹호하고 나폴레옹이 황제가 되자 그를 찬양하는 「검은 숲의 시인」(1806)을 바쳤다.

시대의 로바르드몽[56]이라 할 만한 사람과 일하고 있는
데 그 자의 이름이 라씨였다. 이 라씨라는 자는 날
때부터 비상한 머리를 가진 자로, 상상해볼 수 있는
가장 끔찍하게 희극적이거나 가장 희극적으로 끔찍한
인물 중 한 명이다. 그는 같이 웃다가도 목을 매달게
하고 제멋대로 정의를 희롱하는 자였으니, 군주에게
없어서는 안 되는 인물이다. 라씨는 푸셰, 푸키에 탱빌,
메를랭, 트리불레, 스카팽[57]을 한데 뒤섞어 놓은 자라고
하겠다. 군주를 '폭군'이라고들 했다. 이 폭군이 말하기

---

56. 자크 마르탱 드 로바르드몽 남작(1590-1653)은 리슐리외가
   국가자문으로 임명한 사람이다. 생마르(Cinq-Mars)와 투
   (Thou)의 모반에 대한 소송을 진행했다.

57. 푸셰(1759-1820)는 입헌의회 의원으로 경찰총장을 지낸 인물
   이다. 푸키에 탱빌(1746-1795)은 공포정치 시대 혁명재판소의
   검사였고, 메를랭 드 두애(1754-1838)는 입헌의회 의원이자
   반혁명 용의자 체포령의 입안자(1793년 9월)였다. 로베스피에
   르 실각 이후에는 법무장관, 파기원의 검찰총장으로 활동
   (1806-1814)했다. 트리불레는 빅토르 위고의 극 『왕은 즐긴다
   Le Roi s'amuse』(1832년 11월 22일 초연)의 등장인물로 루이
   12세와 프랑수아 1세에 빠져 있던 인물이다. 스카팽은 이탈리아
   희극의 모사꾼 하인으로, 이 캐릭터를 프랑스 연극무대에 도입
   한 사람은 몰리에르이다(『스카팽의 간계』 1671). 발자크에게
   보내는 답신에서 스탕달은 "라씨는 독일 사람이었죠. 저는
   그에게 이백 번은 이야기를 해본 것 같습니다"(첫 번째 초고
   182쪽, 세 번째 초고 212쪽).

를 음모가 있는 곳에 교수형이 있다. 벌써 자유주의자 두 명을 교수대로 보냈다. 이탈리아 전역에 이 처형 소식이 전해지자, 전장戰場에서 용맹했고, 군대를 진두 지휘했던 그 군주가, 재기가 넘쳤던 그 군주가 두려움을 느끼게 된다. 그러자 라씨는 끔찍한 인물이 되었고, 그로테스크하기는 그대로이지만 엄청나게 대단한 존재가 되어버린 것이다. 이런 사람이 저 작은 나라의 사법권을 쥐락펴락한다.

이제 궁정에서 공작부인이 거두게 되는 몇 차례의 승리를 살펴보자. 모스카 백작과 공작부인은 새장과도 같은 이 작은 수도首都에 조용히 갇혀 살 수 없는 한 쌍의 독수리와 같다. 군주는 이내 그들에게 기분이 상했다. 우선 공작부인은 진심으로 백작을 사랑했고, 그녀에 대한 백작의 사랑은 나날이 깊어졌다. 그러자 둘의 행복한 모습을 보고 군주는 약이 올라 짓궂어졌다. 그런대도 모스카의 재능이 없다면 파르마의 집무실의 일들이 잘 돌아갈 수가 없었다. 라누체 에르네스트와 모스카는 샴쌍둥이처럼 서로 붙어 있었다. 사실 그들은 북이탈리아를 하나의 국가로 통일하고자 하는 불가능한 계획(벨 씨는 웅변적으로 이를 경고하는 것이다)을 꾸미고 있었다. 절대왕권주의로 가장假裝한 이 군주는 스스로 입헌군주제 국가의 수권자가 되려는 음모를 획책하고 있다. 그는 루이 18세를 고스란히 모방해서, 그처럼 입헌 헌장을 마련하고, 북이탈리아에 양원제를 도입하고 싶어 미칠 지경이었다. 자신이 위대한 정치가인 줄 안다. 그는 야심가였으니, 이런 계획을 통해 초라하기 짝이 없는 지위를 일으켜보려고 한다. 자기 재산을 다 써 버린대도 말이다! 모스카는 이 계획을 속속들이 전부 알고 있었다. 모스카를 필요로 할수록 군주는 재상이 얼마나 재능이 많은 사람인지 알게 되었다. 그러니 군주의 마음 깊은 곳에서 일어나는 질투를 당연히 드러내어서는 안 된다. 자기 궁정은 정말이지 지루한 곳인데, 산세베리나 저택에서는 다들 얼마나 즐거워들 하는가. 자기가 권력을 쥐고 있다는 확신을 갖기 위해 그가 쓸 수 있는 방법은 무엇일까? 기회를 잡아 재상을 못살게 구는 것이다! 군주는 처음에 공작부인을 애첩으로 삼아보려고 농담조로 말했다가 단호하게 거절당했다. 우리는 여기서 이렇게 짧게 요약하고 말았지만 군주가 자존심이 얼마나 상했을까. 그래서 군주는 공작부인이 마음을 둔 재상을 비난하여 공작부인을 고통스럽게 만들 방법을 찾고자 한다.

소설의 이 부분은 어느 것 하나 문학적으로 놀랠 만큼 견고하게 표현되지 않은 데가 없다. 이 부분을 그림으로 치자면 그 웅장한 규모는 오십 피에 너비에 삼십 피에 높이[58]에 이를 정도이고, 기법이며 제작의 섬세함은 네덜란드 회화에서 볼 수 있는 것이다. 더없이 완벽하고, 더없이 강렬하고, 더없이 진실하고, 인간 마음을 더없이 깊이 파고든 극劇의 수준에 도달해 있고, 지금껏 그 어떤 작품도 그 정도 수준에 도달한 적이 없었다. 그렇기는 해도, 이런 극적 사건이 실재하지 않았던 것은 아니다. 확실히 여러 시대의 궁정에서 있었으며, 루이 13세와 리슐리외, 프리드리히 2세와 메테르니히, 루이 15세와 뒤바리 부인과 슈아죌 씨가 그 역할을 맡았듯이 또다시 등장할 것이다.

공작부인이 궁정에 자리를 잡으면서 그녀의 마음을 단연 사로잡은 것은 무엇보다 그녀의 영웅, 그녀 마음속에서 아들이나 다름없는 조카 파브리스를 단연 돋보이는 존재로 만들겠다는 희망이었다. 천재적인 모스카라

---

58. 1피에는 0.3258미터에 해당한다. 발자크는 여기서 16.24×9.74 미터에 해당하는 대형 그림을 머릿속에 그려보도록 한다.

면 파브리스를 큰 부자로 만들 것이다. 파브리스가
아이였을 때 그녀가 품었던 사랑은 그 아이가 청년이
되어도 계속되었다. 여러분에게 미리 말하지만 지나가
느끼는 사랑의 정념은 처음에는 그녀도 몰랐던 것이었
지만, 나중에 알게 되었을 때 지극히 숭고한 정념이
되었다. 그녀는 계속 위대한 수완가의 애인으로 남는
다. 애인에게 충실하지 않은 경우는 그녀의 젊은 우상
파브리스에게 마음의 격동을 느낄 때뿐이다. 그렇지만
그녀는 애인을 배신하지 않는다. 그녀는 애인을 행복하
고 자랑스럽게 만들어 준다. 그녀는 애인에게 감정의
아주 적은 부분만 보여주니, 애인은 끔찍한 질투의
분노를 느끼면서도 불평을 하기란 언감생심이다. 공작
부인은 솔직하고, 순박하고, 숭고하고, 덤덤하고, 셰익
스피어 드라마처럼 감동적이고, 시처럼 아름다워, 제아
무리 엄격한 독자라도 어디 하나 흠잡을 데가 없다.
그래서 벨 씨의 이 대담한 작품에서만큼 비슷한 인물을
멋지게 그려냈던 시인은 아마 없었으리라. 공작부인은
경이로운 조각상과 같아서, 그것을 감상하는 관람자는
조각가의 기술에 감탄하는 동시에 그런 모델을 세상에
내보내는 데 그렇게 인색할 수가 없는 자연을 비난하게

된다. 여러분이 벨 씨의 책을 읽게 된다면 지나는 여러분의 눈 앞에 숭고한 조각상처럼 나타날 것이다. 그녀는 밀로의 비너스도 아니고, 메디치 가家에 소장된 비너스도 아니지만, 비너스의 관능, 라파엘로가 그린 처녀들의 우아함, 변화무쌍한 마음의 굴곡을 보여주는 이탈리아의 정념을 모두 가진 다이애나 여신을 닮았다. 공작부인은 무엇보다 프랑스적인 데가 전혀 없다. 정말 그렇다. 이 대리석 조각상을 빚고, 줄질하고, 세공했던 벨 씨는 프랑스 사람이었음에도 프랑스 지방색을 완전히 없앴다. 저 생생하고 매혹적인 인물 옆에 코린나[59]를 둔다면 저 코린나도 형편없는 초벌화에 불과하리라는 점을 여러분은 잘 아셔야 할 것이다. 여러분은 공작부인이 큰 키에, 재기 발랄하고, 정열적이고, 진실을 잃지 않는 여인이라고 상상하게 될 것이다. 그런데 저자는 솜씨 좋게 관능적인 부분은 감춰버렸다. 이 작품에는 관능적인 사랑을 떠올리게 하고, 그런 감정을 불러일으키는 말이 한마디도 없다. 공작부인, 모스카, 파브리스, 군주와 그의 아들, 클렐리아가 등장하고, 이 책과 등장

---

59. 슈탈 부인의 소설 『코린나 혹은 이탈리아 이야기』(1807, Nicolle, 2 vol, in-8)의 여주인공.

인물들이 여기저기에서 더없이 격렬한 정념에 사로잡히고, 그 이야기가 벌어지는 곳이 섬세함, 위선, 술책, 냉정, 외골수가 그대로 살아 있는 있는 그대로의 이탈리아 이야기는 하지만, 『파르마의 수도원』은 월터 스코트의 가장 청교도적인 소설작품 이상으로 순수하다. 모스카와 같은 남자를 행복하게 해주고 그에게 아무것도 숨기지 않는 한 공작부인, 조카 파브리스를 사랑하는 한 고모의 인물을 고상하고, 웅장하고, 누구도 비난할 수 없도록 만든 이 작품은 정말이지 대단한 걸작이 아닐까? 프랑스 연극 무대의 최고봉이라 할 숭고한 라신의 페드라와 같은 인물을 그 완고했던 얀센주의조차 비난할 생각을 못했다. 그런 페드라도 대단히 아름답고, 대단히 완벽하고, 대단히 생생히 살아 움직이는 인물은 못 된다.[60]

---

60. 스탕달은 이렇게 대답한다. "선생님께서는 너무 나가신 것 같습니다. 예를 들어 『페드라』 말씀이 그것이죠. 제가 추문에 휩싸여 버렸다고 선생님께 말씀드려야겠습니다. 제가 라신을 정말 좋게 생각하는데도 말이죠"(스탕달의 답장 170쪽, 세 번째 초고 203쪽). 발자크가 강력하고 생생한 [여성] 인물의 전형으로 라신의 페드라를 선택한 데에는 남편의 전부인의 아들 이폴리트에 대한 여주인공의 근친상간의 감정도 당연히 작용했을 것이다. 『파르마의 수도원』의 지나가 조카 파브리스

그래서 모든 것이 공작부인에게 유리하게 돌아가고, 항상 폭풍우가 닥칠지 모른다는 우려를 해야 하는 궁정 생활이지만 그녀는 그런 생활조차 즐기고, 말 그대로 행복에 심취해 있는 백작과 충실히 사랑하며 살고 있다. 백작이 '군주에 버금가는'[61] 재상 임명장을 받고, 그 직위에 따른 명예를 얻게 되자 그녀가 어느 날 이렇게 말했다.

"파브리스는요?"[62]

백작은 공작부인이 사랑하는 조카의 사면청원서를 오스트리아에 제출하겠다고 한다.

"그런데 파브리스가 영국 말이나 타고 밀라노 거리를 배회하는 젊은이들보다 조금이라도 훌륭한 젊은이라면, 열여덟 살이나 되어서 아무 하는 일도 없이, 앞으로

를 사랑하는 것도 근친상간의 감정이라고 볼 수 있다. 그렇지만 스탕달은 발자크가 이 점을 일부러 드러내고 강조했던 것을 못마땅하게 여긴 것 같다. 발자크 때문에 자신이 "추문에 휩싸여 버렸다"는 스탕달의 불만은 이런 데서 왔다.

61. 『파르마의 수도원』, 1권, 6장, 174쪽.
62. 원문에서는 공작부인이 묻는 것이 아니라 백작의 생각이었다. "[...] 부인은 그에게 아주 솔직하게 모든 것을 이야기하고 또 생각한 것이 있으면 거침없이 드러내면서도 다만 파브리스에 대해서만은 곰곰이 생각한 후에야 말을 꺼냈다"(『파르마의 수도원』, 1권, 6장, 176쪽).

무얼 할 것인지 전망도 없이 인생을 보내서는 안 되겠지요! 뭐라도 열정을 바칠 한 가지를 타고났다면, 그게 낚시질이라고 한들 저는 존중하겠습니다. 일단 사면을 받으면 밀라노에서 무슨 일을 해야 할까요?" 모스카가 말했다.

"장교로 만들고 싶어요." 공작부인이 대답한다.

"나라가 위기에 처했을 때 나폴레옹을 만나러 코모호수에서 워털루까지 갔던 젊은이에게 중책을 맡길 수 있을 군주가 있다면 한번 말씀해 보시지요. 그렇다고 델 동고 성姓을 가진 사람이 상인이 될까요, 변호사가 될까요, 의사가 될까요. 이 말에 노발대발하시겠지만 그래도 결국 이 점을 받아들이셔야 합니다. 파브리스가 원하기만 한다면 눈 깜짝할 사이에 그를 파르마의 대주교로 만들어 주겠습니다. 이탈리아에서 그 이상의 고위직은 없어요. 그 다음에 추기경이 되겠죠. 파르마의 델 동고 가문은 세 명의 대주교를 배출했어요. 1600년대에 저술을 했던 추기경이 있었고, 1700년에 파브리스 델 동고, 1750년에 아스카니오 델 동고가 그들입니다. 제가 언제까지 재상직에 있을 수는 없지 않습니까. 그게 걸림돌이죠." 백작이 말했다.

이런 논의를 두 달이나 계속했다. 공작부인이 제안하면 백작은 조목조목 반박했다. 결국 공작부인은 밀라노에서 파브리스가 처한 상황이 얼마나 불안정한지 깨닫고 절망해서 마침내 이탈리아 여인이 하곤 하는 더없이 심오한 말을 꺼내놓는다.

"그것 말고 파브리스가 정말 다른 일은 할 수 없다고 제게 말씀해 보세요"

백작이 그렇다고 말한다.[63]

공작부인은 명성을 중시하는 사람이기에 사랑하는 파브리스가 교회에 들어가 교회 고위직을 얻는 것밖에 다른 방법이 없다는 것을 알게 된다. 이탈리아의 미래가 로마에 있지 다른 어느 곳에 있겠는가. 누구든 이탈리아를 제대로 공부한 사람이라면 이 나라에 단일한 정부를 세우고, 이탈리아 민족성을 복원하는 일은 교황 식스토 5세의 손이 아니면 불가능하다는 점을 잘 알고 있다.[64]

---

63. 역시 원문에서는 백작이 공작부인에게 제안한 것이었다. "내게 한 가지 계획이 있는데요 [⋯]." "어떤 계획인가요?" "말씀드리지요 [⋯]"(『파르마의 수도원』, 1권, 6장, 177쪽).

64. 펠리체 페레티(1520~1590)를 말한다. 그는 종교개혁에 적대적이었다. 1585년 교황에 선출되어, 프랑스에서 프로테스탄트를 박해했던 가톨릭 동맹Ligue과 프랑스 구교도의 핵심세력이었던 기즈 가문을 지원했다. 『인간희극』에서 발자크는 그를 여러

이탈리아를 들었다 났다 할 수 있는 힘을 가진 자는 교황뿐이다. 삼십 년 동안 오스트리아 궁정이 얼마나 공을 들여 교황의 선출에 관여했는지, 그래서 교황의 삼중 관을 어떤 멍청한 노인네들에게 씌웠는지 아셔야 한다. "내가 통치를 못해도 좋으니 가톨릭교회여 사라지라!" 이런 행동지침이었던 것 같다. 아무리 인색한 오스트리아라도 프랑스적인 생각을 가진 교황이 선출되는 것을 막고자 백만 프랑이라도 쓸 것이다. 더없이 천재적인 이탈리아 사람이 뜻을 교묘히 감춰 성직자의 흰 법의를 입었더라도 결국 간가넬리처럼 죽게 되리라.[65] 프랑스의 훌륭한 성직자들이 로마 교황청에 영생

차례 언급한다. 그는 우월한 지성으로 자신의 야망을 거리낌 없이 성취하고자 하는 자로 그려진다. 발자크는 그의 변장의 기술이 얼마나 훌륭했는지 보여준다. 그레고리오 13세가 선종하자, 펠리체 페레티는 교황선출회의에서 신중한 처신과 위장의 기술로 교황에 선출되었다. 성 베드로 대성전의 돔, 산 조반니 인 라테라노 대성전의 식스토 로지아 완공, 산타 마리아 마조레 대성전의 프레세페 경당 완공, 퀴리날레궁, 라테라노궁, 사도궁의 증축, 성 베드로 광장에 오벨리스크 설치, 포폴로 광장 조성, 여섯 곳의 도로 개통, 로마 성벽 통합 등이 모두 그의 치세에 이루어졌다.

65. 지오반니 빈첸조 안토니오 간가넬리(1705-1774)는 1769년 5월 18일에 교황에 선출되어 클레멘스 14세라는 이름을 얻었다. 처음에는 로욜라와 예수회에 적대적이지 않았으나, 포르투갈,

의 묘약이라는 강장제를 보냈는데, 교황청에서 이를 받으려들지 않았던 숨은 이유가 아마 거기 있지 않을까. 로드리고 보르지아[66]였더라면 틀림없이 그들을 얼른 자신의 충성스런 추기경들 사이에 자리를 마련해줬을 것이다. 인 코에나 도미니In coena Domini[67] 교서를 작성한 자가 프랑스 갈리카 교회에서 내놓은 가톨릭 민주주

에스파냐, 프랑스 등 각국에서 예수회의 추방 청원이 들어오자 결국 예수회를 해산하지 않을 수 없게 되었다. 그가 1773년 6월 9일에 서명한 '도미누스 레뎀프토르Dominus ac Redemptor' 교서로 예수회가 운영하던 학교가 문을 닫고 1만 명 이상의 예수회원들이 추방되었다. 그는 예수회 추방 결정이 내려진 이듬해 사망했는데 독살되었다는 의혹이 있었다. 발자크는 1824년 4월에 『예수회의 공정한 역사Histoire impartiale des Jésuites』를 출판한다. 익명으로 낸 이 상업적 저작에서 그는 예수회 복권을 호의적으로 다뤘다.

66. 로드리고 보르지아(1431~1503)은 전임 교황 인노첸시오 8세가 선종한 뒤, 1492년 7월 25일에 소집된 교황선출회의에서 다수의 표를 얻어 선출된 뒤 알레산드로 6세의 이름을 얻었다. 그러나 많은 돈을 써서 교황에 선출되었다는 소문이 무성했다. 그의 사생아 중 한 명이 체사레 보르지아로, 마키아벨리는 그를 위해 『군주론』을 썼다.

67. 이 교서는 이단의 파문과 예방을 목적으로 하는 것으로, 1560년 교황 우르바노 8세에 이르러 완성되었다. 그러나 프랑스는 프랑스 갈리카 교회의 자유를 침해한다고 이를 거부했고, 유럽의 군주들 대부분 역시 반대했기 때문에 1770년 이후 폐지되었다.

의라는 위대한 생각을 이해했던들 이 상황에 적용해보지 않았겠는가. 교회 내부에서 이런 개혁을 내놓았다면 교회에도 이롭고 교황의 권좌도 보존할 수 있었을 것이다. 저 갈팡질팡하는 천사 라므네 씨[68]가 브르타뉴 사람 특유의 고집으로 로마 가톨릭 사도 교회를 버리는 일도 없었을 것이다.

그래서 공작부인은 백작의 계획을 받아들인다. 위대한 정치가들도 자기 집에서는 계획의 확실성을 의심하고 주저하기 마련이듯, 이 위대한 여인도 마찬가지이다. 그러나 공작부인은 일단 결심을 하면 이를 되돌리는 법이 없다. 공작부인이 원했던 것을 계속 원하고 있다면 그녀가 항상 옳은 것이다. 공작부인의 이런 집요함에 그녀의 엄격한 성격이 드러난다. 그것 때문에 이 풍요로운 극의 장면 장면마다 무언지 모를 끔찍한 인상이 느껴진다.

---

68. 펠리시테 로베르 드 라므네(1782–1854)는 프랑스 북부 브르타뉴 지방 생말로 태생으로 처음에는 왕정주의자이자 교황권주의자였다가, 나중에 사회민주주의 가톨릭으로 기울었다. 1830년에 몽탈랑베르와 라코르데르와 함께 일간지 『라브니르 L'Avenir』를 창시했다. 1832년에 로마에서 파문당한 뒤 영향력이 점차 약화되었다.

파브리스를 미래의 운명에 발을 들여놓게 하는 부분처럼 기발한 장면도 없다. 공작부인과 백작은 파브리스가 앞으로 어떤 기회를 잡을 수 있을지 자세히 보여준다. 파브리스는 대단히 총명한 젊은이였으니 전부 이해하고 앞으로 그가 교황의 삼중관을 쓰게 되리라고 생각한다. 백작은 파브리스더러 이탈리아에 널리고 널린 그런 사제가 되라는 것이 아니다. 파브리스는 대귀족 출신이다. 그가 하기 싫다면 공부를 안 해도 좋다. 그래도 어차피 그는 대주교가 될 터이다. 파브리스는 카페나 출입하면서 살지는 않겠다고 단호히 말한다. 가난은 죽어도 싫지만, 그렇다고 군인이 될 수도 없는 처지임을 깨닫는다. 아메리카로 건너가서 미국 시민이 되겠다(지금은 1817년이다)는 생각도 했다. 그러자 미국 생활이 얼마나 우울할지 설명을 듣는다. 그곳 생활에는 우아함도, 음악도, 사랑도, 전쟁도 없고, 있는 것이라고는 달러라는 물신物神의 숭배[69]와 모든 것이 투표로 결정되니 장인匠人들과 대중에게까지 머리를 숙여야 할 의무밖에 없다고 한다. 파브리스는 '천민정치'[70]가 죽기보다

69.　『파르마의 수도원』, 1권, 6장, 181쪽.
70.　'천민정치(la canaillocratie)'라는 말은 조제프 드 메스트르가 처음

싫었다.

이 위대한 수완가 모스카 백작은 파브리스에게 사실 그대로의 인생을 보여준다. 파브리스는 그의 말을 듣자 환상이 연기처럼 사라졌다. 예전의 파브리스라면 탈레 랑 씨가 했던 '헌신하지 말라!'는 말이 무슨 뜻인지나 알았겠는가? 그의 말처럼 젊은이들이 받아들일 수 없는 말도 없다.[71] 모스카는 파브리스에게 이렇게 말한다.

썼다. "[…] 저는 1796년에 천민정치의 위험을 예고할 수 있었습니 다"(Joseph de Maistre, *Correspondance diplomatique*, éd. Albert Blanc, t. II, Paris, Michel Lévy Frères, 1860, 137쪽).

71. 발자크는 탈레랑 공(1754-1838)을 높이 평가했다. 그는 오랫동 안 외교직에 있었는데 정치체제가 숱하게 바뀌었어도 끝내 살아남았다. 발자크는 그에 대해 "모든 것에 개의치 않고 인간과 환경에 좌우되지 않았던 사람"이라고 말했다. 발자크는 1836년 11월 26일 로슈코트에서 탈레랑과 만난 적이 있는데 그에 대해 깊은 인상을 받았다. 『인간희극』에서 탈레랑의 이름은 대단히 자주 등장한다. "우리 외교관들 중 가장 현명하고 가장 능력 있는 사람"(『소에서 열린 무도회*Bal de Sceaux*』)이라는 표현처 럼, 탈레랑은 자기가 살던 시대를 지배할 줄 아는 사람처럼 소개된다. 발자크가 여기서 인용한 문장은 생트 뵈브가 『양세기 평론』에 실렸던 '여인들의 초상'에서 슈탈 부인을 언급한 부분 (1835년 5월 15일자)에 등장한다. "어느 날 저녁 나는 재기 넘치는 외교관 한 분의 말을 들었다. 그에게 예전 자리를 곧 회복하게 될지 물었더니 그는 다음처럼 답변했다. '저는 아직 젊습니다. 탈레랑 씨는 "헌신하지 마시오"를 처신의 제 일조로 삼는다고 제게 말하더군요.'" 발자크는 『골짜기의 백합』에서

"생각해보게. 열정적인 사람은 무슨 정치적 성명이 발표되고, 마음이 이끄는 대로 한 당파에 뛰어들어도 나중에는 그것과 정반대의 당파를 따른다는 걸 말일세."

대단한 문장이 아닌가![72]

이 풋내기에게 재상은 긴 자주색 양말을 신은 '고위성직자Monsignore'가 되지 않는 한 파르마에 돌아올 생각을 하지 말라고 명령한다. 모스카 백작은 그의 현명한 친구였던 대주교에게 파브리스의 추천서를 써준다. 파브리스를 나폴리로 보내 신학공부를 하도록 하는 것이다. 재상의 충고는 공작부인의 살롱에서 설렁설렁한 말이지만 정말 대단하다. 인용문 하나만 읽는대도 여러분은 벨 씨가 저 위대한 인물 모스카에게 어떤

모르소프 부인을 통해 펠릭스가 탈레랑의 처세술을 배우게끔 한다. "'열의는 금물입니다!' 열의는 사기와 맞닿아 있고, 실망을 안겨 줍니다"(『골짜기의 백합』, 정예영 역, 을유문화사, 2008, 178쪽).

72. 발자크의 인용은 부정확하다. 발자크는 이 말을 모스카 백작이 했다고 기억하지만 사실은 공작부인이 파브리스에게 한 말이다. 아래의 인용문도 마찬가지이다. 『파르마의 수도원』 6장에서 공작부인은 "열정적인 사람은 무슨 정치적 성명이 발표될 때나 혹은 마음이 바뀔 경우 자기가 평생 추종해 오던 당파에 등을 돌리고 곧잘 그 반대편에 뛰어들곤 하지"(1권, 6장, 182쪽).

섬세한 발상을, 어떤 인생의 학문을 부여하고 있는지 알 수 있을 것이다.

"자네가 학교에서 듣고 배울 내용을 믿든, 믿지 않든 상관없네. '하지만 절대 논박만은 말게.'" 재상이 파브리스에게 이렇게 말했다. "휘스트 카드 놀이 규칙을 배우는 거라고 생각해보게. 휘스트 규칙이 왜 이런 식이냐고 반박을 할 텐가? 또 일단 규칙을 알고 손에 익으면 이겨보고 싶지 않을까? 볼테르니, 디드로니, 레날이니 하는 철학자들 운운하며 상스러워지면 절대 안 되네. 어리석기 짝이 없는 양원제 정부 체제를 여기까지 끌고 왔던 저 경솔한 프랑스 사람들 누구도 입에 올리면 안 되네. 그들 이야기를 하지 않을 수 없을 때는 점잖게 빈정거리면서 하도록 하게. 그들의 이론은 벌써 반박이 끝난 걸세. 1793년을 보면 알 수 있지. 사소한 연애 사건들은 큰 잘못만 없으면 용서받을 수도 있어. 그렇지만 자네가 논박했던 사람들은 그걸 잊지 않지. 나이가 들면 연애는 잊지만 의심은 커지기 마련이네. 세상 모든 일을 다 믿어도 좋지만, 다른 사람 눈에 띄고자 하는 마음만은 버려야 하네. 섬세한 눈을 가진 사람이 자네 눈을 보면 자네가 어떤 정신을 가진 사람인지 알게 될 것일세. 자네가 현명해야 할 때가 올 걸세. 대주교가 되는 바로 그때 말일세!"[73]

　모스카의 탁월함은 섬세하면서도 놀라움을 주는 것으로 말을 하거나 행동을 할 때 실수를 하는 일이 없다. 그래서 이 작품을 한 페이지 한 페이지 넘길 때마다 라 로슈푸코의 잠언箴言처럼 심오한 뜻을 새길 수 있다. 물론 백작과 공작부인도 정념에 사로잡혀 과오를 저지른다는 점에 주목해보시라. 그렇지만 그들은 자기들이 저지른 과오를 천재를 발휘해 결국 바로잡는 것이다. 누가 백작에게 의견을 물으러 찾아왔다면 그는 파르마의 에르네스트 4세가 어떤 불행을 맞게 될지 설명해주었으리라. 그런데 정념이 정작 그를 자기 일에는 청맹과니처럼 만들어 버렸다. 작가에게 재능이 없었더라면 여러분은 이 감동적인 희극 장면을 만나보지 못했을 것이다. 결국 위대한 정치가라고 하는 사람들은 외줄을 타는 곡예사와 다름없다. 순간의 방심

---

73. 역시 모스카가 아니라 공작부인이 파브리스에게 하는 충고이다. 그러나 공작부인은 자기가 "이탈리아의 현 정세에 밝은 백작"이 파브리스에게 주고 싶었던 충고를 옮기고 있다고 말한다. 본 번역에서는 백작이 파브리스에게 직접 충고하는 어투로 옮겼다(『파르마의 수도원』, 1권, 6장, 183~184쪽).

으로도 그들이 누렸던 멋진 건물은 와르르 무너져 내리게 된다. 루이 13세의 재상 리슐리외는 속칭 속은 자들의 날journee des Dupes에 왕태후가 수프를 들지 않았다면 위험을 벗어나지 못했을 것이다. 마리 드 메디치는 생제르맹에 가기 전에 그녀의 안색을 좋게 유지해주었던 에그밀크를 꼭 들어야 한다고 고집했으니 말이다.[74] 모스카와 공작부인은 그들이 갖춘 모든 능력을 한순간이라도 느슨하게 했다가는 살아남을 수 없다. 그래서 두 사람이 살아가는 삶의 정경을 뒤좇는 독자는 이 장 저 장을 넘기면서 흥분 상태에 놓이게 된다. 작가는 그들의 이런 삶이 얼마나 많은 어려움들을 겪을 수밖에 없는지를 제대로 제시했고 섬세하게 설명했다. 마지막으로 다음에 주목해보도록 하자. 이 위기들, 이 끔찍한 장면들이 소설의 줄거리에 긴밀히 수놓아져 있다. 꽃들

---

74. 생제르맹이 아니라 베르사유에서 있었던 일이다. 리슐리외는 마리 드 메디치가 베르사유에서 왕의 처소를 늦게 방문했던 바람에 살아남았다. 그래서 리슐리외는 왕에게 입고 있던 총애를 호시탐탐 빼앗고자 했던 루이 13세의 모후 마리 드 메디치 파에 승리를 거두게 된다 (1630년 11월 11일). 발자크는 이 일화를 『금지Interdiction』에 가져다 썼다. 프랑스사의 해당시기를 연구했던 발자크는 1830년경에 『세 명의 추기경. 루이 13세 시대의 역사』라는 제목의 소설 주제를 생각해보고 있었다.

을 장식으로 덧붙인 것이 아니라 그것과 옷감이 하나가 되어 있는 것이다.

"우리 사랑을 숨겨야 해요."[75] 군주와의 전쟁이 개시되었음을 알게 된 날, 공작부인은 백작에게 이렇게 침울하게 말한다.

공작부인은 희극에는 희극으로 맞서, 에르네스트 4세가 백작에 대한 그녀의 사랑이 대수롭지 않은 것일 뿐이라고 생각하게 만든다. 그에게 희망에 젖을 하루를 주는 것이다. 하지만 군주는 예민한 사람이어서, 곧 자기가 농락당했음을 알게 된다. 헛물을 켰다는 걸 알게 되자 악의가 더해진 그의 분노는 걷잡을 수 없이 커진다.

이 위대한 책을 구상하고 집필할 수 있는 작가는 오십 대는 되어야 한다.[76] 재능은 한껏 무르익고 전력을 다할 수 있는 나이이다. 이 책 어디를 보아도 완벽하지 않은 부분이 없음을 깨닫게 된다. 군주의 배역은 대가의 손으로 그려져 있다. 이미 여러분에게 말한 대로 이

---

75. 『파르마의 수도원』, 1권, 6장, 188쪽.
76. 1783년 1월 23일에 태어났으므로 스탕달은 『파르마의 수도원』이 출간되었을 때 쉰여섯 살이었다.

책이 바로 또 하나의 『군주론』이다. 인간이자 주권자로서의 군주를 경탄스럽게 발견하게 된다. 이 자는 러시아 제국을 다스리고, 러시아 제국을 이끌어 나갈 수 있을 위대한 사람이리라. 그렇지만 그 자는 허영심, 질투, 정념에 사로잡히곤 하는 현실에서 볼 수 있는 그대로의 인간으로 남을 것이다. 그 자가 17세기 베르사유에 있다면 그는 루이 14세일 테고, 루이 14세가 푸케에게 복수하듯이 공작부인에게 복수했을 것이다. 비평을 할 때 너무도 형편없는 인물을 제시했다고 비판할 수 없는 것처럼 너무도 위대한 인물을 제시했다고 비판할 수도 없다. 그들 모두 그래야 하는 대로 존재하는 것이다. 우리 삶이란 것이 그러하며, 특히 궁정의 삶이 그러하다. 호프만은 궁정의 삶을 캐리커처로 그려보고 싶어 했지만 여기서는 이를 진지하고 영악하게 그려냈다. 요컨대 이 책을 읽는 여러분은 루이 13세의 궁정당la camarilla[77]이 리슐리외에게 어떤 고통을 가했는지 고스란히 이해할 수 있게 된다. 그렇대도 이 작품에 루이

---

77. 『아카데미 프랑세즈 사전』(1835)에서 "절대주의자들의 당파"로, 리트레 사전에서 "왕의 최측근에게 접근하는 사람들의 무리"로 정의하고 있다.

14세의 내각, 피트의 내각, 나폴레옹의 내각, 러시아 내각을 주제로 삼았을 때 얻을 수 있을 정도의 흥미를 마련할 수는 없을 것 같다. 베일 아래 숨겨진 이해관계 역시 표현해야 하므로 엄청나게 길어지고 수많은 설명이 필요했을 테니 말이다. 그렇지만 여러분은 파르마 정도는 한 번에 조망해볼 수 있다. 그래서 이름만 바꿔 본다면mutato nomine 파르마를 통해 대단히 높은 궁정에서 어떤 음모들이 벌어지고 있는지 이해할 수 있다. 보르지아 교황의 치세, 티베리우스의 궁정, 펠리페 2세의 궁정에서 만사가 그렇게 진행되었다. 베이징의 궁정인들 다르겠는가.

이제 저 이탈리아의 끔찍한 드라마 속으로 들어가 보도록 하자. 이 드라마는 천천히, 차근차근 준비된 만큼 크나큰 매혹을 일으킨다. 여기서 나는 궁정의 세부 묘사며 참신한 인물들의 평가는 건너뛰겠다. 군주의 아내는 남편이 퐁파두르 부인 같은 애첩을 두어 자기가 불행한 여자가 되고 말았다고 생각한다. 왕위를 계승해야 할 세자는 꼼짝없이 갇혀 지내는 처지다. 이조타 공주, 시종, 내무대신, 성채의 총독 파비오 콘티도 있지만 여기서는 건너뛰겠다. 그렇지만 아무리 사소해 보이는 것도 그냥 흘려버려서는 안 된다. 여러분이 공작부인, 파브리스, 모스카처럼 파르마의 궁정에 들어간다면 싫어도 휘스트 게임을 해야 한다. 여러분에게 이득이 될 것을 두고 이러쿵저러쿵 말들이 오갈 것이다. 재상은 자신이 실각했다고 생각하자 정말 진지하게 이렇게 말한다.

"여기 모인 사람들이 돌아가면 오늘 밤 우리를 지킬 방법을 생각해 봐야 합니다. 가장 좋은 방법은 사람들이 춤추는 사이에 바로 떠나는 겁니다. 포 강변에 부인께서 갖고 계신 사카 영지로 떠나는 것이 좋겠죠. 그곳에서 오스트리아까지는 이십 분 거리니까요."[78]

사실 공작부인이든, 재상이든, 파르마의 신민 누구나 성채에 갇혀 인생을 마감할 수 있는 것이다.

군주는 공작부인에게 넌지시 제 마음을 전한다. 그러자 그녀가 이렇게 말한다.

"그러면 도대체 무슨 염치로 우리가 저렇게 똑똑하고 다정한 모스카를 다시 보겠어요?"

"그래요. 나도 생각해봤소. 다시 안 보면 그만이지!

---

78. 『파르마의 수도원』, 1권, 6장, 191쪽.

저기 성채가 안 보이시오." 군주가 그렇게 말한다.

산세베리나 공작부인은 군주가 한 말을 즉각 모스카에게 전했고, 모스카는 깨끗이 손을 뗀다.

사 년이 흘렀다.

재상은 사 년 동안 파브리스를 파르마에 돌아오지 못하게 했다. 교황이 그를 고위성직자로 임명하기 전에는 돌아올 수 없다. 이제 그는 긴 자주색 양말을 신을 권리를 가진 고위직에 올랐다. 파브리스는 자신의 정치적 스승의 기대에 훌륭히 부응했다. 나폴리에서는 애인을 몇몇 사귀었다. 고대 유적에 대단한 흥미를 갖게 되어 말을 팔아 마련한 돈으로 유적 발굴 작업을 했다. 그는 처신을 잘했고, 질투의 대상이 된 적도 없다. 이제 그는 교황이 될 것이다. 파브리스가 파르마로 기쁘게 돌아가고자 했던 것은 매력적인 A*** 공작부인의 애정에서 벗어날 수 있게 되기 때문이다. 그를 가르친 선생은 그를 박식하게 만들었던 공을 인정받아 십자훈장과 연금을 받았다. 파브리스의 파르마 진출, 도착, 궁정에서의 여러 차례 알현하는 장면이 장르, 성격, 줄거리에 있어 상상할 수 있는 최상의 희극을 만들어준다. 탁월한 사람들이라면 여러 대목을 읽다가 책을 탁자에 내려놓고 이렇게 말하리라.

"정말이지, 너무도 아름답고, 섬세한 구성에, 심오하기도 하구나!"

예를 들면 그들은 아래 인용문과 같은 말들을 곱씹어볼 것이다. 특히 군주들은 행복하고자 한다면 이 말을 깊이 생각해볼 일이다.

"고귀한 자리에 앉게 될 신분이나 그와 비슷한 신분으로 태어난 사람들은 이내 섬세한 판단력을 잃고 만다. 주위 사람들의 말이 그들에게 형편없이 보이니 그들 앞에서 자유롭게 자기 의견을 말할 수가 있겠는가. 그들에게 보이는 것은 가면을 쓴 모습뿐이지만 그들은 가면 밑의 안색이 아름다운지 아닌지 판단할 수 있는 능력이 있다고 주장한다. 재미있는 점은 그들 스스로 판단력이 뛰어나다고 믿고 있다는 것이다."[79]

이제부터 파브리스를 향한 공작부인의 순박한 열정과 이를 지켜보는 모스카의 고통이 시작된다. 파브리스는 반들반들하게 가공되고 있는데도 티끌만큼도 버려지는 것이 없는 다이아몬드와 같다. 예전에 그는 대담하

---

79. 『파르마의 수도원』, 1권, 7장, 201쪽.

고 무모하기만 한 젊은이의 용모를 하고 있었다. 그때는 말채찍을 그의 분신인양 지니고 다녔다. 그런 조카를 나폴리로 보냈던 지나는 이제 처음 보는 사람들 앞에서도 고상하고 자신 있어 보이는 파브리스의 모습을 본다. 그러면서도 집에 있을 때는 젊은이의 열정이 그대로 남아 있다.

"조카님은 어떤 고위직에 올라도 빛을 발할 겁니다" 모스카는 공작부인에게 이렇게 말했다.

하지만 이 위대한 수완가는 파브리스를 유심히 바라본 뒤 공작부인에게 시선을 돌려본다. '그녀의 기이한 눈빛을 알아채'는 것이다.

"나도 이제 오십이야."[80] 그가 생각한다.

공작부인은 너무 행복해서 백작을 생각할 겨를도 없다. 그 한 번의 시선이 모스카에게 일으킨 효과는 너무도 깊어 손을 쓸 수가 없다.

---

80. 『파르마의 수도원』. "백작은 이미 쉰 살에 접어든 나이였다. 이 말은 참으로 잔인한 것으로, 아마 미친 듯한 사랑에 빠져본 사람만이 이 말이 얼마나 가슴을 아프게 하는지 알 것이다. [...] 나이 오십이라는 이 잔인한 말은 그의 입장에서 볼 때 자신의 모든 생활에 어두운 그림자를 던지는 듯했고, 그리하여 자칫 스스로에게 가혹해질 수도 있었다"(1권, 7장, 196쪽).

라누체 에르네스트 4세는 공작부인의 조카에 대한 사랑이 친척 간에 있는 통상적인 애정보다 더 깊다는 점을 알게 되자 행복에 겨워한다. 파르마에서 이는 근친상간이나 다름없기 때문이다. 그는 이 점에 대해 재상에게 익명으로 편지를 써 보낸다. 모스카가 편지를 읽었겠다는 확신이 들었을 때 군주는 재상을 불러, 그가 공작부인의 방에 들를 틈도 주지 않고 우정이 넘치고 사탕발림이 가득 섞인 회의를 주재한다. 모스카는 애간장이 탈 지경이다. 확실히 아름다운 영혼이 쓰라린 사랑의 고통을 겪는 장면만큼 매력적인 것은 없다. 그런데 이 사람은 이탈리아 사람이고, 천재를 가진 사람이다. 나는 모스카의 질투를 그려낸 이 장章만큼 매력적인 장이 있을까 싶다.

하지만 파브리스는 지나를 고모로서 좋아할 뿐 사랑을 느끼지는 않는다. 조카는 고모에게 여자로서의 욕망을 느끼지 못한다. 그렇기는 하지만 두 사람이 대화를 나누면서, 우연찮은 한 마디 말, 한 가지 몸짓이 파브리스의 젊음을 분출케 할 수도 있는 것이다. 정말 별일도 아닌 것이 시발점이 되어 그들이 함께 멀리 떠나버릴 수도 있다. 공작부인에게 부와 명예 따위가 무슨 가치가 있는가. 그녀는 벌써 천오백 프랑의 연금만 들고 밀라노 사람들이 다 쳐다보는 사층 집에서 살아본 적이 있지 않던가. 앞으로 대주교가 될 파브리스는 제가 빠질 수도 있을 깊은 심연을 알아챈다. 군주는 자기의 친애하는 재상을 잃게 된다는 기쁨에 차 행복해 한다. 그는 재앙이 닥치기를 기다리는 군주와도 같다. 모스카, 저 위대한 모스카가 아이처럼 눈물을 흘린다. 사랑스러운 파브리스는 신중한 사람이다. 그는 모스카와 고모 각자의 처지를 이해하고 불행을 막는다. 성직자 파브리스가 귀여운 마리에트를 사랑하게 되니 말이다. 그녀는 아를르캥 역을 맡는 남자 동료의 상대역 콜롱빈을 연기하는 형편없는 여배우이다. 마리에트가 지금 사귀고 있는 애인이란 사람은 마음도 몸도 흉측하기 짝이 없는 질레티라는 자로, 과거 나폴레옹의 용기병龍騎兵이었고, 검술사범도 했던 사람이다. 그는 마리에타를 속여 먹고, 걸핏하면 때리고, 푸른 색 숄은 물론 그녀가 번 돈까지 전부 가져갔다.

이제 모스카는 안도의 한숨을 쉰다. 군주는 불안해한다. 봉鳳을 놓친 것이다. 산세베리나 공작부인을 조카를 이용해서 붙잡아 둘 수 있었다. 그녀의 조카는 참으로

대단한 정치가가 아닌가! 마리에타라는 적수가 등장은
했어도, 공작부인이 품은 사랑의 정념은 대단히 순박했
고, 그녀가 허물없이 대했던 만큼 그런 태도가 위험천만
할 수도 있는 것이었다. 그래서 파브리스는 백작에게
발굴 작업 관리차 시골에 같이 가자는 제안을 한다.
백작도 고고학에 관심이 있었고 발굴 작업도 시키는
사람이었다. 이러니 재상이 어찌 파브리스를 좋아하지
않을 수 있을까. 그리고 마리에타의 동행인 그녀의
엄마 '마마치아mamaccia'가 네 페이지에 걸쳐 그려지는
데 대단히 사실적이고, 대단히 심층적으로 풍속을 그려
냈다. 이제 이 희극적인 인물bagage 질레티가 파르마를
떠난다. 질레티, 마마치아, 마리에타 세 사람이 길을
가고 있을 때 파브리스는 사냥 중이다. 그런데 그는
갑작스레 옛 용기병 질레티를 만나게 된다. 이탈리아
사람의 질투가 순간적으로 폭발해 '성직자를 죽여버리'
고자 한다. 길에서 마리에타를 마주친 파브리스는 깜짝
놀란다. 파브리스가 질레티를 보자, 이 우연찮은 결투
가 심각해진다. 눈眼이 하나뿐인 질레티가 그의 얼굴에
상처를 입히려고 한다는 걸 깨닫는다. 그래서 질레티를
죽이고 말았다. 물론 질레티가 싸움을 걸었다. 발굴하

던 노동자들이 이를 다 보았다. 그렇지만 파브리스는 라씨 파와 자유주의자들이 자기와 재상, 그리고 고모를 궁지에 몰아넣기 위해 이 한심한 치정사건을 이용하리라는 것을 깨닫게 된다. 그래서 그는 달아난다. 포강을 건넌다. 예전 산세베리나 공작부인의 마부였던 루도비코의 솜씨로 파브리스는 은신처를 구해놓고 볼로냐로 가서 마리에타를 다시 만난다. 소네트를 짓곤 하던 루도비코라는 자는 앞뒤 가리지 않고 파브리스를 돕는다. 이 옛 마부야말로 소설의 후경後景을 구성하는 가장 완벽한 인물 중 한 명이다. 파브리스의 도피, 포강의 풍경, 젊은 성직자가 거쳐 가는 명소名所들의 묘사, 파르마를 탈출하는 동안 겪게 되는 모험들, 훌륭히 그려진 또 다른 인물인 대주교와의 서신교환과 같은 아주 작은 세부사항들까지 문학적 천재가 드러나지 않는 부분이 없다. 모든 것이 이탈리아적이다. 이 드라마와 이 시정詩情을 느껴볼 생각에 역마차를 집어타고 이탈리아를 달려보고 싶은 마음이 일어난다. 독자 스스로 파브리스가 되어 보는 것이다.

파브리스는 도피해 있는 동안[81] 자기 고향을 방문하고, 코모호수를 보러가고, 아버지의 성관에 간다. 그

당시 엄중한 정책을 폈던 오스트리아 입장에서 파브리스는 대단히 위험한 인물이다. 지금 우리는 1821년에 와 있다. 이 시대는 더는 여권 문제를 경솔히 처리했던 시대가 아니다. 파브리스 델 동고라는 잘 알려진 이 성직자가 슈필베르크 감옥에 갇힐 수도 있다. 저자는 소설의 이 부분에 저 멋진 정신의 소유자 블라네스 신부를 그려낸다. 파브리스를 사랑하는 소박한 사제인데, 점성술에 조예가 깊다. 그의 초상을 보면 신비神祕적인 학문에 깊이 젖어 있는 대단히 진지한 신부의 모습이 보인다. 다시 이 문제를 다루겠지만 점성술이 토대가 부실한 학문은 아니기는 해도 사람들의 웃음거리가 될 수 있다. 그렇지만 무신앙으로 일관하는 사람들은 그런 웃음도 짓지 않는다. 나는 저자가 어떤 입장을 개진하려는 것인지 모르겠지만, 어쨌든 그는 블라네스 신부를 옹호하고 있기는 하다. 이탈리아에서 블라네스 신부와 같은 사람은 진실한 인물로 통한다. 티치아노가 인물의 머리를 베네치아 사람을 보고 그렸는지 머릿속

---

81. 파브리스가 그리앙타의 델 동고 성관을 보러 가고 블라네스 신부를 다시 만나는 장면(8-9장) 다음에 도피의 장면(11장)이 나온다.

에서 상상했던 것인지 알 수 있는 것처럼 이 부분에서 신부의 진실성이 느껴진다.

군주는 파브리스 사건을 심리審理에 붙였다. 이때 검찰총장 라씨가 천재성을 발휘한다. 라씨는 유리한 증인들을 불러들이고 불리한 증인들은 매수한다. 라씨가 군주에게 파렴치하게 말하는 것처럼 그는 이런 하찮은 일(델 동고 가문 사람이 먼저 공격을 받자 정당방위 차원에서 질레티와 같은 자를 죽게 했던)을 가지고 성채에 이십 년 구금형을 선고하는 것이다. 군주는 사형 선고가 내려지기를 바랐다. 그런 다음에 '사면을 해주'면 산세베리나 공작부인은 대단한 치욕을 느낄 것이다. 그러나 라씨는 이렇게 말한다.

"그보다는 제 방식이 더 낫습니다. 기를 꺾어 버렸거든요. 앞으로 파브리스 인생은 끝났다고 봐야죠. 로마 교황청에서 살인자를 데리고 뭘 할 수 있겠습니까."[82]

마침내 군주가 산세베리나 공작부인을 옴짝달싹 못하게 만들었다! 아! 바로 여기가 공작부인이 아름다움을 과시하고, 파르마의 궁정에 혼란이 일어나고, 드라

82. 『파르마의 수도원』, 1권, 14장, 372쪽.

마가 화려해지면서 엄청난 규모로 커지는 곳이다. 이 현대 소설에서 가장 아름답게 빛나는 장면 중 하나는 산세베리나 공작부인이 군주에게 작별인사를 하러 와서 '최후통첩'을 하는 장면이다. 『케닐워스』에서 엘리자베스 1세, 에이미, 레스터가 등장하는 장면은 규모, 극 효과, 냉혹함의 면에서 이보다 못하다. 그러니 호랑이가 제 굴에서 도전을 받은 셈이다. 뱀이 잡혔다. 몸을 사리고 용서를 빌어도 공작부인은 짓밟아 버린다. 지나는 소송을 취하한다는 군주의 답서를 바라고, 이를 작성하라고 명령하고, 결국 그것을 받아내고 만다. 그녀는 사면을 바라는 것이 아니다. 군주로 하여금 '소송이 부당하고 앞뒤가 맞지 않다'고 적게 한다. 절대 군주라면 도대체 어찌 그렇게 할 수 있겠는가. 그런데 그녀는 이를 요구하고 얻어낸다. 이 장면에서 모스카의 역할이 빛난다. 여기서 두 연인은 몸짓 하나, 말 한 마디, 한 번의 시선 때문에 완전히 실패에 이르렀다, 위험을 벗어났다 하는 것이다!

어떤 분야에 종사하던, 예술가라면 누구도 꺾을 수 없는 자존심이며, 자기 예술에 대한 감각이며, 모든 상황에 대한 결코 지워지는 법이 없는 의식이 있기 마련이다. 누구도 그를 타락시킬 수 없고, 누구도 그를 매수할 수 없다. 제게 배역을 맡긴 작가나 극장이 망해버리기를 간절히 바라는 배우라 할지라도 자기 배역을 엉터리로 연기하는 일은 없다. 비소砒素를 먹고 죽은 시체인지 봐달라고 불려온 화학자라면 비소가 조금이라도 있다면 그것을 결국 찾아내고 말리라. 작가와 화가는 설령 교수대에 매달리게 되더라도 자신의 천재를 충실히 따를 것이다. 여성에게는 이런 것이 없다. 세상은 여성의 정념이 딛고 서는 디딤돌과 같다. 그래서 이런 점에서 여성은 남성보다 아름답고 남성보다 위대하다. 여성이 정념이라면, 남성은 행동이다. 이런 식이 아니라면 남성이 여성을 사랑하겠는가. 그래서 여성의 광채가 가장 화려하게 빛나는 곳은 궁정 사회에 속한 사람들 속에서이다. 그곳이야말로 정념에 더없이 강력한 힘을 마련해준다. 절대 권력의 세상만큼 아름다운 극장은 없다. 프랑스에 더는 그러한 여성들이 존재하지 않는 이유가 여기 있다. 그런데 모스카 백작은 재상으로서의 자존심 때문에 군주의 답서에서 공작부인이 강조했던 단어를 삭제해 버린다. 그러자 군주는 재상이 산세베리나 공작부인보다 군주인 자신을 더 중시한다고 생각하고 독자도 알고 있는 그 눈짓을 해보인다. 모스카는 국가를 책임지는 정치가로서 바보 같은 짓에 부서副暑하고 싶지는 않았고, 그게 다였다. 군주라면 그런 식으로 행동해서는 안 되었다. 공작부인은 승리에 취하고, 파브리스를 구했다는 데 안도해서 모스카를 믿고 답서를 다시 읽어보지도 않았다. 지금껏 다들 그녀는 끝이라고 생각하지 않았는가. 그녀는 파르마를 뒤로 하고 출발 채비를 모두 끝낸 상태였다. 그러던 중 그녀가 혁명을 일으키고서는 궁정에 다시 입성했다. 지금까지 다들 모스카가 군주의 총애를 잃었다고 생각했다. 파브리스에게 유죄선고가 내려졌던 것은 군주가 공작부인과 재상을 모욕한 것이라고 받아들여졌다. 그런데 전혀 그렇지 않았다. 이제 추방되는 쪽은 라베르씨 후작부인이다. 군주는 겉으로는 웃고 있지만 복수의 칼을 갈고 있다. 자신을 모욕한 여자를 고통으로 죽음에 이르게 하고 싶다.

라베르씨 후작부인은 권력을 잡고 휘젓다가 궁정에서 쫓겨난 사람들이 흔히 그러하듯 오비디우스의 『비가Les Tristes』[83] 같은 글을 쓰는 대신 일을 벌인다. 그녀는 궁정에서 무슨 일이 일어났던 것인지 라씨를 짜내어 비밀을 알아낸다. 라씨는 그녀가 하는 대로 내버려둔다. 군주의 의도를 알고 있기 때문이다. 후작부인은 공작부인의 편지를 갖고 있었다. 그녀는 애인인 기스카라 기사를 제노바의 도형장으로 보내 공작부인이 파브리스에게 보내는 편지를 대필해 쓰게 한다. 파브리스에게 공작부인이 거둔 승리를 알리고 포강 인근 사카성에서 만나자는 약속을 하는 편지였다. 그곳은 공작부인이 여름마다 즐겁게 지내는 곳이다. 가엾게도 파브리스는 그리로 갔다가 체포되어 수갑이 채워지고, 성채에 투옥된다. 여기서 그는 파비오 콘티의 딸, 아름답고 숭고한 클렐리아를 만나게 된다. 그리고 파브리스는 클렐리아에게 돌이킬 수 없는 영원한 사랑을 느낀다.

공작부인의 순수한 사랑의 대상인 파브리스 델 동고, 조카가 감옥에 갇혔다! … 공작부인의 마음이 어떨지 한 번 생각해 보시라! 그녀는 모스카가 실수를 저질렀다는 사실을 알게 된다. 이젠 더는 모스카를 보고 싶지 않다. 파브리스 말고 이 세상에 누가 중요한가! 저

---

83. 아우구스투스 황제의 명령으로 오비디우스는 유배를 떠나 친구들에게 보내는 애가哀歌조의 시들을 썼다. 이 시들을 묶은 시집이 『비가』이다.

끔찍한 성채에 한번 들어간 이상 거기서 나올 때는 죽어서거나 독살되어서일 것이다!

군주가 마련한 방안이 바로 이것이다. 공포의 보름, 희망의 보름을 안겨주는 것이다! 군주는 저 까다로운 말馬을, 저 오만한 영혼을 가진 산세베리나 공작부인을 길들이려 한다. 그녀가 승리하고 행복해진다면 궁정은 그녀가 발산하는 화려한 빛으로 빛날지는 모르지만, 군주의 마음속에서는 그런 것들이 모욕이 되리라. 산세베리나 공작부인이 이런 게임에 말려들면 수척해지고, 금세 늙고, 형편없이 추해지게 되리라. 그러고 나면 공작부인을 밀가루 반죽처럼 제 마음대로 다룰 수 있으리라.

이 끔찍한 대결에서 공작부인은 첫 번째 타격을 가한다. 물론 아무도 죽지는 않지만 마음 깊은 곳에서 일 년 동안 매일같이 타격을 받고 또 받게 되리라. 이 대결이야말로 현대 소설의 천재가 고안해 더욱 강력한 힘을 부여해 놓은 것이다.

이 아름다운 장章은 왕관을 장식하는 다이아몬드들 중 하나와도 같다. 이를 분석해보려면 감옥에 갇힌 파브리스 이야기부터 해야겠다.

매튜 그레고리 루이스의 소설 『수사修士, Le Moine』에 등장하는 도적들의 에피소드, 그리고 그가 쓴 가장 아름다운 작품인 『아나콘다』, 앤 래드클리프가 최근 발간한 흥미진진한 소설들, 제임스 페니모어 쿠퍼가 발표했던 인도 사람들이 등장하는 소설들의 흥미로운 줄거리들[84]처럼, 여행자들과 여행 중에 포로로 잡혔던 사람들이 썼던 책들을 읽으면서 내가 정말이지 기이하다고 생각했던 것을 죄다 살펴본대도, 성채 주탑 전망대에서 3백 몇십 피에[85]나 솟아오른 파르마의 성채에 감금된 파브리스와 비교할 수 있는 것은 전혀 없다.

---

84. 『수사』는 매튜 그레고리 루이스(1775-1818)가 1799년에 발표한 범죄소설로 큰 성공을 거둔 작품이다. 『아나콘다』는 1808년에 출간된 소설로 '인도 이야기'라는 부제가 붙어 있다. 앤 래드클리프(Anne Radcliffe, 1764-1823)는 영국 고딕 소설 작가로 『우돌프의 신비Mystères d'Udolphe』(1794)가 대표작이다. 그녀의 소설작품들은 프랑스 왕정복고시대에 엄청난 성공을 거뒀다.

85. "파브리스는 투옥되던 날, 우선 사령관 관저로 끌려갔다. 이 관저는 한 세기 전 반비텔리의 설계로 건축된 아담한 건물로서, 거대한 주탑의 전망대 위에 올라앉아 있었으므로 높이가 지상으로부터 180피에나 됐다"(『파르마의 수도원』, 2권, 18장, 76쪽). 180피에는 미터법으로 표시하자면 약 58.5미터이다. 위에서 발자크가 삼백 몇십 피에라고 했으므로 원문보다 두 배를 높여 과장한 것이다.

이 끔찍한 감금 생활도 페트라르카가 머물렀던 보클뤼즈[86]나 다름없다. 파브리스는 이곳에서 클렐리아와 사랑을 하고 행복을 느낀다. 이곳에서 수인囚人들이 갖게 마련인 천재가 유감없이 발휘되어, 매혹적인 바깥 세상보다 차라리 그 감옥이 더 낫다고 생각하게 된다. 나폴리 만灣이 아름다운 것은 라마르틴의 여인 '엘비르'의 눈에 비쳤을 때뿐이다.[87] 클렐리아와 같은 여인의 눈眼을 바라볼 때, 그녀의 떨리는 목소리를 들을 때 파브리스는 세상을 다 가진 것이다. 저자는 셰익스피어 극의 웅변이 깃든 작은 사건들을 통해, 독살을 당해 바로 죽을 수도 있는 위험 속에서도 이 두 아름다운 존재들이 키워가는 사랑을 그려냈다. 그리고 그는 그런 사랑의 진전을 충분히 그려낼 수 있는 사람이다. 상상력이 풍부한 사람들이나 인정이 넘치는 사람들이라면

---

86. 현재 프랑스 남동부 지역의 도 이름. 페트라르카는 1338년부터 아비뇽을 떠나 보클뤼즈에서 은둔했다. 그는 이곳이 세속 생활을 청산하고 고독과 시 작업에 몰두하기에 가장 좋은 곳이라고 생각했다.

87. 프랑스 낭만주의 시인 라마르틴의 『명상시집Méditations poét-iques』(1820)에 등장하는 여인의 이름. '슬픔(Tristesse)'이라는 제목의 시는 "저 멋진 해변으로 절 데려가요, 말하곤 했지./나폴리 푸른 바다에 비치는 그곳으로"라는 시구로 시작한다.

소설의 이 부분을 읽을 때 숨이 멎는 것 같고, 기린 목을 하게 되고, 두 눈을 부릅뜨게 된다. 이 장면에서는 모든 부분이 완벽하고, 빠르게 진행되고, 사실적이고, 비현실적인 데가 없다. 이곳에서 정념이 가질 수 있는 완전한 영광, 비탄, 희망, 멜랑콜리, 부침, 낙담이 나타난다. 이 모두가 천재의 표현에 비견할 만한 것들이다. 사소한 것 하나도 잊지 않았다. 여러분이 이 부분을 읽는다면 수인이 끌어낼 수 있는 모든 방편들을 담은 백과사전을 읽는다는 생각이 들 것이다. 자연을 이용하여 표현되는 경이로운 언어들이 있고, 노래에 생명력을 불어넣고, 소리에 의미를 담아내는 모든 방식들이 여기에 있다. 이 책을 감옥에서 읽는다면 수인은 죽음을 택하는 방법을 찾던가, 길을 내어 탈옥할 방법을 깨닫게 되리라.

파브리스가 사랑을 불어넣고 사랑을 느끼고, 감옥의 애정극에서 가장 흥미를 끄는 장면들이 진행되는 동안, 눈치채셨겠지만, 성채 주위에서는 격렬한 전투가 벌어지고 있다. 군주, 콘티 장군, 라씨는 파브리스를 독살하려고 한다. 군주는 자존심에 치명적인 상처를 입자 파브리스를 사형시키기로 결정한다. 꿈속에서나 볼 수 있을 더없이 매혹적이고, 더없이 아름다운 클렐리아가 파브리스에게 사랑을 고스란히 드러내는 장면이 바로 여기다. 그녀는 파브리스의 탈옥을 돕는다. 그 때문에 아버지가 죽음으로 내몰릴 수도 있었는데 말이다.

작품이 위기로 치달을 때 처음에는 우연으로 보였던 앞선 모든 사건들이 고스란히 이해가 된다. 사람들이 등장하고, 그들이 행동하는 모습을 보았던 모험들이 앞에 배치되지 않았다면 모두 허위로 보이고 불가능해 보였을 수도 있다.

공작부인의 이야기로 돌아가 보자. 라베르씨가 이끄는 당파인 궁정 조신들이 고귀한 공작부인이 고통에 신음하리라는 생각에 의기양양해 한다. 그러나 그녀가 너무 차분해보이므로 군주는 미칠 지경이다. 그녀가 어떻게 그럴 수 있는지 누구도 설명하지 못한다. 모스카 조차 그녀를 이해할 수 없다. 이것으로 모스카가 정말 대단한 사람이기는 하지만 공작부인만큼은 못 된다는 점을 알 수 있다. 그때부터 여러분은 그녀가 이탈리아의 천재라고 생각하게 된다. 그녀는 마음을 정말로 깊은 곳에 감추고 있고, 그녀가 구상한 계획은 대담무쌍한 것이었다. 그녀는 완벽한 복수를 해내고 말 것이다. 군주는 감정이 너무 상해 길길이 뛰지만 그녀는 그런 그를 보고도 눈 하나 깜짝하지 않는다. 둘 사이의 결투는 필사적이기까지 하다. 하지만 공작부인이 라누체 에르네스트 4세가 파브리스를 독살하는 것을 막지 못한다면 그녀가 구상했던 복수도 완수될 수 없고 대단한 것이 못 될 수도 있다. 그러니 파브리스를 감옥에서 빼내야 한다. 모든 수단을 손에 쥔 '폭군'이 파비오 콘티에게 그의 명예는 그가 맡은 죄수들을 똑바로 감시하는 데 달렸음을 납득시킨 이상, 어떤 독자가 파브리스를 빼내려는 시도가 가능하다고 믿겠는가?

파비오 콘티에게는 허드슨 로 경[88]의 성격이 있지만, 능력을 놓고 보자면 콘티가 열 배나 부족하다. 콘티는 이탈리아 사람이다. 라베르씨 후작부인 때문에 공작부인의 총애를 잃고 말았으니 이번에는 후작부인에게 복수하고자 한다. 지나는 이제 무서운 것이 없는 여자이다. 다음이 그 이유이다.

---

88. 허드슨 로 경(Sir Hudson Lowe, 1769~1844). 영국 장군으로 세인트 헬레나의 총독을 지냈다. 나폴레옹을 감시했던 고지식하고 까다로운 간수였다.

"남편이 아무리 아내를 간수하고자 한대도 애인에게 다가가는 연인을 못 이긴다. 간수가 아무리 감옥 문을 걸어 잠그려 한 대도 탈옥하고자 하는 수인을 못 이긴다. 그러므로 연인과 수인은 온갖 장애물을 결국 극복하고야 만다."

공작부인이 파브리스를 도우리라! 오! 저 혐오스러운 궁정을 벗어날 수 없어 절망에 빠진 저 여인을 얼마나 잘 그렸는지! 그녀는 이렇게 되뇐다. "자, 불행한 여인아, 가보자꾸나!(여인들의 이런 위대한 말을 읽으면서 눈물 흘리지 않을 사람이 누구랴) 할 일을 해야지. 파브리스를 잊은 척하자!"[89] "잊어야지!", 이 말이 그녀를 살린다. 그 말을 입 밖에 내기 전까지 그녀는 눈물조차 흘릴 수도 없었다. 이제 공작부인이 음모를 꾸민다. 재상과 함께 말이다. 그녀는 여봐란듯이 그에 대한 사랑을 접었다. 그렇지만 재상은 그녀를 위해서라면

---

89. "내가 이 혐오스런 나라에서 도망칠 수 없는 이상, 파브리스에게 도움이 될 만한 뭔가를 해야 한다. 사람들로부터 벗어나 혼자 고독하게 절망 속에 산다 한들 무슨 소용이 있겠는가? 자, 기운을 내야지. 불행한 여인이여, 네 의무를 다하는 거야. 사교계로 나가서 파브리스는 안중에도 없는 체하는 거야… 파브리스, 내 귀여운 천사. 너를 잊어버린 체하는 거야!"(『파르마의 수도원』, 2권, 16장, 36쪽).

파르마를 불과 피에 잠기게 하는 것도 마다하지 않을 것이며, 죽이지 않을 사람도 없다. 군주도 예외가 아니다! 이 진실한 연인은 자신의 실수를 인정한다. 남자 중의 남자인 것이다. 슬프도다! 그의 변명은 얼마나 궁색한가! 자기가 모시는 군주가 그토록 교활하고, 비열하고, 끔찍한 자일 줄은 몰랐다는 것이다. 그는 애인의 마음이 누그러지지 않는 것도 당연하다고 생각한다. 그래서 그는 이 순간 그녀에게는 오직 파브리스뿐이라는 걸 받아들인다. 위대한 사람들이 그러하듯이 그도 애인 앞에서는 무력하기만 하다. 그들은 자기들을 죽음에 내모는 애인의 부정不貞까지도 용서할 수 있다. 이 사랑에 빠진 노인네는 참으로 숭고한 사람이 아닌가! 지나가 그만 헤어지자는 말을 하러 그를 부르는 장면에서 그는 다음의 한 마디만을 되뇔 뿐이다. 그저 하룻밤이 지났을 뿐인데 그녀의 나이가 한참 들어 보인 것이다.

"맙소사! 오늘 보니 마흔은 된 여자로 보이잖아!"[90]

---

90. "그는 공작부인의 모습을 보자 깜짝 놀라 그 자리에 못 박혀 버린 듯했다… '마치 마흔 살 여인 같구나! 어제만 해도 그처럼 생기 넘치고 젊었는데!'"(『파르마의 수도원』, 2권, 16장, 45쪽). 하지만 지나의 나이는 벌써 서른일곱이다. 스탕달이 혼동했던 것 같다. "나는 서른일곱이 된 여자예요. 늙음의 문턱에 서

모스카는 깜짝 놀라 마음속에서 이렇게 소리 질렀다.

정념에서 나오는 이 외침을, 수완가들의 이 심오한 말을, 그것도 책장을 넘길 때마다 읽을 수 있는 책은 정말이지 엄청난 책이 아닐 수 없다. 여러분은 이 책에서 쓸데없이 불쑥 튀어나온 부분les hors-d'œuvres을(그런 부분을 이르는 장광설tartines이라는 안성맞춤의 단어가 있다) 전혀 발견할 수 없을 것이다. 맹세코 절대 없다. 인물들은 행동하고, 성찰하고, 느낀다. 드라마는 계속 갈 길을 간다. 관념문학의 극작가인 이 시인은 길을 갈 때 작은 꽃을 하나 따기 위해 몸을 굽히는 법이 없다. 디튀람보스의 속도로 빠르게 달려가는 것이다.

계속해보자! 공작부인은 모스카에게 다 털어놓는 중에 기절이라도 할 지경이다. 절망에 빠진 그녀의 모습은 숭고하기까지 하다. 모스카가 그녀의 안색이 변했다는 것을 깨닫고 그녀가 아픈 것이 아닌가 하여, 파르마는 물론 이탈리아 최고의 명의名醫 라조리를 부르자고 한다.

있는 것이지요"(『파르마의 수도원』, 2권, 16장, 47쪽).

"그건 배신자의 제안인가요, 친구의 제안인가요?" 그녀가 이렇게 말한다. "아무것도 모르는 사람더러 내 절망의 깊이를 재어보게 하고 싶은가요?"

"이젠 끝이로군." 백작이 생각한다. "나를 명예라고 는 조금도 없는 사람으로 보고 있지 않은가."[91]

공작부인은 그 이상 단호할 수 없는 표정으로 그에게 말한다. "제가 파브리스가 붙잡힌 일로 고통스러운 것이 아니라는 걸 명심하세요. 저는 파르마를 떠날 생각이 전혀 없어요. 제가 깊은 존경심을 갖고 군주를 대한다는 걸 잊지 말아요. 이제 우리 사이에 대해 말할게 요. 저는 앞으로 혼자 알아서 처신할 거예요. 당신과 헤어지고 친한 오랜 친구로 남고 싶어요. 절 환갑을 맞은 노파라고 생각하세요. 젊었던 지나는 이제 죽었어 요. 파브리스가 감옥에 있으니 저는 누굴 사랑할 수 없어요. 사랑한들 당신을 위태롭게 만들고 말 테니 세상에서 가장 불행한 여자가 되고 말겠죠. 제가 젊은 애인을 두고 사랑하는 모습을 보실 수도 있을 거예요. 그래도 상심은 마세요. 파브리스의 행복을 걸고 당신께

---

91. 『파르마의 수도원』, 2권, 16장, 48-49쪽.

맹세컨대 당신을 만난 오 년 동안 단 한순간도 당신께 충실치 않았던 적이 없었어요." 그녀가 애써 미소를 지어 보이며 이렇게 말한다. "긴 시간이었네요. 한 번도 당신을 배신해 볼 생각도 없었고, 그런 마음을 품어 본 적도 없어요. 잘 아셨죠. 이제 돌아가 주세요."[92]

백작은 물러 나와, 이틀을 밤낮으로 고민했다.

"맙소사!" 마침내 그가 외마디 소리를 질렀다. "공작 부인은 탈옥 얘기는 한마디도 안 했어. 처음으로 진실을 숨긴 걸까? 헤어지자는 말도 나더러 군주를 배신하라는 바람이었을까? 그럼 된 거다."[93]

내가 여러분에게 이 책이 걸작이라고 하지 않았던가? 내가 아무리 조잡하게 분석하고 있대도 여러분은 이 책이 왜 걸작인지 이제 아셨을 것이다.

재상은 이런 생각을 하고 열다섯 살 아이로 돌아가기라도 한 것처럼 걷는다. 생기를 되찾은 것이다. 그는 군주에게 라씨의 해임을 건의해 놓고서는 이내 라씨를 자기편으로 만든다.

그는 이렇게 생각했다. "라씨는 우리를 유럽의 수치

---

92. 『파르마의 수도원』, 2권, 16장, 52쪽.
93. 『파르마의 수도원』, 2권, 16장, 53쪽.

로 만들어버리는 판결을 하는 대가로 녹을 먹고 사는 작자이지. 그렇대도 녹을 주는 사람을 배신하는 대가로 내가 돈을 주면 거절 못 할 걸. 애인도 두고 고해신부도 둔 놈이지. 그 애인이란 여자는 정말 비열한 족속이라, 여기저기 떠들고 다녀서 이튿날이면 과일장수들도 다 알게 될 거야."

재상은 성당에 기도하러 가서 대주교를 만난다.

"성 바오로의 보좌신부 두냐니는 어떤 사람인가요?" 그가 묻는다.

"재기는 형편없는데 야심은 엄청나고, 마음의 가책이란 것을 느낄 줄도 모르는데 찢어지게 가난한 자입니다. 우리도 그런 결함쯤은 있지 않습니까!" 대주교는 하늘을 올려보면서 그렇게 말한다.

재상은 대주교의 선의와 연민이 하나가 되어 나온 이런 통찰력에 웃지 않을 수 없었다. 그는 두냐니 신부를 불러다 놓고 이것만 말했다.

"당신은 내 친구 라씨의 고해를 들어주는 사람이 아니오. 그가 내게 할 말이 없답니까?"[94]

---

94. 『파르마의 수도원』, 2권, 16장, 54쪽.

이제 백작은 이판사판이었다. 그가 알고 싶은 것은 파브리스가 죽음의 위험에 처하게 되는 때가 언제냐 하는 것뿐이었다. 공작부인의 계획을 방해할 생각은 없다. 라씨와 이야기를 나누는 다음 장면은 대단히 중요하다. 백작이 어떻게 더없이 거만한 어조로 운을 떼는지 살펴보자.

"어떻게 당신은 볼로냐에서 내가 돌보던 음모자를 납치했던 것이오? 거기다가 그의 목을 베고자 하면서도 내겐 한마디도 안 했단 말이오? 내 자리를 차지할 사람이 누군지 알고 있기나 하오? 콘티 장군이요, 당신이요?"[95]

재상과 라씨는 한 가지 계획에 동의한다. 그 계획이면 그들 모두 각자의 자리를 잃지 않을 수 있다. 이 연속된 술책에 포함된 감탄스러운 세부사항들을 읽는 즐거움을 여러분에게 남겨둘까 한다. 여기서 저자는 한꺼번에 백 명의 인물들을 이끌어간다. 그러면서도 한 능숙한 마부가 열 마리의 말을 한꺼번에 매고 고삐를 당기는 것보다 훨씬 더 수월해 보인다. 모든 것이 자기 자리에

95. 『파르마의 수도원』, 2권, 17장, 56쪽.

놓여 있고, 혼란스러운 데가 전혀 없다. 여러분 눈앞에 도시며 궁정이 환히 보인다. 이 드라마는 기교, 기법, 명료성에서 타의 추종을 불허한다. 공기가 그림 속에서 작용하는 것처럼[96] 누구 한 사람 허투루 존재하지 않는다. 루도비코는 수많은 경우에 자신이 정직한 피가로 Figaro 역할을 하고 있음을 제대로 보여준다. 그는 공작부인의 오른팔로서, 멋지게 제 역할을 하고 있으니 충분한 보상을 받게 되리라.

여기서 조연을 맡은 인물 중 한 명을 언급해야겠다. 조연이지만 엄청난 중요성을 갖고, 작품 속에서 자주 문제가 되는 인물로, 페란테 팔라라는 자유주의 의사가 바로 그다. 그는 궐석재판으로 사형 선고를 받고 이탈리아 전역을 돌아다니며 자유주의를 선전하는 임무를

---

96. 르네상스 화가들은 원근법으로 화폭에 현실감을 부여할 수 있었지만 더욱 현실감 있는 표현을 위해서는 물체를 둘러싼 공기까지 그려야 한다는 생각을 하게 된다. 공기 중의 먼지와 물 분자가 빛을 반사하여 멀리 있는 물체를 뿌옇게 보이게 하기 때문이다. 화폭에 공기를 그려내는 이 기법을 공기원근법이라고 한다. 이탈리아어로 스푸마토sfumato는 '연기와 같은'의 뜻인데 이 단어가 미술 용어로 차용되었을 때 색과 색 사이의 경계선 구분을 명확하게 하는 대신 부드럽게 처리하는 기법을 가리키는 말로 쓰인다. 이 기법은 레오나르도 다빈치가 창안한 것으로 알려져 있다.

수행하고 있다.

실비오 펠리코[97]가 그렇듯 페란테 팔라도 위대한 시인이지만, 두 사람의 차이가 있다면 페란테 팔라가 급진 공화주의자라는 데 있다. 이 인물이 신조로 삼는 정치 문제는 다루지 말도록 하자. 그는 확신을 가진 인물로, 공화국의 성 바오로, '젊은 이탈리아'의 순교자 라고 하겠다. 그는 밀라노의 '성 바르톨로메오', 드니 푸아티에가 조각한 '스파르타쿠스', 카르타고의 폐허에서 생각에 잠긴 마리우스처럼 자신의 기술에서 숭고의 경지에 이른 자이다.[98] 그의 행동 하나하나가, 그의 말 한마디 한마디가 숭고하다. 그에게는 신앙인의 신

---

97.   실비오 펠리코(Silvio Pellico, 1789-1854). 밀라노 낭만주의자 그룹에 참가한 이탈리아의 애국 시인으로, 『조정자調停者, Il Conciliatore』라는 이름의 신문 주필로 일했다. 이 때문에 오스트리아의 경찰에 체포되어 9년간 수감생활을 했는데, 이 시기에 쓴 『옥중기 Le mie prigioni』(1832)가 유명하다.

98.   『성 바르톨로메오』는 마르코 다그라테Marco d'Agrate의 조각상으로 밀라노 대성당에 있다. 『사슬을 끊는 스파르타쿠스』는 드니 푸아티에Denis Foyatier의 조각상으로 1827년 살롱전에 전시되었다. 마리우스는 실라에게 패배하여 아프리카로 몸을 피해 달아난 뒤, 카르타고 유적지에서 자신의 운명을 성찰했다고 한다. 귀족을 대표하는 실라와 민중을 대표하는 마리우스에 당대 정치상황을 대입해 본 것이다.

념, 위대함, 정념이 있다. 군주, 재상, 공작부인이 기법, 개념, 사실성에서 아무리 높은 경지에 올라 있을지라도, 화폭의 한쪽 구석을 차지하고 있는 멋진 조각상이라 할 페란테 팔라에 여러분은 주목하고 찬탄을 아끼지 말아야 할 것이다. 여러분의 정치적 입장이 입헌제를 지지하는 것일 수도, 군주제를 지지하는 것일 수도, 종교를 옹호하는 것일 수도 있겠으나, 그는 여러분 모두를 무릎 꿇린다. 그는 찢어지게 가난한 사람이지만 위대한 인물이며, 아내와 아이들에게 먹일 빵 한 조각이 없으나 그들이 살아가는 동굴 같은 집에서 이탈리아를 위해 설교를 한다. 대로에서 행인의 돈을 뺏어 가족을 먹이지만, 그것을 기록하여 '그가 권력을 잡게 되는 날', 공화국이 이를 모두 갚아주도록 할 것이다. 그가 돈을 뺏는 것은 『이탈리아를 위해 긴급히 집행해야 하는 예산에 대하여』라는 제목의 논고를 인쇄하기 위해서이기도 하다! 페란테 팔라는 재기 넘치는 이탈리아인의 전형이라 하겠다. 진지하지만 지나친 데가 있고, 재능은 넘치지만, 그들이 따르는 교의가 가져올 해악에 대해서는 무지하다. 절대군주의 각료들이여! 저들에게 돈을 충분히 주고 프랑스나 미국으로 보내라. 위대하고 우아한 재능을 지닌 저 진실한 사람들을 박해하지 말고 스스로 깨우치게끔 놓아두라. 그들은 1793년의 알피에리처럼 "약자들이 일을 벌일 때 나는 강자들과 화해하게 된다"[99]고 말하게 되리라.

나는 페란테 팔라와 같은 인물을 좋아했기 때문에 벨 씨가 이 가공의 인물을 창조해낸 것을 열정적으로 찬미하는 것이다. 벨 씨에게 내가 먼저 그런 인물을 창조했다고 주장할 수 있을지 몰라도 완성도의 면에서는 내 것이 한참 못하다. 나는 엄격하고 양심적인 공화주의자가 등장하는 장대하고 힘이 넘치는 내면의 극을 하나 써볼까 생각해 본 적이 있다. 그 공화주의자가 절대 권력과 이어진 공작부인을 사랑한다는 내용이다. 내가 그린 미셸 크레티앵[100]은 모프리뇌즈 공작부인을

---

99. 빅토르 알피에리 백작(1749~1803)은 이탈리아의 비극 시인으로 프랑스혁명 기간 중에 프랑스에 체류했다가, 1792년 8월 10일 봉기 이후 탈출했다. 발자크가 여기서 언급한 말의 기원은 알려지지 않았다.

100. 『카디냥 공주의 비밀들』에 등장하는 인물로 『잃어버린 환상』과 『가재 잡는 여인』에도 나온다. 특히 『잃어버린 환상』에서 그는 앙굴렘 출신으로 파리에 올라온 문학청년 뤼시앵과 함께 진지하게 문학과 예술을 논했던 인물이다. "생쥐스트와 당통의 힘을 갖춘 정치가이지만, 단순하고 소녀처럼 얌전하며, 환상과 사랑으로 가득 차고, 모차르트나 베버나 로시니 같은

사랑하는 인물인데 페란테 팔라의 입체적인 모습을 보여주기란 턱도 없다. 페란테 팔라는 산세베리나 공작 부인을 사랑하는 페트라르카 풍의 연인이다. 이탈리아와 이탈리아의 풍속, 이탈리아와 이탈리아의 풍경, 사카성, 위기들, 페란테 팔라의 궁핍한 삶, 이런 것이 파리 문명에서 볼 수 있는 자잘하기만 한 빈약하기 짝이 없는 사항들보다 훨씬 더 아름답다. 미셸 크레티앵은 생메리에서 죽고, 페란테 팔라는 범죄를 저지른 후 미국으로 도피하지만, 이탈리아의 정념이 프랑스의 정념보다 훨씬 우월하고, 이 에피소드를 구성하는 사건들에 이탈리아의 아펜니노 산맥의 풍미가 더해져 흥미

사람들을 호렸을 아름다운 목소리를 타고나서, 베랑제의 몇몇 노래들을 불러 시정이나 사랑이나 희망의 마음을 도취시키는" (『잃어버린 환상』, 위의 책, 247-248쪽) 인물로 묘사되었다. 발자크는 성 메리 수도원에서 종식된 1832년 6월 5, 6 양일간의 공화주의 봉기에 그가 죽음을 맞도록 설정했다. "1832년에 미셸 크레티앵이 죽었을 때 [...] [그의 친구들은] 생메리 수도원에 가서 그의 유해를 끄집어내, 정치적 격동기 동안에도 그에게 마지막 의무를 다했다. 그들은 사랑하는 친구의 유해를 밤에 페르라셰즈 공동묘지로 가지고 갔다. [...] 거기에는 검은색 나무 십자가 꽂힌 잔디 묘소가 있고, 그 십자가 위에는 '미셸 크레스티앵' 이니셜 두 자가 붉은 글씨로 새겨져 있다"(『잃어버린 환상』, 위의 책, 248-249쪽).

가 생기는데, 이 매력에 눈을 감을 수 있을 사람이 어디 있겠는가. 공화국의 강철 삼각형 아래서 만인이 평등[101]했던 것 이상으로 국민군의 군복과 부르주아 법이 모든 것을 쉽게 평준화해버리는 시대에, 프랑스 문학은 어떻게 연인들 사이에 저 거대한 장애물을 세울 수 있을 것인가? 그런 장애물들이 원천이 되어 아름다움을 빚어내고 새로운 상황을 도입하고 주제를 극적으로 만들어주는데 말이다. 그래서 오랜 경험을 가진 작가들이라면 한 급진주의자가 높은 지위의 여인에게 품는 비상식적이지만 진지한 정념을 생각해내지 않을 수 없었다.

벨 씨가 페란테 팔라에게 마련해 준 것 같은 엄청난 활력을 띤 인물을 『청교도들』[102] 말고 어떤 책에서 찾아볼 수 있겠는가. 페란테라는 이름만 들어도 상상력이 활발히 작용하게 된다. 벌리의 밸프Balfour of Burley와 페란테 팔라를 놓고 비교하자면 나는 주저 없이 후자를

---

101. 공화국의 적들을 처형했던 기구였던 기요틴의 삼각형 모양의 칼날을 가리키는 표현이다. 부르주아, 귀족, 성직자, 국왕을 가릴 것 없이 기요틴 아래에서 모두 평등했다는 의미이다.
102. 『스코틀랜드의 청교도들』은 월터 스코트의 소설로 1817년에 출판되었다.

택하겠다. 데생이야 양쪽이 막상막하이다. 그러나 월터 스코트가 제아무리 색채에 뛰어난 화가처럼 인물을 그렸더라도 벨 씨가 페란테에게 입혔던 티치아노의 강렬하고 뜨거운 색채에 비하면 턱없이 부족하다. 페란테 팔라라는 인물이 고스란히 한 편의 시와 같다. 그것도 바이런 경의 『해적』[103]보다도 우월한 시이다. 저 숭고하면서도 비난의 여지도 만만치 않은 에피소드를 읽는 모든 여인은 "아! 그들은 정말 사랑하나봐!"라고 생각할 것이다.

페란테 팔라는 사카 주변에 누구도 찾아낼 수 없는 은거지가 있었다. 그는 공작부인을 자주 만났고 그녀를 열정적으로 사랑하게 된다. 공작부인은 그를 만나 감동받는다. 페란테 팔라는 마치 신 앞에라도 선 것처럼 공작부인에게 모든 것을 털어놓았다. 그는 공작부인이 모스카를 사랑한다는 것을 안다. 그러니 그의 사랑은 희망이 없는 것이다. 공작부인이 '푸른 피를 가진'(이 말은 이탈리아말로 귀족의 피라는 뜻이다) 자신의 흰

103. 바이런 경(1788-1924)의 시로, 발자크는 아메데 피쇼가 1819년에 프랑스어로 번역한 것을 읽고 이를 오페라 코미크로 만들어보려고 했다.

손에 키스하도록 허락하는 이탈리아식 호의를 베푸는 장면에는 무언가 감동적인 데가 있다. 그는 칠 년 동안 흰 손을 잡아 본 적이 없다. 시인은 그 아름다운 흰 손을 너무도 사랑한다! 그가 더는 사랑하지 않는 그의 아내는 고된 일도 마다하지 않고 바느질을 하여 아이들을 키우고 있다. 그는 너무도 가난하지만 자신을 떠나지 않는 아내를 버릴 수는 없다. 정직한 사내의 의무감이 느껴져, 공작부인은 진정한 성모처럼 모든 상황이 딱하다고 느꼈다. 그녀가 그에게 선물을 한다! 아! 좋은 일이다. 그런데 페란테 팔라는 카를 잔트처럼[104] 몇 가지 작은 판결들을 집행하고, 선전과 약탈로써 '젊은 이탈리아'의 열정을 뜨겁게 달궈야 했다.

"인민에게 너무도 해로운 저 모든 망나니들이 오래도 살아왔습니다." 그가 말했다. "누구의 잘못인가요? 저 위에 계신 주님이 저를 거둬들이시면서 뭐라고 하실까요?"[105]

---

104. 카를 루드비히 잔트(1795-1820)는 독일의 젊은 애국자로 1820년 5월 20일에 참수형을 받았다. 러시아의 밀정으로 알려진 코체부를 단도로 찔러 암살(1819년 3월 23일)한 죄목이었다.
105. 『파르마의 수도원』, 2권, 21장, 167쪽.

그래서 그녀는 그의 아내와 아이들이 필요한 것을 후원해주고 그에게는 산세베리나성에 누구도 찾을 수 없는 은신처를 마련해 주겠다고 제안한다.

산세베리나성에는 엄청난 규모의 저수지가 있다. 중세 시대 축조된 것으로 원래는 장기적으로 성이 포위될 때 버텨낼 목적으로 만든 것이다. 그 물이면 한 해 동안 도시에 물을 댈 수 있다. 성을 지을 때 이 엄청난 저수지 위에 한 부분을 올렸다. 회색 머리가 희끗희끗한 공작은 초야를 아내에게 저수지와 은신처의 비밀을 이야기해주면서 보냈다.[106] 여기 있는 엄청난 크기의 돌을 회전시키면 저수지의 물을 전부 흘려보낼 수 있다. 그러면 파르마 전체가 물에 잠긴다. 저수지를 두르는 벽은 대단히 두텁게 지었다. 그중 한 곳에는 높이 이십 피에, 너비 팔 피에나 되는 방이 하나 있는데 여기에는 빛도 들지 않고 공기도 희박하다. 그런 방이 있을 줄 누구도 짐작할 수 없을 것이며, 저수지를 모두 부수지 않는 한 그 방을 찾을 수 없다.

---

106. 발자크의 부정확한 인용. "그의 결혼식의 밤"이 아니라 "결혼 이후 파르마에서 머물렀던 반나절"(2권, 21장, 168쪽) 동안이었다.

페란테 팔라는 힘겨운 나날들이 왔을 때 피할 수 있을 은신처는 수락하겠지만 공작부인의 돈은 거절하겠다고 한다. 그는 자기 쓸 돈으로 백 프랑 이상은 갖지 않겠다고 맹세했기 때문이다. 공작부인이 금화를 줄 때 그는 수중에 돈이 좀 있었던 참이다. 그래서 그는 금화를 하나만 받는다.

"이 금화를 받는 건 당신을 사랑해서 받는 겁니다." 그가 말했다. "저는 백 프랑을 오 프랑이나 초과해서 갖는 잘못을 저지르는 겁니다. 지금 이 순간 제가 교수형에 처해진다면 얼마나 후회가 될까요!"

"정말 나를 사랑하는 거야." 공작부인이 생각했다.

이탈리아의 순박성을 사실 그대로 포착해내지 않았는가? 맹세를 종교의 차원으로 드높여 따랐던 두 민족이 있다면 아랍 민족과 이탈리아 민족뿐이다. 몰리에르가 이탈리아 민족을 그려내는 소설을 쓴대도 이보다 더 아름답게 쓸 수 없었을 것이다.

페란테 팔라는 공작부인의 믿음직한 조력자가 되어 음모에 가담한다. 정말이지 대단한 하수인이며, 그가 내뿜는 에너지를 보면 소름이 끼칠 정도이다! 어느 날 저녁, 산세베리나궁에서 벌어진 장면을 여기 소개한다. 민중의 사자獅子 페란테 팔라가 은신처에서 나와, 처음으로 호화로운 사치가 빛나는 방에 들어간다. 그곳에 그의 애인, 그의 우상이 있다. 그가 '젊은 이탈리아'보다, 인류의 행복보다 중시했던 우상이 그곳에 있는 것이다. 그는 그녀가 고통스러워 두 눈에서 눈물을 흘리는 모습을 본다. 파르마의 군주가 그녀가 세상에서 가장 사랑하는 사람을 앗아가고, 비열하게 그녀를 속였다. '저 폭군'이 사랑하는 사람의 머리 위에 다모클레스의 칼을 매달아 놓은 것이다.

이 돈키호테와 같은 숭고한 공화주의자는 이렇게 말한다. "여기서 부정不正한 일이 벌어지고 있습니다. 민중을 위해 일하는 호민관이라면 모른 척해서는 안 되는 일이죠. 그저 일개 개인으로서 제가 산세베리나 공작부인에게 바칠 수 있는 것은 생명뿐입니다. 그래서 저는 그분께 생명을 바치려 합니다. 부인께서 보고 있는 부인 발밑에 꿇어앉아 있는 존재는 궁정에서 볼 수 있는 인형 같은 자가 아닙니다. 부인께선 진짜 남자를 보고 계시는 겁니다." 그러면서 '부인이 내가 보는 앞에서 눈물을 흘렸어. 불행이 좀 누그러졌다는 말이지' 그가 이렇게 생각한다. [107]

"당신에게 닥칠 위험을 생각해보셨어요?" 공작부인이 말했다.

"민중을 위해 일하는 호민관이라면 이렇게 대답할 겁니다. 의무가 명령하는데 생명이 무엇이냐고. 누구라도 남자라면 부인께 이렇게 대답할 겁니다. 부인을 슬프게 하는 것 말고는 세상에 무서운 것이 없는 영혼과 무쇠 같은 육체를 가진 자가 여기 있다고."

"당신이 제게 갖고 계신 감정을 꺼내신다면 당신을 다시 보지 않겠어요." 공작부인이 말했다.

페란테 팔라는 슬퍼서 방을 나간다.

내가 과장하고 있는가? 코르네유의 극에서처럼 아름다운 대목이 아닌가? 생각해 보시라. 이 소설에는 이런 대목이 무궁무진하고, 하나같이 이 정도로 수준이 대단하다. 공작부인은 페란테 팔라의 의연한 기개에 감동해서 그의 아내와 다섯 아이들의 생활을 보장하는 서류를 작성한다. 하지만 이 사실을 그에게는 말하지 않는데,

---

107. 원래는 페란테 팔라가 마음속에 생각한 것을 공작부인에게 털어놓는 것이다. "어제 저는 혼자 생각했지요. '부인이 내 앞에서 눈물을 흘리셨어. 불행이 좀 누그러졌다는 말이지'라고요"(『파르마의 수도원』, 2권, 21장, 170쪽).

그가 자기 가족이 공작부인의 보호를 받게 된다는 것을 알게 되었을 때 그가 그만 자살할까봐 걱정이 되었기 때문이다.

마침내 파르마 전역에 파브리스의 처형이 곧 집행될 거라는 말이 돌게 된다. 그러자 민중을 위해 일하는 호민관은 용감히 위험을 무릅쓴다. 그가 밤에 성에 잠입하여 성 프란치스코회 수도사로 변장하고 공작부인 앞에 선다. 그는 그녀가 눈물에 잠겨 아무 말도 못하는 것을 본다. 그녀는 손짓으로 인사하고 앉도록 권한다. 페란테 팔라는 엎드려 기도를 올린다. 공작부인의 아름다움은 그에게 마치 여신의 아름다움으로 보인다. 기도를 멈추더니 그가 이렇게 말한다.

"다시 '그는' 목숨을 바치렵니다!"

"말씀하신 것을 깊이 생각해 보세요!" 공작부인은 사나운 눈을 하고 소리 지른다. 그녀의 눈초리만큼 애정을 길들이는 데 오열보다 분노가 낫다는 걸 보여주는 것이 없다.

"그는 목숨을 바쳐 파브리스의 운명을 막아서고 그를 위해 복수합니다."

"수락한다면요!" 그녀가 그를 바라보면서 말했다.

그녀는 페란테 팔라의 눈에서 순교자가 느낄 법한 기쁨의 광채가 터져 나오는 것을 본다. 그녀는 일어서서 한 달 전에 페란테의 아내와 아이들을 위해 준비한 증여 증서를 찾으러 간다.

"읽으세요!"

그는 증서를 읽자, 무릎을 꿇고 만다. 그는 오열한다. 그는 너무 기뻐서 죽을 것만 같다.

"서류 주세요." 공작부인이 말했다.

그녀는 서류를 촛불에 태웠다.

"여기 내 이름이 적히면 안 돼요." 그녀가 말했다. "당신이 포로가 되거나 처형당할 수도 있고, 당신이 단단한 사람이 아닐 수도 있어요. 그럼 저도 똑같은 처지가 되겠죠. 파브리스도 위험에 빠져버리고요. 나는 당신이 희생해 주기를 바라요!"

"성실하게, 한 치의 오차도 없이, 신중하게 해내겠습니다."

"제가 발각되고 처형당하더라도 당신을 유혹했다는 비난은 받고 싶지 않아요." 공작부인이 오만하게 대답했다. "내가 신호를 보내면 '그를'[108] 끝장내는 거예요. 신호가 떨어지면 파르마 전체가 물에 잠길 거고, 그러면 모두 그 얘기만 하겠지요."

페란테는 공작부인의 권위가 넘치는 어조에 넋을 잃고 떠났다. 그가 떠나려 할 때 공작부인이 뒤에서 그를 다시 부른다.

"페란테! 숭고한 사람!"

그가 되돌아온다.

"당신 아이들은요?"

"글쎄요! 배려해주시겠죠."

"자, 다이아몬드를 받아요."

그녀는 작은 올리브 나무로 된 상자를 내민다.

"오만 프랑은 쳐 줄 거예요."

"아! 부인." 페란테가 두려움에 떨면서 말했다.

"저는 당신을 다시 보지 않아요, 사랑하는 이여. 그러고 싶어요."

페란테가 떠난다. 문이 닫히자 공작부인은 그를 다시 불러 세운다. 그가 서 있는 공작부인을 본다. 불안해하며 되돌아온다. 위대한 산세베리나 공작부인이 그의 두 팔로 몸을 던진다. 페란테는 실신할 지경이다. 그녀

---

108. 페란테 팔라와 공작부인이 나누는 대화의 이 부분에서 페란테 팔라를 서로 3인칭으로 부르고 있다.

는 계속 안겨 있다가 페란테가 다른 마음을 먹을 수 있다는 생각에 몸을 빼내고 손으로 문을 가리킨다.

공작부인은 오랫동안 서서 이렇게 중얼거렸다.

"날 이해해줬던 사람은 저 사람뿐이야. 파브리스가 날 이해해 줄 수만 있었다면 그 애도 그랬겠지."

나는 이 장면이 얼마나 대단한지 여기서 자세한 설명은 않으려고 한다. 벨 씨는 설교나 하려드는 사람이 전혀 아니다. 그는 시역弑逆을 하라고까지 밀어붙이는 것이 아니다. 여러분에게 한 가지 사실을 전하고, 그 사실을 있었던 그대로 표현할 뿐이다. 공화주의자라고 하더라도 이 장면을 읽으면서 폭군을 죽이고 싶다는 마음을 먹을 사람은 없다. 이 장면에는 사적私的인 정념들이 벌이는 게임이 그려져 있을 뿐이다. 그가 그려내는 것은 특별하지만 대등한 무기를 필요로 하는 결투이다. 군주가 파브리스의 적을 이용해서 그를 독살하고자 하듯, 공작부인은 팔라를 이용해서 군주를 독살하려는 것이다. 물론 우리는 국왕에게 복수할 수 있다. 코리올란은 조국에 멋지게 복수했고, 보마르셰와 미라보는 그들을 알아보지 못했던 시대에 통쾌하게 복수했다. 당연히 도덕적이지는 않다. 하지만 저자가 여러분에게 말하는 것이 바로 그것이다. 타키투스가 티베리우스가 저지른 범죄들을 비난하면서 선을 그었듯이, 벨 씨도 분명히 선을 긋고 있다. 그는 이렇게 말한다. "복수를 하는 데서 행복을 찾는 것은 부도덕한 일이지만 이탈리아 민족의 상상력의 힘은 거기서 나오는 것 같습니다. 다른 민족들은 용서하는 일 없이 그만 잊고 말지요." 이 모럴리스트는 에너지 넘치는 이탈리아 민족을 그렇게 설명한다. 이탈리아에는 더없이 풍요롭고 더없이 멋진 상상력을 갖고 있지만, 또 그런 상상력이 지나쳐 곤란을 당하는 사람들이 무수히 많다. 이런 성찰은 보이는 것보다 훨씬 심오한 것으로, 과장이 심한 어리석은 말들이 어떻게 이탈리아 사람들에게 강한 영향을 미치는지 설명해 준다. 이탈리아 민족이야말로 프랑스 민족과 비견될 만하며, 러시아 사람들과 영국 사람들은 댈 데가 못 된다. 여성적인 감수성, 세심함, 위대함이 이탈리아 민족의 정수이다. 그 위대함 덕분에 이탈리아 민족은 많은 부분에서 다른 모든 민족보다 우월하다. 이제 공작부인은 다시 군주보다 우세한 자리를 차지하게 된다. 그때까지 그녀는 약한 존재였고 앞서 벌어진 대결투에서 농락당했다. 모스카는 비굴한 조신이나 가질 법한 천재에 휘둘렸던 자로 군주의 수족 노릇이나 했다. 지나는 복수의 윤곽이 뚜렷하게 그려지자 자기가 강한 힘을 갖고 있음을 느낀다. 그녀의 정신이 한 걸음씩 앞으로 나아갈 때마다 그녀는 행복을 느끼고 자신이 맡은 역할을 수행할 수 있게 된다. 호민관이 보여준 용기가 그녀의 용기를 자극했다. 루도비코에게도 그녀의 힘이 짜릿하게 전해진다. 모스카는 이 세 명의 음모자들에게 눈을 감아주지만 경찰이 뭐라도 알아내면 이 세 사람에 맞서 행동을 개시하도록 내버려 두기도 한다. 결국 이 음모자들은 정말 대단한 결과를 성취해내게 된다.

재상은 애인에게 꼬박 속았다. 그는 그녀가 자신에 대한 사랑을 거둬갔다고 생각했다. 그럴 만도 했다. 그가 실수만 하지 않았던들, 이렇게 불행한 연인의 역할을 맡아볼 일도 없었을 것이다. 행복은 숨어있어도 항상 얼굴을 드러내게 마련이다. 불붙은 마음에 연기가 피어오르지 않을 수 있겠는가. 공작부인이 페란테에게 매력을 느껴 갖게 된 기쁨의 빛이 재상에게도 전해지고, 그도 결국 이를 깨닫는다. 그 기쁨이 언제까지 계속되어 갈지는 알 수 없지만 말이다.

파브리스의 탈옥은 기적이 도와야 했던 일이었다. 엄청난 지략과 힘이 필요한 일이었다. 사랑하는 아이는 죽기 직전이었다가, 고모가 보낸 의복과 손수건에 뿌린 향수로 살아난다. 수많은 우연적인 사건들 가운데서도 잊지 않고 집어넣은 이 사소한 세부사항을 읽는다면 사랑하는 사람들은 황홀해질 것이다. 이 장면은 멜로디의 피날레처럼 배치되어 있다. 그런 멜로디를 들으면 사랑에 빠졌던 삶에서 가장 달콤했던 일들이 저절로 떠오르기 마련이다. 어떤 수단도 빠진 것이 없다. 경솔하게 집어넣은 부분이 어디 있던가. 모스카 백작이 몸소 여든 명이 넘는 밀정과 함께 원정대를 이끌었지만 단 한 건의 보고도 올라온 것이 없다.

"정말 눈뜨고 당했군!" 모스카가 기쁨에 취해 말했다.[109]

모두들 말없이 암호를 듣고 물러갔다. 일은 완수되었다. 이제 자기 일만 생각하면 된다. 루도비코는 전령으로 포강을 넘는다. 아! 파브리스가 군주의 힘이 닿지 못하는 곳으로 들어섰을 때 공작부인은 그때까지 재규

---

109. 『파르마의 수도원』, 2권, 22장, 194쪽.

어처럼 납작 엎드려 있었고, 풀숲에 숨은 뱀처럼 몸을 사리고 있었고, 쿠퍼가 묘사한 인도 사람처럼 물밑의 진흙 위에 배를 딱 붙이고 있었고, 노예처럼 고분고분했고, 부정을 저지르는 여인처럼 아양을 떨고 있었지만, 이제 몸을 우뚝 세운다. 표범이 발톱을 드러내고 뱀이 달려들어 물고, 인도 사람이 승전가를 부르듯, 그녀는 너무도 기뻐 가만있을 수 없고 미칠 지경이었다. 페란테 팔라를 몰랐던 루도비코는 민중의 관점에서 그를 생각한다. "나폴레옹 때문에 박해를 받은 가여운 사람!" 루도비코는 공작부인이 제게 리치아르다의 조그만 영지를 선물로 주자 그녀가 정신이 나간 건 아닌지 걱정을 한다. 그는 이 엄청난 선물을 받자 몸이 덜덜 떨렸다. 그가 이런 선물을 받을 자격이 있던가? 대주교를 위해 꾸민 음모에 참여했던 것? 아니! 그건 좋아서 한 일이 아닌가!

"여기서 공작부인은 도덕적으로도 봤을 때 끔찍할 뿐 아니라 남은 생의 평화에도 해가 되는 행동에 전념한다"고 저자는 말했다.[110] 사실 여러분은 그녀가 이렇게

---

110. 『파르마의 수도원』, 2권, 22장, 197쪽.

기쁨에 취해 있으니 군주를 이제 그만 용서하리라고 생각하실 것이다. 절대 그렇지 않다.

"네가 그 영지를 얻고자 한다면 두 가지 일을 해야 한다." 그녀가 루도비코에게 말했다. "그렇다고 위험을 무릅쓸 것까지는 없다. 즉시 포강을 다시 건너서, 사카에 있는 내 성에 불을 밝혀라. 불이라도 난 게 아닌가 싶을 정도로 환히 밝혀야 한다. 일이 성공을 거두면 축제를 열 거고, 준비는 다 해두었다. 지하창고에 내려가면 불을 밝힐 초롱과 기름이 가득 있을 거다. 그리고 집사에게 사카 주민 모두가 취하게 해야 한다는 말을 꼭 전하거라. 포도주 통이며 병이며 싹 다 마셔 비워라. 성모의 이름으로 맹세코! 한 병이라도 비우지 않은 술병이 있고, 포도주 통에 조금이라도 술이 남아 있으면 네 리치아르다 영지는 날아가는 거다! 이렇게 조처하고 파르마로 돌아와서 저수지의 물을 빼는 거다. 사카의 내 사랑하는 농민들은 술에 빠뜨리고, 파르마의 도시 사람들은 물에 빠뜨리는 거다!"

이 말을 읽으면 몸서리가 쳐지지 않는가. 이것이 이탈리아의 정수이다. 위고 씨가 루크레티우스 보르지아에게 "내게 베네치아에서 향연을 베풀어주셨으니

페라라에서 저녁 식사를 차려드리리라"[111]라고 말하게
했던 바로 그 장면에 그 정수가 담겨 있다. 이 두 말은
우열을 가리기 어렵다. 그렇지만 루도비코는 그 말에서
그저 장엄한 모욕과 섬세한 농담만을 발견할 뿐이다.
그래서 그는 공작부인의 말을 이렇게 반복한다. "사카
의 주민들에게는 술을, 파르마의 주민들에게는 물을!"
루도비코는 공작부인의 명령을 실행에 옮기고 돌아와,
그녀와 파브리스를 벨지라테로, 다음에는 스위스의
로카르노로 데려간다. 파브리스는 오스트리아 경찰을
늘 조심해야 한다.

파브리스의 탈출과 사카의 점등행사로 파르마는 엉
망이 된다.[*112] 물난리가 났지만 대단한 주의를 끌 정도

---

111. 정확히 말하자면 "당신은 내게 베네치아에서 무도회를 열어
주었소. 나는 페라라에서 저녁식사로 갚으리라." 루크레티아
보르지아가 그의 적들에게 그렇게 응수하는데, 그들을 저녁식
사에 초대해서 독살하고자 한다(『루크레티아 보르지아』, 3막
3장. 이 연극은 1833년 2월 2일에 포르트생마르탱 극장에서
초연되었다). 이 연극의 원래 제목은 『페라라에서의 식사』인데,
앞의 의미 그대로이다.

*112.[발자크의 주석] 나는 이 말을 철자법에 맞게 일부러 고쳐
썼다. [스탕달의 표현인] sens dessus dessous라는 말은 이해
불가의 표현이다. 『아카데미 사전』은 이 복합명사에 옛 표현인
cen(존재하는 것(ce qui est))이 있음을 밝혀냈어야 했다. 내가

까지는 아니었다. 프랑스군이 침략하여 들어왔을 때 비슷한 사건이 있었던 것 같다. 그런데 공작부인에게는 이에 대한 끔찍한 처벌이 기다리고 있다. 클렐리아를 향한 사랑으로 시름시름 앓고 있는 파브리스를 보는 것이 그것이었다. 파브리스는 대주교의 주교총대리가 아니라 사랑하는 여인의 남편이고 싶은데 그렇지 못하여 성을 낸다.

파브리스는 마조레호수를 마주하고 고모와 함께 있으면서, 소중했던 감옥을 생각한다. 공작부인은 범죄를 지시하고, 달이라도 끌어내리듯 저 사랑하는 아이를 감옥에서 끌어내지 않았던가. 그런 그녀의 마음을 아프게 하는 것은 순진하고 착하게만 보이는 파브리스가 지나 고모 앞에서 다른 일에 정신을 팔고 있고, 어떻게 일이 진행되었던 것인지 알아볼 생각도 하지 않고, 자기가 털끝하나 다치지 않고 돌아왔다는 것에도 시큰둥해 하는 것이다. 그에게 어머니, 누이, 여자 친구나 같은 고모는 좀 더 많은 것을 기대하고 있는데도 말이다. 이런 고통을 어떻게 말로 옮길 수 있겠는가. 그런데

주석을 다는 것을 정말 싫어하기는 하지만 독자에게 올바른 정보를 알릴 목적으로 이 점을 언급하고자 한다.

소설을 읽으면 그 고통이 느껴지고 보여진다. 산세베리나 공작부인의 사랑이 보답 받는다면 누군들 그것이 죄악임을 모르겠는가. 하지만 공작부인이 파브리스에게 버림받는다면 또 누군들 그 장면을 고통스럽지 않게 볼 수 있겠는가. 파브리스는 감사해하지도 않는다. 권력을 잃은 재상이 동맹을 맺어 권력에 복귀할 생각만 하듯이, 탈옥자 파브리스는 제가 갇혀 있던 감옥 생각뿐이다. 그는 파르마 분위기를 내는 풍경화들을 가져오게 한다. 고모가 죽기보다 싫어하는 그 도시를 말이다. 그는 제 방으로 제가 갇혔던 성채를 가져오는 것이다. 결국 그는 콘티 장군에게 탈옥해서 죄송하다는 사과의 편지를 썼다. 그래야 자기가 자유로워졌어도 클렐리아가 없이는 행복할 수 없다는 점을 그녀에게 전할 수 있다. 여러분은 콘티 장군이 이 편지(이 편지는 교회식 아이러니의 걸작처럼 여겨진다)를 읽고 어떤 생각을 했을지 판단할 수 있으리라. 그는 복수의 칼을 갈게 된다. 공작부인은 자기가 한 복수가 전혀 불필요한 것이었다는 생각이 들자 경악하고, 이제는 자기 살 걱정을 해야겠다고 생각한다. 그녀는 마조레호수 주변의 마을마다 뱃사공을 고용한다. 그들에게 호수 한가운데로 배를 저어 나가서 사람들이 워털루 전투에서 나폴레옹을 도왔던 파브리스를 찾을지 모르니 엄중히 경계하라고 말한다. 사람들은 그녀를 사랑하고 그녀에게 복종하며, 그녀는 그들에게 보상한다. 이제 그녀는 마을마다 밀정을 하나씩 갖게 되었다. 그녀는 그들이 언제라도, 그녀가 잠이 든 밤이라도 집에 들어 올 수 있는 권한을 부여한다. 어느 날 밤, 로카르노에서 그녀는 파르마 군주의 사망 소식을 듣는다. 그녀가 파브리스를 바라보면서 이렇게 중얼거린다.

"나는 파브리스를 위해 이 모든 일을 했어. 천 배만 배 더 나쁜 짓이라도 했을 거야." 그녀가 생각했다. "그런데 파브리스는 말도 없이, 관심도 없이, 다른 여자만 생각하고 있어."[113]

이런 생각에 사로잡히자 그녀는 그만 실신하고 만다. 실신한 나머지 그녀가 죽을 수도 있다! 모두 허겁지겁 달려드는데도, 파브리스는 클렐리아 생각뿐이다. 그녀가 그런 그를 보고 부들부들 몸을 떤다. 걱정하는 사람들 틈에 수석사제와 고위층 인사들이 보인다. 이제 그녀는

---

113. 『파르마의 수도원』, 2권, 23장, 224쪽.

위대한 여인의 냉정을 되찾고 이렇게 말한다.

"훌륭한 군주셨죠. 그런데도 모함을 받으셨어요. 정말이지 우리에겐 안타까운 손실입니다." 그러면서 혼자 있게 되자 그녀는 이렇게 생각한다. '아! 파르마에서 살 때 나폴리에서 돌아온 파브리스를 보면서 얼마나 행복했고, 아이 같은 기쁨에 사로잡혔던가. 이제 그런 격정에 대한 값을 치를 시간이 왔구나. 그때 한마디만 분명히 했어도, 이렇게 되지는 않았어. 모스카와도 헤어졌겠고. 파브리스와 내가 맺어졌을 테니 클렐리아도 그 애에게 아무런 존재도 아니겠지. 그런데 파브리스의 마음을 클렐리아가 사로잡았어. 그녀는 고작 스무 살이고. 내 나이는 곧 두 배나 많게 되겠고. 죽어야지! '마흔이 된 여자는 젊었을 때 자기를 사랑했던 남자들에게나 대단한 존재일 뿐!'

내가 이 대목[114]을 인용한 까닭은 이 심오한 성찰이 얼마나 정확한지, 그녀가 어떤 고통 때문에 이런 성찰을 하게 되는지 여러분에게 보여주고 싶어서이다. 공작부인의 이런 독백은 자정에 낯선 소리가 들려오자 중단된

---

114. 『파르마의 수도원』, 2권, 23장, 225쪽.

다.

"좋아, 나를 체포하러 왔군." 그녀가 말했다. "잘됐어. 다른 생각할 필요가 없게 되었으니. 내 목숨을 걸고 그들과 싸우기만 하면 될 테지."

하지만 별일이 아니었다. 모스카 백작은 가장 믿음직한 전령을 보내 파르마에서 일어난 사건들과 라누체 에르네스트 4세의 사망과 관련된 세부적인 일들이 전 유럽에 알려지기 전에 그녀에게 보고하려고 했던 것이다. 혁명이 있었고, 그 바람에 호민관 페란테 팔라가 승리를 거둘 뻔했다. 페란테 팔라는 그가 무엇보다 소중히 여겼던 공화국의 승리를 위해 자기 아이들 몫이었던 오만 프랑의 다이아몬드를 썼다. 모스카가 폭동을 진압했다. 그는 나폴레옹 치하에 들어갔던 에스파냐에 참전한 적이 있어서, 정치가의 냉정함을 유지하면서도 병사들의 능력을 십분 발휘하게 했다. 라씨도 그의 덕에 목숨을 건졌는데, 이 때문에 모스카는 나중에 끔찍이 후회할 것이다. 마지막으로 라누체 에르네스트 5세가 왕위에 오른 일을 상세히 전했다. 산세베리나 공작부인을 사랑하는 어린 군주였다. 공작부인은 이제 돌아올 수 있다. 선왕의 아내는 독자 여러분도 알고 있는 이유로, 그녀가 군주의 아내로 영향력을 행사하던 시기에 일어난 궁정의 음모를 겪으며 깨달았던 바로 그런 이유로 산세베리나 공작부인에게 애정 어린 편지를 썼다. 제 권한으로 지나를 산지오반니 공작부인으로 봉작封爵하고 자신의 수석시녀로 임명하는 것이다.[115] 그러나 파브리스가 돌아오는 것은 아직 신중하지 못한 일이었다. 소송을 재검토해서 판결을 무효로 돌리는 것이 먼저이다.

공작부인은 파브리스를 사카에 숨기고 파르마로 의기양양하게 돌아온다. 주제가 저절로 수월하고 단조롭지 않게 다시 나타난다. 라누체 에르네스트 4세 통치 시절 아내가 순결한 산세베리나 공작부인에게 내렸던 첫 번째 총애와 라누체 에르네스트 5세가 왕위에 오른 뒤 선왕을 독살케 했던 아내로부터 받는 두 번째 총애 사이에는 유사한 데가 전혀 없다. 스무 살의 젊은 군주는 미칠 듯이 공작부인을 사랑했다. 시역의 범죄를 저지른 선왕의 아내가 처한 위험과 그녀를 모시는 수석 시녀가

---

115. 『파르마의 수도원』, 2권, 23장, 233쪽. 그러나 공작부인에게 편지를 쓴 사람은 대공비가 아니라 새로 군주가 된 에르네스트 5세이다. 그가 편지로 대공비의 말을 전하는 것이다.

누리는 제한 없는 권력이 맞물려 상쇄된다. 루이 13세의 축소판이라 할 수 있는 새로운 군주의 리슐리외는 모스카였다. 저 위대한 재상이 폭동을 맞아 남은 열정을 모두 쏟아붓고 헌신하던 중에 새로운 군주를 아이라는 호칭으로 부른 적이 있다. 이 말이 어린 군주의 마음에 남아 상처가 되었다. 모스카는 꼭 필요한 사람이었다. 그러나 군주가 정치를 하기에 스무 살이라는 나이는 너무 적었지만 그의 자존심만은 오십 살 먹은 사람의 것이었다. 라씨는 암약하면서 이탈리아를 죄다 뒤지고 다니면서 읍이나 다름없이 가난했던 페란테 팔라가 제노바에서 예닐곱 개의 다이아몬드를 팔았다는 것을 알아냈다. 라씨가 물밑작업을 하는 동안 궁정에는 기쁨이 가득했다. 젊은이들은 소심하기 마련이고, 그들처럼 소심했던 군주는 마흔이 된 여인을 치근덕대고 악착같이 따라다녔다. 그 언제보다 아름다웠던 지나가 서른 살 정도로밖에 보이지 않았던 것은 사실이었다. 그녀는 행복했고, 그녀 덕분에 모스카는 정말 행복한 남자가 되었다. 파브리스는 목숨을 건지고, 재판을 다시 받고, 사면되고, 판결은 무효가 되고, 앞으로 대주교를 모시는 보좌성직자가 될 것이다. 주교의 나이가 일흔여덟이니 파브리스가 대주교의 후임자가 될 것이다.

산지오반니 공작부인이 된 지나를 불안케 하는 한 사람은 클렐리아다. 지나는 군주를 가지고 놀았다. 궁정에서 희극 공연(코메디아 델라르테 희극을 말한다. 희극의 얼개만 적어 무대 뒤에 붙여두고 이야기가 진행되어 가는 중에 캐릭터들이 각자 즉흥적으로 대사를 만들어낸다. 줄거리를 따라 행동으로 보여주고 맞추게 하는 수수께끼 같은 것이다)을 하는데, 군주는 사랑하는 남자 역할을 맡았고, 지나는 항상 상대 여주인공이었다. 말 그대로 수석시녀는 화산 위에서 춤을 추는 것이나 다름없었다. 소설의 이 대목은 정말 매혹적이다. 이런 희극 공연 중에 다음의 일이 일어난다. 라씨가 군주에게 이렇게 말했던 것이다. "전하는 존엄하신 아버지가 어떻게 돌아가셨는지 밝히는 데 십만 프랑을 내시겠습니까?"[116] 이제 그는 십만 프랑을 손에 쥔 것이다. 군주는 정말 아이였다. 라씨는 공작부인의 하녀를 구슬려 보려고 했는데 이 하녀가 모스카에게 전부 다 알렸다. 모스카는 하녀에게 라씨의 의도를 떠보라고 한다. 라씨

---

116. 『파르마의 수도원』, 2권, 24장, 247쪽.

가 바란 것은 오직 하나뿐이었다. 그는 보석상을 두명 불러 공작부인의 다이아몬드를 검사하게 하고 싶었다. 그러자 모스카는 자기 밀정을 배치해서 호기심 많은 두 보석상 중 한 명이 라씨의 형임을 밝혀냈다. 모스카는 희극의 막간 시간에 아주 즐거워하고 있던 공작부인에게 이 점을 알려주러 간다.

"시간은 없지만" 그녀가 모스카에게 말했다. "호위병 실로 가요."

그녀는 웃으며 자기 친구인 재상에게 이렇게 말한다. "내가 쓸데없이 이 비밀 저 비밀을 떠든다고 항상 나를 꾸짖었죠. 글쎄, 에르네스트 5세를 왕좌로 불러낸 사람이 저예요. 파브리스의 복수를 해야 했거든요. 제가 예전에 지금보다 더 사랑했던 파브리스 말이에요. 그때나 지금이나 정말이지 순결한 사랑이기는 마찬가지죠. 당신은 제 이런 순수한 사랑을 믿지 않지요. 하긴 뭐가 중요하겠어요! 당신은 내가 범죄를 저질렀어도 나를 사랑하니까요. 자, 제게도 인생의 비밀이 하나 있어요. 페란테 팔라에게 내 다이아몬드를 줬어요. 더 나쁜 짓도 했죠. 그 사람더러 파브리스를 독살하려고 했던 사람을 독살하라고 그의 품에 안기기도 했으니까요. 잘못된 게 있어요?"

"당신은 그 얘길 호위병실에서 하는 거요?" 백작이 '약간 얼이 빠져서' 말했다.

이 마지막 말은 정말 매혹적이다.

"정말 급하거든요." 그녀가 말했다. "라씨란 자가 뒤를 밟고 있어요. 하지만 나는 폭동에 대해 말한 적은 없어요. 전 자코뱅주의자들을 혐오하는 사람이에요. 생각해보시고 연극이 끝난 다음에 의견을 말해주세요."

"바로 말하겠소." 모스카는 당황하지 않고 대답했다. "군주를 무대 뒤에서 만나 당신에게 정신을 놓게 해요. 물론 순수한 의도로 말이오⋯, 어쨌든!"

공작부인은 밖에서 나오라는 소리를 듣고 무대 뒤로 돌아간다.

페란테 팔라가 우상으로 삼은 여인에게 보낸 영원한 고별은 이 작품의 백미白眉 중 하나이다. 정말 수많은 아름다움이 담겨 있는 장면이다. 그러나 우리는 가장 중요한 장면에 이르렀다. 라씨가 수집한 정보를 담은 서류를 불태우는 장면은 이 작품을 최고의 것으로 만든다. 수석시녀는 서류를 선왕의 아내와 아들인 라누체 에르네스트 5세에게 받았다. 여기서 공작부인은 어머니와 아들의 변덕에 따라 죽다 살다 한다. 이들은 위르생 家의 공주와 같은 천재의 지배를 받고 있다고 느낀다. 이 장면의 분량은 여덟 페이지에 불과하지만 문학적 기술技術의 면에서 탁월하다. 그야말로 비교불가의 것이라 하겠다. 나는 여기에 전혀 덧붙일 말이 없다. 그저 그 장면이 있음을 알려주는 것으로 충분하다. 공작부인이 승리했고 증거를 인멸했고, 모스카 몫으로 상자 하나도 가져갔다. 모스카는 몇몇 증인들의 이름을 거명하다 이렇게 고함을 지른다. "큰일 날 뻔했어. 그들 말이 맞았던 거야."[117] 이제 라씨는 절망에 빠진다. 군주가 파브리스의 소송을 재검토하라는 명령을 내렸기 때문이다. 그런데 파브리스는 모스카의 바람대로 파르마의 감옥에 자수를 하러 가지 않는다. 그곳은 모스카의 영향력이 미치는 곳이었다. 그것과는 반대로 파브리스는 제게 그토록 소중했던 성채로 돌아간다.

---

117. "저자들은 진상을 거의 다 밝혔군요. 아주 교묘하게 일을 진행시켜 오면서 페란테 팔라가 한 일을 샅샅이 캐냈어요. 만약 그가 자백한다면 우리 처지가 어려워질 겁니다"(『파르마의 수도원』, 2권, 24장, 265쪽).

콘티 장군은 파브리스의 탈옥으로 자기 명예가 실추되었다고 생각했다. 그는 파브리스를 없애버릴 작정으로 그를 엄중히 가두어 버린다. 파브리스가 파르마의 감옥에 있다면 모스카는 책임을 지고 그의 일을 맡아 처리할 수 있었겠지만, 성채에 갇힌 이상 손을 쓸 수 없다.

공작부인은 이 날벼락 같은 소식을 들었다. 그녀는 어안이 벙벙해서 말 한마디 할 수 없다. 파브리스는 도대체 클렐리아를 얼마나 사랑하기에 죽음만이 기다리는 그곳으로 돌아간 걸까? 그 여인에게서 한순간의 행복을 얻고자 그런 행동을 한 걸까? 그 행복을 위해서 목숨까지 걸어야 하는 데도? 이런 생각을 하자 공작부인은 심하게 얻어맞은 기분이었다. 파브리스에게 닥칠 위험이 그녀 역시 끝장낼 것이다.

이 위험이 처음 나온 것은 아니다. 그것은 이 장면을 위해 특별히 만들어진 것이 아니라, 첫 번째 구금 기간의 파브리스가, 그의 탈옥이, 소송을 재검토하라는 왕의 명령에 따를 수밖에 없어 화가 라씨가 들쑤셔 놓은 정념들이 가져온 자연스러운 결과이다. 그러므로 저자는 정말 미세한 세부사항까지도 수미일관 소설 시학의 법칙을 충실히 따르고 있다. 저자가 철저히 계산에 넣고, 사려 깊게 따져보았고, 풍요로운 주제를 올바로 선택하고 발전시켰기 때문이기도 하고, 저자의 재능에 기반을 둔 특별한 본능 때문일 수도 있겠지만, 어쨌든 이렇게 규칙을 정확히 준수했기 때문에 이 책은 위대하고 아름다운 작품이 갖게 마련인 강력하면서도 계속 이어지는 흥미를 얻게 되었다.

모스카는 절망에 빠져 버렸다. 그는 젊은 군주에게 전하가 통치하는 국가에서 감옥에 갇힌 사람이 독살될 수도 있다는 점을 곧이곧대로 알릴 수는 없는 일이라고 공작부인을 설득하고, 라씨를 해임하겠다고 제안한다. 그는 이렇게 말한다.

"하지만 이런 면에서는 제가 얼마나 어리석은지 아시죠. 아직도 석양이 질 무렵이면 제가 에스파냐에서 총살 명령을 내렸던 두 밀정이 머릿속에 떠오르곤 합니다."

그러자 공작부인이 이렇게 대답한다. "그러니 라씨는 제가 파브리스보다 당신을 더 사랑하기 때문에 목숨을 부지하게 되겠군요. 우리가 함께 보내게 될 노년의 저녁 시간을 망치고 싶지는 않으니까요."[118]

성채로 달려가 본 공작부인은 파브리스가 빼도 박도

못할 위험에 빠져버렸음을 알게 된다. 그래서 그녀는 군주를 만나러 간다! 재상이 예견한 대로 군주는 '자기가' 통치하는 국가의 감옥에서 한 무고한 자의 목숨을 위협하는 위험이 있을 수 있다는 걸 이해하지 못하는 어린아이이다. 그는 명예가 땅에 떨어지고, 사법권에 문제가 생기는 것을 바라지 않는다. 결국 공작부인은 시간이 촉박해서(독이 이미 건네졌다) 젊은 군주의 여자가 된다는 약속을 하고, 그 대가로 파브리스의 석방 명령을 끌어낸다. 서류를 태워버리는 장면이 압권이었다면, 이 장면의 독창성은 그 다음이라 하겠다. 서류 소각 장면에서 지나가 자기 자신만을 생각했다면 이제는 파브리스만 생각하고 있는 것이다.[119] 파브리스는 석방되어, 대주교 뒤를 이을 보좌성직자로 임명될 텐데, 이 직위는 대주교와 맞먹는 것이다. 공작부인은 자기가 군주에게 하지 않을 수 없었던 약속을 벗어날 수 있는 방법을 결국 찾아낸다. 사랑하지도 않으면서

---

118. 『파르마의 수도원』, 2권, 24장, 272쪽.
119. 공작부인이 페란테 팔라와 연루되었다는 증거인 서류를 소각케 한 것은 자신의 생명을 건지기 위한 것이었지만, 군주의 사랑을 받아들인 것은 자신과는 전혀 관계가 없고, 오직 파브리스를 구하기 위해서이다.

억지로 그런 약속을 할 수 밖에 없는 여인들은 절망 속에서도 냉정함을 유지하면서, 상대가 궁지에 빠질 수밖에 없는 상황을 결국 발견해낸다. 공작부인은 여러분이 알고 있는 대로 처음부터 끝까지 수미일관 위대한 성격을 유지한다. 그 결과 내각이 바뀌게 된다. 모스카는 아내가 된 공작부인과 파르마를 떠난다. 이제 홀아비가 된 그는 과부인 공작부인과 결혼을 했다. 그러나 일이 잘 풀리지 않았다. 군주는 일 년 후에 모스카 백작과 백작부인을 다시 불러들인다. 파브리스는 대주교가 되어 대단한 명성을 누린다.

뒤이어 클렐리아와 대주교 파브리스의 사랑 이야기가 이어지지만, 결국 저 사랑스러운 여인 클렐리아는 죽음을 맞는다.[120] 그리고 이야기는 대주교가 사임하고 은퇴하는 것으로 끝난다. 그는 오랫동안 고통스러워한 끝에 파르마의 수도원에서 역시 죽음을 맞는다.

나는 여러분께 소설의 결말을 두 마디로 설명하고자 한다. 이 결말의 세부는 대단히 아름답기는 하지만,

---

120. 스탕달의 답변. "저는 산드리노의 죽음을 고려하면서 『파르마의 수도원』을 집필했습니다. 저는 그 사건에 대단히 충격을 받았거든요"(첫 번째 초고 194쪽).

완결되었다기보다는 스케치 상태로 끝난다. 소설의 결말도 시작부분에서 했던 것처럼 전개해나갔어야 했다면, 도대체 작품이 어디에서 끝나게 될지 알 수 없었을 것이다. 사제의 사랑에 드라마 전체가 들어서 있고 드라마 전체가 보좌성직자 파리스와 클렐리아의 사랑이라 하겠으니, 책 위에 책이 올라 있는 형식이다!

벨 씨는 산세베리나 공작부인을 그리면서 한 여인을 염두에 두었던 것일까? 나는 그렇다고 생각한다. 공작부인, 군주, 재상처럼 틀림없이 모델이 있었다고 본다. 그 모델은 밀라노에 있을까? 아니면 로마, 나폴리, 피렌체인가? 모르겠다. 산세베리나 공작부인과 같은 여인들이 존재한다고 마음속으로는 확신하지만, 내가 아는 한 그 수는 굉장히 적다. 나는 저자가 아마 그 모델을 과장하면서 완전히 이상화했으리라 생각한다. 그렇게 되면 유사성과는 완전히 멀어지는 작업이 되겠지만, 산세베리나 공작부인의 몇몇 특징을 B*** 공주에게서 찾을 수 있을 것도 같다. 그녀도 밀라노 사람이 아닌가? 그녀도 재산이 많았다가 잃었다가 했지 않았나? 그녀 역시 섬세하고 재기 발랄한 여인이지 않았나?[121]

여러분은 이제 이 엄청난 건축물을 이루는 뼈대를 아셨다. 나는 여러분이 건물을 한 바퀴 돌아보게 했다. 내가 한 요약은 빠르고 무모하기까지 한 것이 사실이지만 나를 믿어주시기 바란다. 『파르마의 수도원』처럼 밀접하게 이어진 사실들을 재료로 지어진 소설에 관해 내 생각을 말하는 데에는 여간한 과감함이 필요한 것이

---

121. 프랑수아 4세와 메테르니히 공 다음으로 발자크는 이 공주를 세 번째 모델로 생각한다. 그러나 스탕달은 이러한 발자크의 시각을 반박한다. "저는 벨지오조소 부인을 한 번도 만난 적이 없습니다"(첫 번째, 세 번째 초고). 벨지오조소 부인(1808-1872)으로 불리는 크리스틴 트리불치오는 파리로 유배되어 푸리에 주의자들의 근거지와 인접한 곳에 화려한 살롱을 갖고 있었고, 발자크는 그곳에 자주 드나들었다. 그는 『인간희극』의 『고디사르 2세』를 그녀에게 헌정하고, 1843년에 『파르마의 수도원』을 읽어 볼 것을 권한다. "나는 당신께 제 깊은 감사의 마음으로 『파르마의 수도원』을 보냅니다. 나는 그 책을 대단히 즐겁게 읽었습니다. 어떤 초상화들은 정확히 누구를 모델로 그렸는지 잘 모르겠습니다. 이 책에 등장하는 공작부인과 같이 적극적인 이탈리아 여인은 없습니다. 백작처럼 복지부동하는 이탈리아 남자도 없기는 합니다. 프랑스에서는 움직임과 휴지가 굉장히 짧은 간격을 두고 이어집니다. 전자 때문에 피곤해지고, 후자 때문에 권태로워집니다. 프랑스에서는 오랫동안 무無의 상태를 유지할 수 없습니다"(『서한집』 3권). 산세베리나 공작부인의 성격은 오히려 몇몇 부분에서 바노차 파르네제와 비슷해 보인다. 그녀는 나중에 알레산드로 6세가 되는 로드리고 추기경의 정부로 케사르와 루크레티아 보르지아의 어머니이다.

아니다. 내가 거칠게 요약을 하긴 했지만 여러분이 전체적인 모습을 그려 보는 데는 충분하다. 내가 했던 찬사에 과장이 있었는지는 여러분이 판단하실 일이다. 하지만 저 견고한 건축물을 장식하는 섬세하고 세련된 조각상들을 여러분에게 상세히 보여드리는 일은 쉽지 않다. 그보다 더 작은 조각상들이며, 그림들이며, 풍경들이며, 부조浮彫 장식들 하나하나 신경을 쓰는 일은 말할 나위도 없다. 이 책에 대한 내 경험을 적어보겠다. 이 책을 처음 읽었을 때 나는 정말 당황했었고, 적지 않은 결함이 있다고 생각했다. 두 번째로 읽어나갔을 때 전혀 지루하지 않았고, 첫 번째 독서에서 너무 지루하거나 산만하지 않았나 했던 세부사항이 꼭 필요한 것이었음을 알게 되었다. 그리고 서평을 쓰기 전에 한 번 더 작품을 읽었다. 그러자 소설가의 수법이 눈에 들어왔고, 생각했던 것보다 훨씬 오랫동안 이 아름다운 작품에 대해 깊이 생각하게 되었다. 어디 하나 조화롭지 않은 부분이 없었다. 자연스럽게 이어지기도 하고 기술적으로 이어지기도 하지만 결국은 모든 부분이 하나로 일치되고 있다.

하지만 이제 결함들을 지적해 보려고 한다. 나는

소설을 쓰는 기술에 대한 관점이 아니라, 작가라면 다수의 독자를 위해 어쩔 수 없이 해야 할 희생이 있다는 점을 강조할 목적에서이다.

내가 첫 번째 독서에서 당황스러웠다면 대중도 역시 같은 생각이었을 것이다. 그러므로 방법적인 결함이 있다고 해야 할 것이다. 벨 씨는 사건들을 배치할 때 그 사건들이 일어났던 방식이나 그 사건들이 다른 식으로는 일어날 수 없었던 방식을 취했다. 그런데 사건들을 그렇게 배치한 것이 그가 범한 오류라고 생각한다. 자연에서는 진실하지만 예술에서는 경우에 따라 그렇게 나타나지 않는 주제가 있다. 그 주제를 선택할 때 몇몇 작가들이 마찬가지의 오류를 범하곤 한다. 위대한 화가라면 어떤 풍경을 볼 때 그것을 맹목적으로 모방하지 않으려고 한다. 우리에게 문자가 아니라 정신을 보여주어야 하기 때문이다. 벨 씨는 단순하고 소박하고 꾸밈없는 이야기 방식을 취하는데, 그런 방식은 명쾌하게 보이지 않을 위험이 있었다. 이 재능은 능숙한 독자의 연구가 필요하다. 그래서 독자는 이를 미처 알아채지 못하고 넘어가 버릴 수도 있다. 그래서 나는 이 책에 흥미를 더하기 위해서라면 저자가 워털루 전투를 멋지게 스케치하는 것으로 시작했으면 하는 것이다. 그리고 워털루 전투 이전에 있었던 일은 모두 파브리스의 입으로 전하게 하거나, 서술자가 파브리스에 관해 하는 이야기로 줄이면[122] 좋지 않을까 생각했다. 그 이야기를 파브리스가 부상을 당해 플랑드르 지방 마을에 머무는 동안 전개해 볼 수 있겠다. 그러면 작품이 확실히 훨씬 빠르게 전개될 것이다. 이 책은 델 동고 부자父子만의 이야기도 아니고, 밀라노에서 벌어지는 사건들만을 다루는 것도 아니다. 이 드라마는 파르마라는 작은 국가에서 진행되는데, 여기 등장하는 주인공들은 군주 부자父子, 모스카, 라씨, 공작부인, 페란테 팔라, 루도비코, 클렐리아, 그녀의 아버지 파비오 콘티, 라베르씨,

---

122. 파브리스가 프랑스로 떠나기 전에 일어나는 모든 이야기를 가리킨다. 스탕달은 발자크의 충고를 따라 이렇게 답변했다. "저는 어제저녁에 『르뷔 파리지엔』을 읽고 오늘 아침에 『파르마의 수도원』 1권의 첫 쉰네 페이지를 네댓 페이지로 줄여버린 참입니다."(첫 번째 초고 187–188쪽. 이와 비슷한 표현은 편지의 세 초고에 모두 등장한다. 첫 번째 초고 188쪽, 두 번째 초고 197쪽). "저는 제 유년의 행복했던 시절을 쓰면서 정말 행복했더랬습니다"(첫 번째 초고 188쪽, 두 번째 초고 197쪽). 10월 22일 로맹 콜롱브에게 보내는 편지에서 실제로 스탕달이 이 부분을 삭제했음을 확인할 수 있다. "나는 벌써 내가 네 페이지를 대신했던 첫 51페이지를 삭제했소."

질레티, 마리에타 등 수도 없다. 유능한 조언자들이나, 양식 있는 솔직한 친구들이 있었다면 저자가 그만큼 중요하다고 생각하지 않았더라도 몇몇 부분은 더욱 발전시켜 보고, 몇몇 세부사항들은 섬세하게 그려졌긴 했어도 전체적으로는 불필요하므로 삭제하면 어떻겠느냐는 말을 해 주었을지 모른다. 특히 이 소설에서 블라네스 신부가 등장하는 부분이 완전히 삭제된다 해도 아무 문제가 없어 보인다.[123]

좀 더 나아가 보겠다. 이 아름다운 작품을 앞에 두고서도, 나는 예술의 진정한 원칙들을 반드시 따라야 한다는 생각을 굽히지 않겠다. 가장 중요한 법칙은 구성의 단일성[124]이다. 근본사상에서든 구성에서든 이

---

123. 스탕달은 이렇게 답변했다. "저는 선한 블라네스 신부의 대목을 확 줄이려고 합니다. 아무 행동도 하지 않지만 독자의 마음에 감동을 주고 꾸민 듯 보이는 소설적인 분위기를 제거해 주는 인물들이 필요하다고 생각했습니다"(세 번째 초고 207쪽, 스탕달의 답장 175쪽).

124. 발자크는 『인간희극』에 부친 서문에서 자연사가이자 해부학자였던 퀴비에와 에티엔 조프루아 생틸레르의 논쟁을 상기한다. 여기서 발자크는 에티엔 조프루아 생틸레르의 '구성의 단일성(l'unité de la composition)' 개념은 이미 "이전의 두 세기 동안 위대한 정신들이 몰두했던 것"(Balzac, *Ecrits sur le roman*, éd. Stéphane Vachon, Le Livre de poche, 2000,

단일성을 따라야 한다. 그렇지 않으면 작품은 혼란스러워지고 만다. 그래서 제목에서 예상할 수 있는 것과는 다르게 이 작품은 모스카 백작 내외가 파르마로 돌아가고[125] 파브리스는 대주교가 된다. 이 대단한 궁정 희극은 그렇게 끝난다. 이 희극이 잘 마무리되었고, 저자도 이를 잘 알고 있으니 바로 그 자리에 '교훈'을 넣었다. 예전에 우리 선조들이 이야기 말미에 교훈을 넣곤 했듯 말이다. 그는 다음과 같이 말한다.

"여기서 다음의 교훈을 얻을 수 있다. 행복한 사람은 궁정에 가까이 갈수록 행복이 위태로워지고, 그의 미래

278-279쪽)이라고 썼다. 조프루아 생틸레르의 위의 개념은 모든 생명체가 한 가지 원형archétype에서 출발하여 다양한 방식으로 갈라져 나왔다는 주장을 요약한 것으로, 이 점에서 퀴비에의 비교해부학 이론과 대립한다. 개별 개체들에게서 겉보기에는 서로 다른 양상과 다른 기능을 하고 있는 여러 부분들이 결국은 하나의 원천(단일성)으로 환원될 수 있다는 주장이다. 이는 18세기의 자연사가 뷔퐁과 디드로의 유물론 철학의 19세기적 종합이라고 하겠다.

125. 이는 소설의 내용과 다르다. "모스카 백작부인은 남편이 수상 직위에 복귀하는 것을 그 당시 아주 환영했었다. 그러나 그녀 자신은 결코 에르네스트 5세의 나라에 되돌아가려 하지 않았다. 그녀는 포강 왼쪽 기슭, 카살 마조레에서 1킬로미터 정도 떨어진, 따라서 오스트리아의 영토에 속하는 비냐노에 저택을 마련했다"(『파르마의 수도원』, 2권, 28장, 368쪽).

는 하녀가 꾸미는 음모에 좌우되기 십상이다."

"반면 미국이며, 공화국에서는 하루 종일 지긋지긋하게 거리의 상점 주인들에게 잘 보여야 하고 그들과 마찬가지로 바보가 되어야 한다. 더욱이 그곳에는 오페라도 없다."[126]

파브리스가 로마 교황청을 상징하는 자주색 옷을 입고 머리에는 주교관을 쓰고, 이제 크레센치 후작부인이 된 클렐리아를 사랑하고, 그 이야기를 여러분이 작가가 되어 해준다면, 그때 여러분이 쓰고자 하는 책은 이 젊은이의 인생을 주제로 한 것이 아니겠는가.[127] 그런데 여러분이 파브리스의 일대기를 그려보고자 했다면 여러분처럼 대단한 통찰력을 가진 분은 그 책의 제목을 『파브리스 혹은 19세기 이탈리아 인』이라고 했을 것이고, 그 같은 시도를 해 볼 참이었다면 파브리스는 군주 부자, 산세베리나 공작부인, 모스카, 페란테 팔라만큼이나 전형적이고, 시적인 인물들로

---

126. 『파르마의 수도원』, 2권, 24장, 270쪽.

127. 스탕달은 발자크에게 다소 비꼬는 듯한 어조로 다음과 같이 묻는다. "파브리스를 '우리의 주인공'으로 불러도 좋을까요? 파브리스라는 언급을 그렇게 자주 반복하지 않을 필요가 있었습니다"(스탕달의 답장 170쪽, 세 번째 초고 204쪽).

압도당하는 일 없이, 이 시대 이탈리아 젊은이를 대표하는 인물로 그려질 수도 있지 않았을까. 저자는 이 젊은이를 드라마의 중심인물로 삼았을 테니, 그에게 위대한 사유를 제공하고, 주변의 천재적인 사람들보다도 그를 더 우월한 존재로 만들어 주는 감정을 갖게 해주지 않을 수 없었을 텐데, 파브리스에게는 그런 감정이 없는 것이다. 사실 감정은 재능 못지않게 중요하다. '느낀다'는 것과 '이해한다'는 것이 대립하는 관계는 '행동하다'와 '사유하다'가 대립하는 관계인 것과 같다. 한 천재의 친구는 우정의 마음과 너그러운 마음만 있다면 그 천재의 수준까지 올라갈 수 있다. 마음을 다루는 영역에서는 한 평범한 사람이라도 가장 위대한 예술가를 압도할 수 있다. 이것이 왜 여인들이 바보를 사랑하게 되는가 하는 이유이다. 그러므로 대단히 천재적인 예술가가 드라마에서 진가를 발휘할 수 있게 해주는 것 중 하나는(우리는 그것을 벨 씨에게서 찾을 수 있다고 생각한다) 주인공을 둘러싼 인물들과 천재로는 싸울 수 없다 해도, 감정에 있어서는 주인공을 우월한 존재로 만드는 것이다. 관계를 이렇게 설정한다면 파브리스의 역할에 대대적인 수정이 필요하게 된다. 가톨릭의 천재적인 인물이라면 제 신성한 손길로 파브리스를 '파르마의 수도원'에 들어가도록 밀어붙였을 것이고, 은총의 힘으로 그를 충만케 해 보려고도 했으리라. 그런데 블라네스 신부는 이런 역할을 맡을 수 없을 것 같다. 점성술을 탐구하는 사람을 교회의 성인聖人으로 만들 수는 없기 때문이다. 그러므로 이 작품은 더 짧아지든가 더 길어지든가 해야 한다.

도입부가 너무 길다[128]는 것, 한 책을 다시 시작으로 되돌리는 결말 부분에서 주제가 무너졌다는 것이 이 소설의 성공에 장애가 될지 모르겠다. 사실 벌써 그렇게 장애가 되기는 했다. 더욱이 벨 씨는 몇 번이나 했던 말을 반복하곤 한다. 그의 초기 작품들을 읽었던 사람들이라면 이 점을 뚜렷이 알 수 있다. 하지만 그들은 당연히 식자들로서, 까다로운 사람으로 보이고 싶은 사람들이다. 벨 씨는 불행한 사랑이라는 대단한 주제에 몰두했으니(어떤 예술이든 그 주제면 벌써 할 말을 다한 것이나 같지 않던가!), 반복을 피하고 항상 간결하

---

128. 이 부분을 1839년 4월 5일에 보낸 축하 편지와 비교해 보자. "정말 길기는 하지만 저는 그 점을 비판하지 않습니다. 재기에 넘치는, 우월한 사람들과는 상관없는 비판입니다."

게 써서 독자들이 쉽게 이해하도록 해야 한다. 그의 습관이 기괴하기는 하지만 이 작품은 그의 다른 작품들보다는 수수께끼 같은 면이 덜한 편이다. 진정한 친구들이라면 그 점에서 그에게 축하의 말을 보낼 것이다.

인물들의 초상들은 짧게 끝났다.[129] 벨 씨에겐 그런 것도 몇 마디 말이면 그만이다. 그는 인물을 행동과 대화로 그려내는 사람이다. 그는 지치지 않고 서술을 한다. 드라마로 치달아 가서 한마디 말로, 하나의 성찰로 성취해낸다. 그가 보여주는 풍경은 다소 건조한 데생으로 신속하게 그려지는데 이런 기법이 이탈리아 풍경에는 안성맞춤이다. 구석에 있는 나무 한 그루를 정성껏 묘사하기도 하지만, 무엇보다 그가 여러분에게 보여주는 것은 장엄한 알프스 산맥을 조망하는 능선들이다. 그 능선들이 사건이 벌어지는 극장을 사방에서 에워싸는 것이다. 풍경은 거기서 완성된다. 특히 코모 호수 주변, 브리앙차를 둘러보고, 알프스 기슭을 따라가 보고, 롬바르디아 평원을 두루 거쳐본 여행자들은

---

129. 발자크는 위의 축하 편지에서 "몇몇 인물은 신체 묘사가 나타나지 않았습니다. 하지만 별것 아닙니다. 터치 몇 번이면 되는 것이니까요"라고 썼다.

이 책을 좋아할 것이다. 이 풍경의 정수가 섬세하게 나타나 있으며, 그 풍경의 성격이 뚜렷이 느껴진다. 직접 눈앞에서 보고 있기라도 한 것 같다.

이 작품의 약점이 있다면 문체, 즉 단어들의 배치라 하겠다. 뚜렷이 드러나는 프랑스적인 사상에 문장이 기대고 있기 때문이다.[130] 벨 씨의 오류들은 순전히 문법적인 것으로, 17세기 작가들의 방식으로 봤을 때 허술하고 부정확하다. 내가 옮겨놓은 인용문들을 보면 그가 그만 방심하여 어떤 식의 오류를 남겼는지 알 수 있다. 동사 시제의 불일치가 보이는 곳도 있고 동사를 아예 빼놓은 경우도 있다. '그것은^{c'est}', '한 것^{ce que}', '라는 것^{que}'의 표현들이 빈번하여 독자를 지치게 할 때도 있다. 그런 표현들을 읽다 보면 프랑스의 울퉁불퉁

---

130. 스탕달은 "선생님께서 해주신 수많은 칭찬들은 아무도 읽어 본 적 없는 한 작품을 동정하는 마음에서 나온 것이니 모두 받아들입니다만, '문체'만은 아닙니다"(첫 번째 초고 190쪽)라고 답한다. 『파르마의 수도원』의 문체가 선생님께 거슬린다니 문체를 좀 교정하려 합니다만, 제게는 쉬운 일이 아닐 겁니다. 저는 유행이 되고 있는 문체를 존중하지 않습니다. 참을 수가 없거든요"(스탕달의 답장 179쪽, 세 번째 초고 209쪽). 스탕달은 자신에게 오류가 있음을 충분히 받아들일 수 있다고 말하면서도 자신의 문체의 개념을 길고 힘차게 변호한다.

한 도로에서 말馬을 제대로 매지 않은 마차에 타고
여행을 할 때 머릿속에 생기게 되는 그런 인상이 느껴진
다. 섬세하지 못한 이런 오류들은 작업에 결함이 있었다
는 증거이다.[131] 하지만 프랑스어가 사상思想에 칠해진
광택제와 같다면, 그저 광택제만 발라놓은 것일 뿐인

---

131. 스탕달의 발자크에 대한 답신을 보면 그가 작품을 쓰는 방식
몇 가지가 드러난다. "『파르마의 수도원』을 구술하면서 두
번 생각하지 않고 나온 즉각적인 표현을 그대로 인쇄한다면
저는 보다 진실하고 보다 '자연스러워서' 1880년이 되면 지금보
다는 더 독자의 마음을 사로잡지 않겠느냐고 생각하곤 했습니
다"(첫 번째 초고 192쪽). "선생님께 고백컨대 『파르마의 수도
원』의 대부분은 '구술한 그대로' 인쇄되었습니다. '저는 그래야
소박해지고 부자연스럽지 않으리라 생각합니다(부자연스러운
것 이상으로 제가 끔찍해 하는 것이 없지요)"(두 번째 초고
198쪽). 세 번째 초고에도 동일한 언급이 있다. 그는 이렇게
덧붙인다. "[…] 소설 쓰는 '기술'은 생각지도 않았습니다. 젊었
을 때 이리저리 소설 줄거리를 구상해보곤 했죠. 그런데
그 구상을 글로 써보면 제 열정은 싸늘히 식어버리고 말죠"(첫
번째 초고 188쪽). "하지만 그 구상을 글로 써보면 제 열정은
싸늘히 식어버리고 말죠"(두 번째 초고 198쪽). 이 점은 그의
진실성을 보여준다. 스탕달은 자기 자신을 위해 글을 썼다.
1840년 5월 24일에 『라미엘Lamiel』에 들어 있는 단편적인
문장들 가운데 '소설을 쓰는 기술'이라는 제목의 주석이 있다.
"나는 구성해두는 일 없이 작업에 들어간다. 내가 구성을 미리
갖춘 소설을 썼을 때 정말 역겨웠다. […] 현재 페이지를 쓰면
서 다음 페이지를 어떻게 쓸지 생각하게 된다. 『파르마의 수도
원』을 그렇게 썼다. 구성부터 세웠다면 그 작품이 역겨웠을
것이다."

벨 씨에 대한 연구
‥‥
155

작품들을 엄격하게 대해야 하는 것과 마찬가지로 수많은 아름다운 그림들 위에 광택제를 칠한 작품들을 관대하게 대해야 하지 않을까? 벨 씨가 칠한 광택제가 여기서는 다소 누렇게 바래 버렸고, 저기서는 여기저기 표면이 들떠 일어났을지라도, 그는 적어도 논리적인 법칙에 따라 귀결한 일련의 사상들을 보여준다.[132] 긴 문장은 제대로 구성되지 않았고 짧은 문장에는 조화가 부족하다.[133] 그는 디드로 식으로 글을 쓴다. 디드로가 문학 작가는 아니었지 않은가. 그렇지만 발상만은 위대하고 강력하며, 사상은 독창적이고 대부분 올바로 표현되었다. 이런 방법이 모방할 만한 것은 아니다. 작가가 자신을 심오한 사상가로 자처하게 만들 위험이

---

132. 스탕달은 이렇게 답변했다. "그 책은 육칠십 일 동안 구술을 시킨 것입니다. 생각의 속도를 따라잡을 수가 없었습니다"(첫 번째 초고, 188쪽). "[…] 그래서 제가 글을 못 쓰나 봅니다. 지나칠 정도로 논리를 따지니까요"(두 번째 초고, 200쪽).

133. 스탕달은 이렇게 답변했다. "문장을 아름답게 만들고, 조화롭게 꾸미고, 운율을 지키려는 것(디드로의 『운명론자 자크』에 나오는 추도사가 그렇지요)을 보면 결함이 두드러져 보입니다"(첫 번째 초고, 191-192쪽). 디드로 외에도 다른 모델이 있다. "『파르마의 수도원』을 쓸 때 어조를 유지하기 위해서 이따금씩 법전을 몇 페이지씩 읽곤 했습니다"(두 번째 초고 200쪽, 세 번째 초고 206쪽).

크기 때문이다.

벨 씨를 구해내는 것은 심오한 감정이다. 이것이
사상에 활력을 준다. 이탈리아를 사랑하는 모든 사람
들, 이탈리아를 연구하거나 이해했던 모든 사람들은
『파르마의 수도원』을 즐겁게 읽을 것이다. 저 아름다운
이탈리아의 정신, 천재, 풍속, 영혼이 일관된 흥미를
유지하는 저 대하드라마에, 너무나 잘 그려지고 강력하
게 채색된 방대한 프레스코화에 살아 있다.[134] 그것을
본다면 마음 저 깊은 곳에서부터 감동이 밀려오고,
세상에서 제일 까다롭고, 제일 엄격한 사람들이라도
만족하지 않을 수 없다. 산세베리나 공작부인이야말로
이탈리아 여인의 전형이다. 카를로 돌치가 그린 『시
Poésie』의 유명한 두상頭像, 알로리가 그린 『유디트』,
만프리니 갤러리에 있는 구에르치노의 『시빌레』[135]에

---

134. 1839년 4월 5일에 보낸 발자크의 축하 편지에서는 "당신은
     이탈리아의 영혼을 설명했소"라는 표현이 있다.
135. 발자크는 이탈리아 피렌체 출신의 화가 카를로 돌치(1616-
     1686)가 그린 우화적인 인물을 생각하는 것이 분명하다. 그는
     그림에서 시, 이탈리아, 조국을 의미하는 형상을 집어넣었다.
     이 그림은 피렌체의 코르시니궁에 소장되어 있다. 역시 피렌체
     출신 화가 크리스토파노 알로리(1577-1621)의 『유디트와 홀로
     페르네스』는 피렌체의 피티궁에 소장되어 있다. 구에르치노

서 멋지게 그려진 인물이 바로 그녀이다. 모스카는 사랑과 실랑이하는 정치적인 천재의 인물로 그려졌다. 이것이 단도직입적인 사랑(그렇지 않았던 것이 『클라리사』의 결함이다), 행동하는 사랑, 언제라도 변치 않는 사랑, 공무公務보다 중한 사랑, 여인들이 꿈꾸는 사랑, 인생의 별것 아닌 일들에 더 큰 가치를 부여하는 사랑이다. 파브리스는, 통치를 제대로 하지 못하고 저 아름다운 이탈리아의 상상력을 억압하는 군주와 실랑이하는 현대 이탈리아의 젊은이이다. 그렇지만 앞서 방금 말한 대로 파브리스를 고위직을 내버리고 파르마의 수도원에서 인생을 마감하게 밀어붙이는 감정을 표현하는 지배적인 사상이 충분히 전개되지 못했다. 이 소설은 남국南國의 사랑을 기가 막히게 표현했다. 북국北國에서는 분명 그런 식으로 사랑하지 않는다. 그가 그린 모든 인물은 뜨겁게 피가 끓고, 흥분하고, 격렬한 손짓으로 말하고, 머리가 빨리 돌아간다. 영국

(Giovanni Francesco Barbieri, 일명 Il Guercino 1591-1666)는 로마의 카피톨 미술관에 『페르시아의 시빌레』를, 피렌체의 오피치 미술관에 『사미의 시빌레』를 남겼다. 발자크는 이들 화가가 르네상스와 바로크의 이탈리아 미술을 대표한다고 보았다.

사람들도, 독일사람들도, 러시아사람들도 그런 능력이 없다. 이 북국 사람들이 같은 결과를 얻으려면 머리로 계산하고, 홀로 명상에 잠기고, 영혼은 논리적인 추론에 열중하고, 림프액을 태워야 한다. 이 점에 있어서 벨 씨는 이 작품에 심오한 의미를, 감정을 부여했다. 그것으로 문학적 발상이 활력을 띠게 되었다. 하지만 불행히도 그것은 대단한 비밀로 싸여 있어서 깨닫기 위해서는 연구가 필요한 종류의 것이다. 『파르마의 수도원』은 훌쩍 높은 곳에 자리해 있다. 이를 즐기기 위해서 독자는 궁정, 고장, 국가를 완벽히 이해하지 않으면 안 된다. 그래서 예전에도 비슷한 저작이 나왔을 때 모두들 완전히 침묵으로 일관했던 것도 놀랄 일이 아니다. 저속한 것이란 전혀 갖지 않는 모든 저작들의 운명이 이러하다. 우월한 정신을 가진 사람들이 한 명씩 그런 작품들에 천천히 찬성표를 던지게 되면서 작품은 명성을 얻게 된다. 물론 투표함은 한참 뒤에나 공개될 터이다. 더욱이 벨 씨는 궁정의 조신도 아니고, 언론을 지독히 끔찍하게 생각하는 사람이다. 남달리 위대한 성격을 가져서이든, 자존심이 강한 분이라서 그렇든, 책이 나오기가 무섭게 달아나고 길을 떠나

이백오십 리를 달려가는 사람이니, 그의 말을 들어볼 수나 있겠는가. 그에게 기사를 써달라는 부탁을 들어본 적이 없다. 신문 연재 소설가들과 교제해볼 생각으로 어슬렁거리지도 않는 사람이다. 그가 책을 한 권씩 출판할 때마다 그는 그렇게 행동했다. 그것을 긍지에 넘치는 성격이랄 수도 있고 강한 자존심이랄 수도 있지만 나는 그의 그런 면을 좋아한다. 동냥질을 하는 것은 용서해줄 수 있지만, 자기 책에 대한 기사를 써달라고, 찬사를 담아 달라고 줄을 서는 모습을 변호할 수는 없다. 그런데도 현대작가들은 그런 것만 찾아다니고 있다. 이것이 동냥질이 아니고 무엇이며, 정신의 빈곤이 아니고 무엇인가. 걸작은 도대체가 망각에 빠질 수 없고, 제아무리 거짓말을 늘어놓고, 제아무리 호평을 받은들, 나쁜 책에 생명을 불어넣을 수는 없다.

비평이 용기를 내어야 대중도 용기를 내어 찬사를 쏟아내게 된다. 분명 지금이야말로 벨 씨의 공적을 인정해야 할 때이다. 벌써 벨 씨가 얼마나 많은 공헌을 했던가. 우리에게 처음으로 음악의 훌륭한 천재 로시니를 소개하신 분이다.[136] 그는 프랑스 사람들이 수용할 줄 몰랐던 로시니의 영광을 지치지 않고 변론하셨으니,

이번에는 우리가 이탈리아를 속속들이 알고, 정복자들의 날조에 맞서 이탈리아를 옹호하고, 이탈리아의 정신과 정수를 올바로 보여주었던 벨 씨를 위해 변론을 할 차례이다.

나는 사교계에서 십이 년 동안 벨 씨를 두 번 만난 적이 있다. 그리고 이번에 이탈리아 대로에서 마주쳐 『파르마의 수도원』을 아낌없이 상찬하는 기회가 있었는데 이것이 세 번째 만남이 된다.[137] 매번 그와 대화를 나눴을 때 내가 그의 작품을 읽고 가졌던 생각을 매번

---

136. 스탕달의 『로시니의 생애』(1824)를 말한다. 발자크는 1830년경에 모델 일을 하면서 살롱을 열었던 올랭프 펠리시에를 통해 로시니와 알게 되었다. 발자크는 『마시밀리아 도니』(1839)에서 로시니의 오페라 『모세*Mosè*』를 길게 분석했다. 『인간희극』의 『결혼 계약*Le Contrat de mariage*』은 로시니에게 헌정한 것이다.

137. 발자크와 스탕달은 1829-1830년 사이에 화가 프랑수아 제라르의 살롱에서 만났을 것이다. 적어도 세 번의 만남의 증거가 있다. 발자크는 『열 시에서 자정까지의 대화』(1832년 1월)에서 스탕달을("뚱뚱하고 살진 사람, 재치가 넘치는 사람, 외교적인 임무를 맡고 이탈리아로 떠나야 하는 사람") 한 일화의 화자로 삼았다. 1839년 3월 8일 퀴스틴 후작의 집에서 열린 발자크 책 낭독회에 스탕달도 있었다. 이탈리아 대로에서의 마주쳤던 것은 1839년 4월 11일의 일인데 『파르마의 수도원』의 출판 직후이다. 그러나 발자크와 스탕달은 이보다 더 자주 만났던 것 같다.

확인할 수 있었다. 그의 말에는 샤를 노디에와 드 라투슈에게서나 찾아볼 수 있는 상당 수준의 재기와 우아함이 보였다. 특히 말할 때 넘쳐나는 그의 매력은 드 라투슈를 빼닮았다. 물론 외관이 육중해서 얼핏 보기엔 섬세함이며, 우아한 태도며 하는 것과 거리가 멀 것처럼 보이지만, 말을 나누는 즉시 그런 생각은 사라져버린다. 호프만의 친구였던 코레프 의사[138]와 같다고나 할까. 그의 이마는 참으로 멋지고, 눈은 매섭고 생생하게 빛나고, 입에는 냉소적인 미소가 흐른다. 외관만 보아도 그가 지닌 재능이 고스란히 드러난다. 대화를 할 때 그의 모습에는 수수께끼 같은 분위기가 있다. 참으로 기이하게도 그는 벌써 널리 알려진 벨이라는 이름을 쓰지 않고 어느 날은 코토네라고 하고, 또 어떤 날은 프레데리크라고 한다.[139] 들은 말인데 그는 나폴레옹의 오른팔로 일했던 다뤼의 조카라고 한다.[140] 그랬으니 벨 씨가

---

138. 장 페르디낭 코레프는 독일의 유명한 의사(1783-1851)였는데, 그의 환자 중에 프러시아 외무부 장관직에 있었던 칼 폰 하르텐베르크와 작가 호프만도 있었다. 파리에 1823년에 정착했다.

139. 스탕달이 보낸 쪽지(1839년 3월 8일과 16일 사이)에 "코토네"라는 이름으로 서명이 되었던 것을 말한다. 같은 해 3월 29일에 스탕달은 『파르마의 수도원』한 부를 증정하면서 "프레데리크"라는 이름으로 서명했다.

나폴레옹 황제 밑에서 일했던 것도 자연스러운 일이다. 그 바람에 1815년에 그의 이력이 끝나버리고 만다. 베를린을 거쳐 밀라노로 간 그는 북국의 삶과 남국의 삶의 놀랄 만한 차이를 이해하게 된다. 그 덕분에 우리는 작가를 얻은 셈이다. 벨 씨는 우리 시대의 탁월한 분들 중 한 분이다. 어떻게 이 일급 관찰자가, 이 심오한 수완가가 글로든 말로든 그의 사상의 깊이와 실천적 지식의 폭을 가늠해볼 수 있는 수많은 증거를 보여주었는데도 치비타베키아에서 그저 영사직으로 일하는 데 그쳤는지 이해하기 어렵다. 그보다 더 로마에서 프랑스 일을 맡을 사람이 있기라도 한 것일까? 일찍이 벨 씨와 아는 사이였던 메리메 씨는 그를 정말 닮았다. 그렇지만 벨 씨 쪽이 더 우아하고 더 사귀기 쉬운 사람이다. 벨 씨는 많은 작품을 썼고 그때마다 섬세한 관찰과 풍부한 사상으로 주목을 받았다. 저작 대부분은 이탈리아와 관련되어 있다. 그는 첸치 가家의 끔찍한 재판에 최초로 정확한 정보를 제공[141]하기도 했지만,

---

140. "저는 다뤼 공작을 위해 편지를 써왔습니다."(첫 번째 초고, 194쪽)

141. 베아트리체 첸치(1577-1599)는 오빠와 그의 장모 루크레티아

재판과는 별개로 이루어진 사형집행의 이유가 무엇인
지는 충분히 설명하지 않았다. 사실 사형집행은 탐욕이
필요로 했고 파당이 자극했던 것인데 말이다. 그의
『연애론』[142]은 세낭쿠르의 책보다 훌륭하다. 이 책은
카바니스[143]와 파리 의학 학파가 제시한 중요한 이론들
과 연관되어 있다. 하지만 그의 책은 체계를 갖추지

페트로니와 함께 친부살해혐의로 고발(1598)되어 있다. 아버지
프란체스코 첸치 백작은 이름난 망나니였다. 그녀는 사형선고
를 받았지만 교황 클레망스 8세가 사면해준다. 교황은 첸치
가문의 재산을 친인척 명의로 바꿔버렸고, 이 때문에 길고
긴 소송이 뒤따랐다. 베아트리체 첸치 이야기는 낭만주의 작가
들에게 큰 영감을 주었다. 셸리의 희곡(1819), 퀴스틴 후작의
5막 비극(포르트생마르탱 극장에서 프레데리크 르메트르와
마리 도르발의 주연으로 1833년 5월 21일에 초연됨)을 꼽을
수 있다. 스탕달은 『양세계 평론』(1837년 7월 1일)에서 첸치
이야기를 언급했다. 이 주제에 매혹을 느꼈던 발자크도 베아트
리체에게 "더없이 끔찍한 범죄 한가운데 더없이 감동적인 순수
함"이 있다고 말한 바 있다(『서른 살의 여인』).

142. 발자크는 이 책을 일찌감치 읽었다. 1825년 아브란테스 공작부
인에게 보내는 편지에는 1822년에 출판된 『애정론』(*Mongie
aîné*, 2vol. in-12)에서 빌려온 일화가 들어 있다. 1829년
12월에 출판된 『결혼의 생리학』에는 스탕달의 논고를 떠올리게
하는 부분들이 많다.

143. 조르주 카바니스(1757-1808)는 계몽주의 철학의 영향을 받은
의사이자 생리학자이다. 심리학과 생리학을 결합한 유물론적인
입장을 견지했다.

않아서 오류가 생겼다. 방금 언급했듯이 체계를 갖추지 못했다는 것이 『파르마의 수도원』의 오점이 되지 않았는가. 그는 이 작은 논고에서 사랑의 감정이 생기는 현상을 '결정화cristalisation'[144]라는 말로 설명해보려고 했다. 사람들이 그 말을 입에 담았던 것은 물론 벨 씨를 조롱하기 위한 것이었지만, 그 표현은 가볍지 않고 타당하기에 사라지지 않고 남을 것이다. 벨 씨가 집필을 시작한 것은 1817년 이후였다.[145] 그는 자유주

---

144. 스탕달은 『연애론』에서 "잘츠부르크의 소금광산에 겨울에 꺾은 나뭇가지 하나를 광산 깊은 곳에 던져 넣고, 두세 달 후에 꺼내면 반짝이는 결정으로 덮인 것을 보게 된다. [...] 이 정신의 작용을 나는 결정화라고 부른다"고 말했다. 발자크는 『결혼의 생리학』 서문에서 이 작품의 기원을 말하면서 스탕달의 '결정' 개념을 언급했다. "과학과 농담이 섞인 저 경박한 원리가 사유의 장場에서 저절로 완전해졌다. 그곳에 유죄판결을 받은 작품의 문장 하나하나가 뿌리를 내려 단단해졌다. 어느 겨울 밤, 모래 위에 던져 놓았더니 그 다음 날 밤의 변덕스러운 서리가 맺혀 희고 기이한 결정들이 덮이게 된 작은 나뭇가지처럼 남아 있다"고 썼다. 1830년 3월 20일에 『라 모드La Mode』 지에서 발자크는 "스탕달이라는 재사 한 분은 결정화라는 기묘한 생각을 하셨다"고 기록했다.

145. 벨은 1817년에 『로마, 나폴리, 피렌체』(Delaunay; Pelicier, 1vol. in-8)와 『이탈리아에서 회화의 역사』(Didot, 2vol. in-8)를 펴냈다. 스탕달이 루이 알렉상드르 세자르 봉베라는 가명으로 1814년에 출판한 『하이든, 모차르트, 메타스타지오의 생애』(1vol, in-8)는 발자크가 몰랐을 수도 있다.

의적인 생각을 내세워 등단했다. 그러나 나는 이 계산이 철저한 사람이 양원제 정부를 세우고자 하는 멍청한 짓에 속았다고 생각하지는 않는다. 『파르마의 수도원』은 심오한 의미를 담고 있고 내용도 분명 군주제를 거부하는 것이 아니지 않은가. 그는 사랑하면서도 빈정거린다. 그는 정말 프랑스 사람인 것이다.

샤토브리앙 씨는 『아탈라』의 11판 서문에서 지금 내는 책이 수도 없이 수정을 거친 것이니 이전의 판본과 전혀 닮은 데가 없다고 말했다.[146] 드 메스트르 백작은 『아오스트 계곡의 문둥이』[147]를 열일곱 번 다시 썼다고

---

146. 스탕달은 다음과 같이 답변한다. "샤토브리앙 씨의 문체는 정말 아름답습니다만 1802년부터는 우스꽝스러워 보입니다. 그의 문체는 사소한 수많은 '거짓들'을 말하는 듯합니다. 이 말에 문체에 대한 제 믿음이 고스란히 담겨 있습니다"(첫 번째 초고 190쪽). "심지어 1802년('그때' 저는 마렝고에서 약 12킬로미터 떨어진 피에몬테의 용기병 장교로 근무했습니다)에도 저는 샤토브리앙 씨의 책은 스무 페이지도 참고 읽을 수가 없었습니다. '숲의 어렴풋한 절정'이라는 표현을 두고 조롱했다가 결투를 벌일 뻔한 일도 있습니다."(두 번째 초고 200쪽) 세 번째 초고에도 동일한 에피소드가 등장한다. 아탈라와 함께 있었던 행복했던 밤 이야기를 하는 사람은 샤타스이다. "방황의 밤을 말하는 사람은 샤타스이다. "달은 무구한 푸른 창공 높은 곳에서 빛나고 진주의 회색빛은 숲의 어렴풋한 절정에서 내려왔다"(『아탈라』).

말했다. 나는 벨 씨도 『파르마의 수도원』을 다시 꺼내,
광택을 내고, 그 책을 완전한 것으로 만들기를 바란다.
샤토브리앙 씨와 드 메스트르 씨가 그들이 아끼는 책에
찍어놓은 빈틈없는 아름다움의 인장印章이 벨 씨의
책에도 찍히기를 바라는 마음이다.

---

147. 정확한 제목은 『아오스트 시市의 문둥이*Le Lépreux de la cité
d'Aoste*』(1817, 미쇼, 1 vol, in-12 70쪽, 여러 번 재판을 냈다).
스탕달은 이렇게 답변한다. "드 메스트르 씨는 정말이지 견딜
수가 없고요"(두 번째 초고 172쪽). "드 메스트르도 참아낼
수가 없습니다"(세 번째 초고 205쪽).

벨 씨에 대한 연구
····

편지

스탕달

오노레 드 발자크 선생님께

치비타베키아, 1840년 10월 30일

선생님, 어제저녁 저는 정말 깜짝 놀랐습니다. 문학 분야 최고의 감정인이 잡지에 한 사람에 대해 이렇게 깊이 연구한 적이 있었는가 싶습니다. 선생님께서는 길거리에 버려진 한 고아에게 연민을 느끼셨습니다. 선생님, 정중한 편지 한 통을 선생님께 쓰는 일이 뭐가 어렵겠습니까. 선생님이나 저나 그런 일들에 도통한 사람들 아닙니까. 하지만 선생님의 방식이 탁월해서 선생님을 모방하고 진심이 담긴 편지로 답장을 드리고 싶습니다. 선생님의 찬사 이상으로, 제게 해 주신 조언에 감사의 마음을 전합니다.

저는 어제저녁에 『르뷔 파리지엔』을 읽고 오늘 아침에 선생님께서 세상에 널리 알려주신 작품의 첫 쉰네 페이지를 네댓 페이지로 줄여버렸습니다. 하지만 그 부분을 쓰면서 얼마나 생생한 기쁨을 느꼈는지 말씀 드려야겠습니다. 저는 제가 아끼는 것들에 관해 썼던 것이지 소설을 쓰는 '기술'을 생각한 적은 한 번도 없습니다.

저는 제 작품을 1880년 이전에는 누구도 읽지 않으리라 생각했습니다. 제가 출판한 책은 그 시기나 되어야 향유될 수 있으리라 생각했습니다. 그러면서 이렇게 생각해봤습니다. 옛 문학 서적을 뒤적거리는 사람[148]이 선생님께서 장점을 놀랠 만큼 과장하신 작품들을 발견

---

148. 원문에는 ravaudeur littéraire라고 되어 있다. ravaudeur는 낡은 옷가지를 수선하는 사람을 가리킨다. 본 번역에서는 옛 문학 서적을 찾아 새로이 출판하고자 하는 사람의 의미로 옮겼다.

할 거라고 말이죠. 선생님께서는 너무 나가신 것 같습니다. 예를 들어 『페드라』 말씀이 그렇습니다. 제가 추문에 휩싸여 버렸다고 선생님께 말씀드려야겠습니다. 제가 라신을 정말 좋게 생각하는데도 말이죠.

선생님께서 제 소설을 수고스럽게도 세 번이나 읽으셨으니 대로에서 선생님을 만나게 되면 다음과 같은 질문들을 해보겠다는 계획을 세워보았습니다.

1. 파브리스를 '우리의 주인공'으로 부르도록 해주실 수 없을까요? 파브리스라는 언급을 그렇게 자주 반복하지 않을 필요가 있었습니다.

2. '파우스타'의 에피소드를 삭제해야 할까요? 그 부분을 쓰다 보니 굉장히 길어지긴 했지요. 그 부분에서 파브리스는 공작부인에게 사랑의 가능성이 없음을 보여줄 기회를 찾자 그것을 잡은 것입니다.

저는 첫 쉰네 페이지를 우아한 도입부로 생각했습니다. 제 유년의 행복한 시절을 이야기하면서 그렇게 즐거울 수 없었습니다. 인정합니다. 교정쇄를 교정하면서 후회도 참 많이 했었죠. 하지만 그럴 때마다 저는 월터 스코트의 책들의 첫 반 권이 얼마나 지루한지, 저 숭고한 『클레브 공작부인』의 긴 도입부는 얼마나 대단한지 생각했습니다.

저는 소설 줄거리를 여럿 구상해 보았습니다, 그걸 인정하지 않을 수는 없는 일입니다. 하지만 구상을 해볼 때 제 열정은 싸늘히 식어버리고 말죠. 보통 저는 스물다섯에서 서른 페이지를 구술합니다. 그러다 저녁이 되면 깊은 휴식이 필요합니다. 다음 날 아침에는 깡그리 잊어버렸어야 합니다. 전날 쓴 장章에서 마지막 서너 페이지를 읽어보면서 그날 쓸 장을 생각합니다. 여기서 제가 겪고 있는 불행은 도대체 그 무엇도 생각을 자극해주는 것이 없다는 것입니다. 치비타베키아의 오천의 상인과 사는 일에 무슨 재미가 있겠습니까? 여기서 시적이라고 할 만한 것은 천이백 명의 도형수들뿐입니다. 그렇지만 그들과 어울릴 수는 없는 상황이지요. 여자들은 어떻게 하면 남편에게 프랑스 모자를 하나 선물 받을까 하는 생각만 하고 있습니다.

저는 부자연스러운 문체를 혐오합니다. 선생님께 『파르마의 수도원』의 대부분이 최초의 구술 상태 그대로 인쇄로 넘어갔다는 점을 말씀드려야겠네요. 저는 절대 마음 바꾸는 일 없을 거라고 아이들처럼 말해보겠습니다. 예순에서 일흔 번 정도 구술을 시켰습니다.

생각의 속도를 미처 따라갈 수 없거든요. 감옥의 장면은 제가 분실해버려서 다시 작업을 해야 했습니다. 하지만 이런 이야기를 드러봤자 뭘 어쩌겠습니까?

1792년에 궁정이 무너진 이래로 형식의 중요성은 나날이 줄어들고 있다고 생각합니다. 제가 아카데미 회원 중 가장 훌륭한 분으로 거명하는 빌맹 씨[149]가 『파르마의 수도원』을 프랑스어로 다시 쓴다면 두 권으로 나온 이 책이 세 권으로 늘어서 나올 것입니다. 사기꾼들 치고 웅변적이고 공감을 유도하지 않는 자가 어디 있습니까. 그러니 사람들은 미사여구로 꾸며진 어조에 반감을 갖게 되지 않던가요. 저는 열일곱 살에 샤토브리앙의 '숲의 어렴풋한 절정'[150]이라는 표현을 두고 결투를 벌일 뻔한 일도 있습니다. 용기병 6연대에는 그 구절이 좋다는 사람들이 대단히 많았거든요. 저는 『인도의 누옥』은 읽어본 적도 없고, 드 메스트르도 참아낼 수가 없습니다. 라 아르프에게는 경멸을 넘어

---

149. 아벨 프랑수아 빌맹(1790–1870)은 프랑스 정치인이자 문인으로 1821년에 아카데미 회원으로 선출되었다. 스탕달은 이 아카데미 회원을 존경하지 않았다. 여기서는 빈정대는 의미로 그의 이름을 거명했다.
150. 샤토브리앙의 소설 『아탈라』의 한 대목. 주 146을 참조.

증오를 느낄 지경입니다. 그래서 제가 글을 못 쓰나 봅니다. 지나칠 정도로 논리를 따지니까요.

제가 호메로스처럼 즐겨 읽는 책은 구비옹 생시르 원수의 『회상록』입니다. 페늘롱의 『사자死者들의 대화』와 몽테스키외를 읽으면 글을 참 잘 썼다는 것이 느껴집니다. 한 이주 전인가 페늘롱의 『아리스토누스, 혹은 알치나의 노예』를 다시 읽었다가 눈물을 쏟았습니다.

모르소프 부인의 저자[151]와, 조르주 상드의 몇몇 소설, 신문들에 싣고 있는 술리에 씨의 단편 소설들을 제외한다면 삼십 년 동안 저는 우리나라에서 인쇄된 책은 전혀 읽은 적이 없습니다. 그 대신 저는 아리오스토를 읽습니다. 그가 쓴 이야기들을 좋아하죠. 공작부인은 코레치오의 그림에서 베낀 것입니다(그러니까 코레치오가 제 마음에 일으킨 효과를 전한 것입니다).

저는 회화사에서 프랑스 문학의 미래 역사를 봅니다. 우리는 작업을 급히 하고 표현마다 과장을 일삼았던 피에트로 드 코르토네 문하의 학생들 수준에 있습니다.

---

151. 발자크의 소설 『골짜기의 백합』에 등장하는 여주인공을 가리킨다.

마조레호수에 있는 보로메오섬들의 절단석을 움직이게 만드는 코탱 부인[152]의 학생들이라고 해도 좋겠습니다.

『파르마의 수도원』을 쓰면서 어조에 일관성을 부여하기 위해 저는 매일 아침 법전을 두세 페이지씩 읽곤 했습니다. 그래야 자연스러움을 유지할 수 있거든요. 저는 인위적인 방식을 통해서 독자의 영혼을 매혹하고 싶지는 않습니다. 저 가엾은 독자는 '파도를 뽑아버리는 바람' 같은 야심찬 표현을 흘려듣고 말지요. 하지만 감동의 순간이 지나면 독자는 그런 말이 다시 생각이 납니다. 반대로 저는 독자가 모스카 공작을 생각해볼 때 '매만질 데가 전혀 없다고 생각'하기를 바랍니다.

저는 오페라의 휴게실에 라씨와 리스카라를 등장시킬 겁니다. 워털루 전투 이후에 라누체 에르네스트 4세가 파리에 보낸 밀정들이지요. 아미앵에서 돌아온 파브리스는 누가 봐도 '이탈리아' 눈초리며 누가 들어도 알 수 있는 '밀라노 방언'을 금세 알아차리겠습니다만, 그들은 누가 그런 것을 알아차렸다고는 생각지도 않지

152. 소피 코탱(1770-1807). 프랑스의 소설가.

요.

다들 제게 말하기를 등장인물들이 나올 때마다 밝혀
주어야 하고, 『파르마의 수도원』은 너무 회상록 같고,
등장인물들은 필요해질 때마다 가져다 쓰고 있지 않느
냐고 합니다. 그런데 제가 저질렀다는 그런 잘못은
충분히 허용될 만한 것이라고 생각합니다. 파브리스의
인생을 쓴 것 아닙니까? 선한 블라네스 신부의 대목을
'싹 지워버리기란' 불가능하지만 저는 이 대목을 줄여보
려고 합니다. 아무 행동도 하지 않지만 독자의 마음에
감동을 주고 꾸민 듯 보이는 소설적인 분위기를 제거해
주는 인물들이 필요하다고 생각했습니다.

저를 오만방자한 괴물로 생각하실지 모르겠습니다.
선생님께서는 마음속으로 이렇게 말씀하시겠죠. 뭐야!
내가 자기를 위해 해준 일이 이 세기를 통틀어 전례가
있었던 일인가! 그런 찬사를 해줬는데 그것도 부족해서
저 짐승 같은 놈이 또 문체도 칭찬해달라고 한단 말인가!
하고 말입니다. 하지만 자기를 진찰하는 의사에게 조금
이라도 감추는 게 있어서는 안 되겠습니다. 저는 형용사
를 실사實辭 앞에 둘 것인지 뒤에 둘 것인지로 십오
분은 고민하곤 합니다. 저는 제 마음속에서 일어나는

일을 진실 되고 명확하게 이야기해 보고자 합니다. 제가 아는 규칙은 오직 한 가지뿐입니다. '명확하라'라는 것이죠. 제 글이 명확하지 않다면 제 모든 '세계'는 끝입니다.

저는 모스카, 공작부인, 클렐리아의 마음 깊은 곳에서 무슨 일이 일어나는지 말하'고자 합니다'. 그곳은 라틴문학 전문가, 조폐국장, 루아 공작 등과 같은 벼락출세한 사람들의 시선으로도, 식료품상이며, 선량한 가장家長들과 같은 이들의 시선으로도 결코 이해할 수 없는 세상이지요.

그렇게 뚜렷이 나타나지 않는 내용을 빌맹 씨나, 상드 부인 등의 모호한 문체로 쓰거나(제가 그들처럼 아름다운 언어로 글을 쓸 수 있는 흔치 않은 특권의 소유자라고 가정해본다면 말입니다), 난해한 내용에 그런 으스대기나 하는 문체로 모호함을 더한다면, 에르네스트 4세에 맞선 공작부인의 투쟁을 이해할 수 있을 사람은 단언컨대 한 명도 없을 것입니다.

저는 샤토브리앙 씨와 빌맹 씨의 문체를 이렇게 생각합니다.

1. '아름답게 느껴지'지만 정작 말할 필요는 없는

수많은 사소한 것들(아우소니우스, 클로디우스 등의 문체)

2. '거짓들faussetés'과 '듣기에만 아름답게 느껴지는' 많은 사소한 것들.

어정쩡한 바보들이 늘어갈수록 '형식'의 중요성은 줄어듭니다. 상드 부인이 『파르마의 수도원』을 다시 썼다면 큰 성공을 거뒀을 겁니다. 하지만 지금의 두 권에 담긴 내용을 옮기려면 서너 권은 되었을 겁니다. 이런 변명을 용서하시기 바랍니다.

어정쩡한 바보는 특히 라신의 시구를 좋아하죠. 시행詩行을 끝맺지 않았구나 하는 것을 이해하기 때문입니다. 그렇지만 나날이 운문은 라신의 장점 중 가장 중요치 않은 것이 되어 가고 있습니다. 대중은 수가 늘어나고 덜 온순해지면서 정념에 대해, 인생의 상황에 대해 수많은 '사소한 진실들'을 보기를 바랍니다.

볼테르며, 라신이며, 저 모든 시인들(코르네유는 예외로 합시다)은 시를 쓸 때 각운을 맞추는 데 얼마나 신경을 씁니까.[153] 글쎄요, 이 시구들이 사소한 진실들

---

153. chapeau라는 말은 '모자'를 말하지만 1798년의 『아카데미프랑세즈 사전』에는 이 말이 비유적으로 '오로지 각운을 맞출 목적으

이 정당하게 들어서야 할 자리를 차지하는 것이로군요.

오십 년 후에 비냥 씨와 산문을 쓰는 모든 비냥 씨들은 우아하기만 하고 다른 장점은 전혀 갖지 못한 작품들로 독자들에게 싫증을 일으켜 저 어정쩡한 바보들의 애를 태우지 않겠습니까. 저들은 허영에 젖어 늘 문학에 대해 말하고 사유하는 척합니다. 그런 사람들이 매달릴 수 있는 형식이 없게 되면 어떻게 될까요? 결국 볼테르를 저들의 신으로 만들게 될 겁니다. 정신이란 것도 이백 년이면 끝입니다. 1978년이 되면 볼테르도 부아튀르가 되고 말겠죠. 물론 『고리오 영감』은 한결같이 『고리오 영감』일 겁니다. 어정쩡한 바보들은 금과옥조로 삼아야 할 저들의 소중한 규칙이 더는 존재하지 않는다는 점에 애가 타서 문학을 혐오하게 되어 결국 독실한 기독교 신자가 되고 말 겁니다. 질 나쁜 정치가들치고 웅변적이고 과장된 어조를 취하지 않는 사람이 없으니 1880년에는 다들 그런 자들에게 진저리를 낼 테고 아마 그때가 되서야 사람들이 『파르마의 수도원』을 읽게 되지 않을까요.

로 쓴 불필요한 시구(Un vers oiseux, qui n'est fait que pour la rime)'를 가리킨다는 언급이 있다.

반복하지만 '형식'의 중요성은 나날이 감소하고 있습니다. 흄을 보십시오. 흄의 양식良識을 발휘해서 1780년부터 1840년까지의 프랑스 역사를 쓴다고 가정해 보십시오. 독자들은 그 책을 사투리로 썼더라도 읽을 겁니다. 저는 『파르마의 수도원』을 법전처럼 썼습니다. 문체가 선생님께 거슬린다니 그 문체를 좀 교정하려 합니다만, 제게는 쉬운 일이 아닐 겁니다. 저는 유행이 되고 있는 문체를 존중하지 않습니다. 참을 수가 없거든요. 어디를 보나 클로디우스니, 세네카니, 아우소니우스니 하는 사람들만 보입니다. 일 년 전부터 저는 풍경이라든지 의상이라든지 하는 것을 묘사해서 독자를 좀 쉽게 해주어야 한다는 말을 들었습니다…. 다른 작가들에게서 그런 묘사들은 정말 지겨울 정도였습니다. 물론 제가 과장하는 것이겠죠.

『르뷔 파리지엔』이 아니었다면 제가 동시대에 성공을 거둘 수 있으리라고는 상상조차 못했을 겁니다. 저는 좋이 십오 년 전에 이렇게 생각했습니다. "내가 베르탱 양의 손을 얻어 일주일에 세 번만 그 손을 쓸 수 있다면 아카데미 회원에 입후보했을 것이다"라고요. 상스럽기 마련인 벼락출세자들이 사회에서 사라지면 특히 고상한 것이 존중될 테니 더는 귀족계급을 대변하는 신문 앞에 무릎 꿇는 일이 없을 것입니다. 1793년 이전에는 점잖은 사람은 다들 책을 올바로 판단할 줄 알았습니다만, 이제 그 사람들이 1793년이 다시 돌아왔으면 합니다. 이젠 겁만 내고 있고, 판단할 줄도 모릅니다. 생토마다캥 인근의 한 소규모 서적상이 이웃 귀족에게 대여한 도서목록을 한 번 보세요. 그런 것만 보아도 할 일이 없어 얼이 빠져 버린 저 겁쟁이들을 즐겁게 해 주기란 불가능하다는 것을 저는 단호히 확신합니다.

저는 메테르니히 씨를 모델로 삼지 않았습니다. 그를 1810년에 생 클루에서 본 적이 있긴 합니다. 그가 카롤린 뮈라[154]의 머리카락으로 팔찌를 삼아 감고 있을 시절이었습니다. 그 당시 미인이었던 여자였죠. 저는 일어나서는 안 될 일에 아쉬워하는 사람이 절대 아닙니다.

---

154. 카롤린 보나파르트(1782-1839)는 나폴레옹의 막내 여동생으로 조아캥 뮈라와 결혼한 뒤 나폴리의 여왕이 되었다. 1807년 9월 21일부터 나폴레옹은 퐁텐블로로 황실을 옮겼는데 이때 카롤린은 파리 주재 오스트리아 대사 와 있던 클레멘스 벤첼 폰 메테르니히와 알게 되었다. 나폴레옹은 자신의 동생 조제프 보나파르트를 에스파냐에 보내고 싶었기 때문에 뮈라는 에스파냐 대신 나폴리를 선택했다.

저는 운명론자라서 때가 오기만 기다리며 숨어 삽니다. 저는 1860년이나 1880년경에 혹시 성공을 거두지 않을까 생각합니다. 그때가 되면 누가 메테르니히 씨 이야기를 하겠으며, 한다 해도 어린 군주에 대해서는 그보다도 덜 이야기하겠죠. 말레르브 시절에 영국 수상이 누구였을까요? 불행히도 크롬웰이 아니었다면 그 자는 내가 모르는 자입니다.

그런 사람들이 죽으면 그들과 우리는 역할을 바꾸게 마련이죠. 그들은 살아 있는 동안에만 우리에게 영향을 미치지만 죽자마자 망각이 그들을 덮치게 됩니다. 백 년 후에 누가 빌렐 씨, 드 마르티냑 씨 이야기를 하겠습니까? 탈레랑 씨가 괜찮은 『회상록』을 하나 남긴다면 그걸로 살아남을 수도 있겠습니다. 오늘날 스카롱의 『희극 소설』의 자리가 1980년의 『고리오 영감』의 자리일 것입니다. 그 시대의 로스차일드가 누군지, 50루이 덕분에 코르네유의 후원자가 되었던 사람이 드 몽토롱 씨라는 걸 알려준 사람이 스카롱입니다.

선생님께서는 직접 경험해 보신 분의 촉각으로 『파르마의 수도원』이 프랑스, 에스파냐, 비엔나 같은 대국大國을 비판하는 것이 아님을 잘 아셨습니다. 세부적으로 행정이 어떻게 이루어지는지만 봐도 알 수 있지요. 그러니 독일과 이탈리아의 소국들의 군주만 남게 됩니다.

그런데 독일인들은 훈장이라면 정말 꿈쩍 못합니다. 정말 바보들이 아닙니까! 저도 독일에서 몇 년 살아봤지만 그들을 경멸해서 독일 말도 다 잊었습니다. 그러니 선생님께서는 제 인물들이 독일 사람들일 수 없다는 점을 정말 잘 아셔야 합니다. 이런 생각을 따르신다면 제가 사라져버린 왕조, 예를 들면 '사라져버린 가문들' 중에 그래도 가장 잘 알려진 파르네제와 같은 가문 생각을 했다는 것을 아시게 될 겁니다. 장성將星들이며 조부祖父들 때문이라도 말이죠.

제가 취한 인물은 잘 알고 있던 사람입니다. 저는 그에게 아침마다 행복을 찾아 떠나는 기술을 실행하는 습관을 마련해 주었죠. 그 다음에는 더 큰 재기를 부여했습니다. 저는 벨지오조소 부인을 한 번도 만난 적이 없습니다. 라씨는 독일 사람이었죠. 저는 그와 이백 번은 이야기를 해본 것 같습니다. 저는 군주가 제가 거기 있었던 1810년에서 1811년 사이에 생 클루에 체류했다는 것을 알았습니다.

휴! 선생님께서는 이 글을 두 번에 걸쳐 읽으셔야겠네요. 선생님께서는 영어를 모른다고 하셨죠. 파리에는 월터 스코트의 '부르주아' 문체가 있습니다. 『데바』지의 주필이자 꽤 괜찮은 데가 있는 『리롱 양』의 작가인 들레클뤼즈[155]의 부담스러운 산문이 그렇습니다. 월터 스코트의 산문은 우아하지 않고 무엇보다 멋을 너무 부립니다. 자기 키를 한 치도 줄이고 싶지 않은 난쟁이를 보는 것 같죠.

선생님의 이 놀랄 만한 기사는 어떤 작가가 다른 작가에게 결코 받은 전례가 없었던 그런 것이었습니다. 그 기사를 읽고 저는 지금 큰 소리로 웃으며 용기를 내어 선생님께 말씀드립니다. 좀 지나치지 않나, 하는 찬사를 매번 마주치게 되는데, 그 대목에 이르렀을 때마다 그걸 읽으면서 제 친구들이 어떤 표정을 짓게 될지 상상이 갔습니다.

저는 재기 넘치는 분에게 편지를 쓸 때 정말 글을 못 씁니다. 제 생각은 대단히 빠르고 활기차게 깨어나기

---

155. 에티엔 장 들레클뤼즈(1781–1863)는 프랑스의 화가이자 예술사가. 여기서 말하는 책은 그의 단편 『쥐스틴 드 리롱 양』(1832)을 말한다.

때문에 제 편지를 구술로 받아 적게 했습니다.

부록

1

스탕달이 발자크에게 보내는 편지 초고들

[첫 번째 초고, 1840년 10월 16일]

선생님, 선생님께서 『파르마의 수도원』을 위해 작성해 주신 기사를 읽고 정말 깜짝 놀랐습니다. 제게 주신 칭찬보다는 선생님의 조언에 더 감사드립니다. 길에 버려진 한 고아에게 보통 이상의 연민을 느끼셨어요. 저는 제 작품을 1880년 이전에는 누구도 읽지 않으리라 생각했습니다. 대단한 작품이 되려면 (빅토르 위고 씨의 가사에 곡을 붙였던) 베르탱 양의 손길이 필요할는지도 모르겠습니다.

저는 어제저녁에 『르뷔 파리지엔』을 읽고 오늘 아침에 『파르마의 수도원』 1권의 첫 쉰네 페이지를 네댓 페이지로 줄여버린 참입니다.

저 쉰네 페이지를 쓰면서 정말 행복했더랬습니다. 제가 좋아하는 이야기를 했던 것이지 소설 쓰는 '기술' 은 생각지도 않았습니다. 젊었을 때 이리저리 소설 줄거리를 구상해 보았습니다. 그런데 그 구상을 글로 써보면 제 열정은 싸늘히 식어버리고 말죠.

저는 스무 페이지에서 서른 페이지 정도 작업을 하고 난 뒤에는 휴식해야 합니다. 가능하다면 사랑도 좋고 실컷 먹고 마시는 것도 좋지요. 그리고 그 다음날 아침이면 깡그리 잊어버려요. 그래서 전날 쓴 장章에서 마지막 서너 페이지를 읽어보면서 그날 쓸 장을 생각합 니다. 선생님께서 그 책은 육칠십 일 동안 구술을 시킨 것입니다. 생각의 속도를 따라잡을 수가 없었습니다.

저는 규칙이 있으리라는 것을 의심하지 않았습니다. 라 아르프에게는 경멸을 넘어 증오를 느낄 지경입니다. 작업을 계속해 나가면서 제가 소설을 판단했던 기준은 회화사에서 끌어가져온 것이었습니다. 라 아르프 씨와 그의 말뿐인 설교를 저는 열기라고는 표현할 줄 몰랐던 1600년 이후의 화가들과 비교하겠습니다. 선생님께서 아끼시는 사람들을 제외하고, 1950년경에 그 화가들의 이름을 아는 사람은 없으리라 생각합니다. 선생님과 제가 만난 사람들 중에서 프뤼동과 앙투안 장 그로의 『자파의 병원』[1]을 만난 건 기적이나 같습니다.[*]

저는 오페라 극장의 휴게실에 라씨, 바르본 등을 등장시킬 겁니다.

그들은 파르마의 군주가 파리로 보낸 밀정들입니다. 파브리스는 그들이 누가 들어도 단번에 알 수 있는 밀라노 방언으로 이야기하는 것을 듣고 주의를 기울입니다.

이것도 등장인물을 밝혀주는 한 가지 방식이 아니겠습니까?

여하튼 선생님께서 해주신 수많은 칭찬들은 아무도

---

[*]   스탕달은 이 부분의 여백에 다음과 같이 기록했다. "선생님 다음에 오십 년은 지나야 옛 문학작품을 뒤적거리는 사람이 단편으로 남은 글들을 모아 출판하겠죠. 문체에 대해서 선생님은 저를 오만방자한 괴물로 생각하실지 모르겠습니다."(오른쪽 여백의 기록).

    "저는 위대한 메테르니히에게 복수해보겠다는 생각은 전혀 한 적이 없습니다. 그렇지만 이십 년 뒤에는 입장이 바뀌지 않을까 기대합니다. 그때가 되면 누가 메테르니히 씨 얘기를 하겠으며, 한다 해도 어린 군주에 대해서는 그보다도 덜 이야기하겠죠."(왼쪽 여백의 기록).

1.   원제는 *Bonaparte visitant les pestiférés de Jaffa*(1804).

읽어 본 적 없는 한 작품을 동정하는 마음에서 나온 것이니 모두 받아들입니다만, '문체'만은 아닙니다. 너무 오만한 것 아니냐고 생각지 말아 주시기 바랍니다. 문체라는 것이 지나치게 뚜렷하고, 지나치게 소박할 수는 없을 것이다, 이것이 규칙이라는 것 아닙니까? 벼락부자들이, 거들먹거리기나 하는 사람이 한 길 사람 마음속을 어찌 알겠느냐, 그러니 그걸 '명확하게' 표현한다는 건 어불성설이 아니냐, 하는 것이죠.

샤토브리앙 씨의 문체는 정말 아름답습니다만 1802년부터는 우스꽝스러워 보입니다. 그의 문체는 사소한 수많은 '거짓들faussetés'을 말하는 듯합니다. 이 말에 문체에 대한 제 믿음이 고스란히 담겨 있습니다.

제가 선생님께 '문체' 운운한다면 저를 오만방자한 괴물로 생각하실지 모르겠습니다. 저 혼자 극찬을 하고, 거기다 문체까지 칭찬받고 싶어 하는 이 무명작가 좀 보십시오!

다른 한편으로, 자기를 진찰하는 의사에게 조금이라도 감추는 게 있어서는 안 되겠습니다.

문체를 좀 손봐야겠습니다. 선생님께 고백하건대 대화가 이루어지는 많은 대목은 구술로 받아쓰게 한 그대로로, 전혀 손을 대지 않았습니다.

저는 거의 읽지 않다시피 합니다. 큰마음 먹고 읽는다면 구비옹 생시르 원수의 『회상록』을 집습니다. 그 책이야말로 제 호메로스입니다. 저는 아리오스트도 자주 읽습니다. 페늘롱의 『사자死者의 대화』와 몽테스키외의 책을 읽을 때면 '잘 썼다'는 느낌이 듭니다.

예를 들면 저는 빌맹 씨의 문체를 끔찍해합니다. 정중하게 욕을 할 때 쓰면 딱 좋은 문체라고 생각합니다.

이게 제 문제의 진상인 듯합니다. 장 자크 루소, 빌맹 씨, 상드 부인의 문체는 '말로 해서는 안 되는 것들이 가득하고, 정말이지 수많은 '거짓들'을 말하고 있습니다. 굉장한 표현이죠.

저는 형용사를 실사實辭 앞에 둘 것인지 뒤에 둘 것인지로 십오 분은 고민하곤 합니다. 저는 1. '생각을 담아' 말하고, 2. 마음속에 일어나는 것을 명확히 말하고자 노력합니다.

일 년 전부터 저는 풍경이라든지, 의상이라든지 하는 것을 묘사해서 독자를 좀 쉽게 해주어야 한다고들 생각했습니다. 문장을 아름답게 만들고, 조화롭게 꾸미고, 운율을 지키려는 것(디드로의 『운명론자 자크』에 나오

---

1. 스탕달이 발자크에게 보내는 편지 초고들
....

는 추도사가 그렇지요)을 볼 때 저는 결함이 두드러져 보입니다.

회화에서 1840년의 그림들이 1880년이 되면 우스꽝스럽게 되고 말게 되듯이 매끄럽고 유려하게 조탁했지만 말하는 바는 전혀 없는 1840년의 문체가 1880년이 되면 케케묵은 구식이 되고 말 것입니다. 17세기 부아튀르의 서한들이 지금 우리에게 그렇게 보이듯 말입니다.

『회화사』를 쓸 때부터 생각했던 것인데 (빅토르 위고 씨의 가사에 곡을 붙인) 베르탱 양의 손길만 얻을 수 있었다면 아카데미에 입후보해도 되겠다고 생각해 봤습니다.

[오십 년은 지나야 옛 문학작품을 뒤적거리는 사람이 단편으로 남은 제 책을 엮어서 출판하겠죠. 그때가 되면 '꾸밈없고' '진실하'다고 좋아하지 않을까요.]

『파르마의 수도원』을 구술하면서 두 번 생각하지 않고 나온 즉각적인 표현을 그대로 인쇄한다면 저는 보다 진실하고 보다 '자연스러워서' 1880년이 되면 지금보다는 더 독자의 마음을 사로잡지 않겠느냐고 생각하곤 했습니다. 그때는 지금처럼 상스러운 벼락부자들이 사회에 넘쳐나지도 않을 거고, 그런 사람들이 고상하지 않기 때문에 '고상함'을 높이 평가할 것입니다. 보칼리노의 우화에서처럼 "기술은 뻐꾸기가 더 좋다"는 겁니다.

반복하지만 저는 완벽한 '프랑스어'는 페늘롱의 『사자들의 대화』와 몽테스키외의 저작에 있는 것 같습니다. 대화를 완벽하게 표현한 작가는 아리오스토입니다. 학자연하는 사람들이야 아리오스토보다 타소가 더 낫다지만 타소의 인기는 나날이 줄어들기만 합니다.

선생님께 터무니없어 보이는 말씀 하나 드릴까 합니다. 산세베리나 공작부인의 많은 대목은 코레치오의 그림에서 베낀 것입니다. 필시 빌맹 씨는 절 피에트로 다 코르토나로 보겠지만요.

저는 벨지오조소 부인을 한 번도 만나본 적이 없습니다. 독일인 라씨는 여러 번 만났지요. 제가 1810년부터 1811년 사이에 살다시피 했던 생클루 궁정을 모델로 해서 군주를 그려보았습니다. 제가 알았던 사람 하나를 취해 본 것입니다. 매일 아침 '행복을 찾아' 달려가는 기술이 몸에 밴 생활들을 똑같이 반복한 대도 재기才氣가 보통이 아닌 사람이라면 그 사람은 어떻게 행동할까? 하고 말이죠. 저는 그때 생클루에서 메테르니히 씨를 만났습니다. 카롤린 뮈라의 머리카락으로 팔찌를 만들어 차고 있더군요. 저는 다뤼 공작을 위해 편지를 써왔습니다. 공작은 할 일이 엄청나게 많아 제가 그의 일을 좀 덜어주어야 했죠. 그래서 공작은 제게 나폴레옹이 어느 날 밤 왜 대사관에 웃음이 끊이지 않는지 알아보러 사람을 보냈다는 비밀을 말하지 않을 수 없었습니다.

저는 산드리노의 죽음을 고려하면서 『파르마의 수도원』을 집필했습니다. 저는 그 사건에 대단히 충격을 받았거든요. 뒤퐁[2] 씨는 그 죽음을 그릴 자리를 제게서 빼앗아 버렸습니다. *

저는 이렇게 되뇌곤 했죠. 수많은 소설이 나온 뒤가 될 1880년에 조금이나마 독창적이려면 주인공이 1권에서 사랑을 시작하면 안 되겠구나, 여주인공이 둘은 필요하겠구나 하고요.

---

*   스탕달은 별지에 다음과 같이 기록했다. "저는 재사에게 편지를 쓸 때 정말 글을 못 씁니다. 제 생각은 대단히 빠르고 활기차게 깨어나기 때문에 제 편지를 구술로 받아 적게 했습니다."
2.   앙브루아즈 뒤퐁은 출판업자로, 스탕달은 『파르마의 수도원』을 그를 통해 출판했다. 산드리노는 『파르마의 수도원』 마지막 부분에 등장하는데 대주교가 된 파브리스와 클렐리아 사이에서 태어난 아들이다.

저는 메테르니히 씨의 승인장을 발부받지 못했던 일non exequatur을 전혀 생각해 본 적이 없습니다. 일어날 수 없는 일이라면 저는 전혀 애석하지 않습니다. 선생님께 고백하건대 제 작은 오만이라면 1880년에 작은 명성을 가져보고자 하는 것입니다. 그때 메테르니히 씨를 언급하는 일은 적을 것이고, 어린 군주를 언급하는 일은 훨씬 더 적을 것입니다. 그런 사람들이 죽으면 그들과 우리는 역할을 바꾸게 마련이죠. 그들은 살아 있는 동안에만 우리에게 영향을 미치지만 죽자마자 망각이 그들을 덮치게 됩니다. 지금 누가 빌렐 씨 이야기를, 루이 18세 이야기를 합니까? 샤를 10세 이야기는 좀 합니다만, 그도 벌써 한참을 밀려나지 않았습니까.

제 불행이란 게 이런 거죠. 제게 잘 듣는 약을 좀 찾아주시면 좋겠습니다. 아침에 일을 하려면 밤에 쉬어야 합니다. 그렇지 않다면 아침마다 자기 주제에 진력이 날 테니까요. 치비타베키아에서 다닥다닥 붙어 일하는 오천의 상인 가운데서 살면서 제가 겪고 있는 불행이라는 것이 이렇습니다. 여기서 시적이라고 할 만한 것은 천이백 명의 도형수들뿐입니다. 제가 그들에게 말을 건다는 것은 아닙니다. 여자들은 어떻게 하면 남편에게 프랑스 모자를 하나 선물 받을까 하는 생각뿐이죠.

선생님의 지적을 듣고 『파르마의 수도원』의 몇몇 대목을 기쁘게 다시 읽어보았습니다.

『르뷔 파리지엔』의 기사를 읽고 제가 느꼈던 놀라움과 즐거움을 어떻게 하면 조금이라도 돌려드려 선생님을 기쁘게 해드릴 수 있을까요?

보여주기 식의 정중한 편지를 드리는 대신 진심이 담긴 편지를 선생님께 보냅니다. 그 편지에 모르소프 부인(『골짜기의 백합』)과 고리오 영감에 대한 제 열정을 슬쩍 흘려 넣을 수도 있겠지요.

저 매혹적인 원더미어에 대해 들었던 한마디를 조심하시기 바랍니다.

선생님의 글이 "절로 잘 써지outwritten themselves"게 될 순간을 조심하시기 바랍니다. 새로움이 주는 풍취는 첫 세 호號에서나 감미롭기 마련입니다.

선생님께서 파리에서 만나셨던 월터 스코트의 문체는 『리롱 양』의 저자 들레클뤼즈 씨의 부르주아 문체라고 하겠습니다. 괜찮은 문체죠.

[두 번째 초고, 1840년 10월 17-28일]

선생님, 저는 정말 깜짝 놀랐습니다. 선생님께서는 길에 버려진 한 고아에게 연민을 느끼셨어요. 저는 제 작품을 1880년 이전에는 누구도 읽지 않으리라 생각했습니다. 그러려면 옛 문학을 뒤적이는 자가 '고서적에서' 너무도 소박한 페이지들이 있음을 알아봐야겠죠.

선생님, 정중한 편지 한 통을 선생님께 쓰는 일이 뭐가 어렵겠습니까. 선생님이나 저나 그런 일들에 도통한 사람들 아닙니까. 하지만 선생님의 방식이 워낙 탁월해서 선생님을 모방하고 진심이 담긴 편지로 답장을 드리고 싶습니다.

저는 어제저녁에 『르뷔 파리지엔』을 읽고 오늘 아침에 『파르마의 수도원』 1권의 첫 쉰네 페이지를 네댓 페이지로 줄여버렸습니다. 저는 제 유년의 행복했던 시절을 쓰면서 정말 행복했더랬습니다. 쓰고 난 다음에는 다소 후회도 했었죠. 하지만 우리들의 우상인 월터 스코트의 너무도 지루하게 이어지는 책 반 권의 전반부와 저 훌륭한 『클레브 공작부인』의 대단하기만 한 긴 도입부를 비교해보면서 위안을 삼았습니다.

---

1. 스탕달이 발자크에게 보내는 편지 초고들

197

저는 소설 줄거리를 여럿 구상해 보았습니다. 『바니나』가 그 예입니다. 하지만 그 구상을 글로 써보면 제 열정은 씨늘히 식어버리고 말죠. 스물다섯 페이지에서 서른 페이지를 구술하다보면 저녁이 다 되어 있습니다. 제게는 깊은 휴식이 필요한 시간입니다. 다음 날 아침에는 깡그리 잊어버렸어야 합니다. 전날 쓴 장章에서 마지막 서너 페이지를 읽어보면서 그날 쓸 장을 생각합니다.

선생님께 고백컨대 『파르마의 수도원』의 대부분은 '구술한 그대로' 인쇄되었습니다. '저는 그래야 소박해지고 부자연스럽지 않으리라 생각합니다(부자연스러운 것 이상으로 제가 끔찍해하는 것이 없지요). 선생님께서는 틀림없이 제가 이를 후회할 것이라고 생각하셨겠지만 저는 절대 마음 바꾸는 일 없을 거라고 아이처럼 말해보렵니다.'

예순에서 일흔 번 구술을 시켰'었'죠. 감옥의 장면은 분실했기 때문에 고스란히 다시 쓸 수밖에 없었습니다. 이런 이야기를 드려봤자 뭘 어쩌겠습니까? 하지만 대로에서 선생님을 처음으로 만나게 되면 조언을 구해보겠다는 좀 '음흉한 계획'을 세워보았습니다. '파우스타를 그대로 남겨야 할까요? 너무 긴 에피소드는 아닐까요? 파브리스는 공작부인에게 자신의 사랑은 불가능하다는 것을 보여주고 싶어 합니다.'

저는 라 아르프 같은 사람들에게 경멸을 넘어 증오를 느낄 지경입니다.

『파르마의 수도원』의 작업을 해나가면서, 제가 소설을 판단한 기준은 예전에 읽었던 회화사에서 가져온 것이었습니다. 예를 들면 프랑스에서 문학은 피에트로 드 코르톤(이 화가는 과장된 '표현'을 일삼고 작업을 급히 하고 이탈리아의 모든 화가들을 오십 년간 망쳐놓았습니다) 문하의 학생들 수준에 있다고 하겠습니다.

예를 들면 산세베리나 공작부인의 인물 자체는 코레치오의 그림에서 베낀 것입니다(그러니까 코레치오가 제 마음에 일으킨 효과를 전한 것입니다). 제가 선생님께서 얼마나 너그러우신지 잘 알기에 이런 허튼소리도 해보는 것이 아니겠습니까.

저는 우리가 클로디우스의 시대에 있다고 생각하고 그래서 지금 나오는 책을 읽지 않다시피 합니다. 모르소프 부인과 그 책의 '저자'의 작품들, 조르주 상드의 몇몇 소설, 여러 신문들에 실린 쉴리에 씨의 단편 소설들을 제외한다면 요새 '인쇄된' 책을 전혀 읽어보지 않았습니다.

그 대신 『파르마의 수도원』을 쓸 때 어조를 유지하기 위해서 이따금씩 법전을 몇 페이지씩 읽곤 했습니다.

제가 호메로스를 읽듯이 읽고 또 읽는 책은 생시르 원수의 『회상록』입니다. 하루도 빠짐없이 읽고 또 읽는 작가는 아리오스토입니다.

심지어 1802년('그때' 저는 마렝고에서 약 12킬로미터 떨어진 피에몬테의 용기병 장교로 근무했습니다)에도 저는 샤토브리앙 씨의 책은 스무 페이지도 참고 읽을 수가 없었습니다. '숲의 어렴풋한 절정'이라는 표현을 두고 조롱했다가 결투를 벌일 뻔한 일도 있습니다. 『인도의 누옥』은 읽어본 적도 없습니다. 드 메스트르 씨는 정말이지 견딜 수가 없고요. 그래서 제가 글을 못 쓰나 봅니다. 지나칠 정도로 논리를 따지니까요.

제가 글 참 잘 쓴다고 생각하는 작가가 있다면 바로 몽테스키외와 『사자들의 대화』를 쓴 페늘롱입니다. 한 이 주 전인가 페늘롱의 『아리스토누스, 혹은 알치나의 노예』를 다시 읽었다가 눈물을 쏟았습니다.

저는 오페라 극장의 휴게실에 라씨와 리스카라를

등장시킬 겁니다. 워털루 전투가 끝난 뒤 라누체 에르네스트 4세가 보낸 밀정들이지요. 아미앵에서 돌아온 파브리스는 누가 봐도 '이탈리아' 눈초리며 누가 들어도 알 수 있는 '밀라노 방언'을 금세 알아차리겠습니다만, 밀정들은 누가 그런 것을 알아차렸다고는 생각지도 않겠지요. 인물들이 나올 때마다 밝혀줘야 한다고들 제게 충고를 하더군요. 『파르마의 수도원』은 '회상록' 같다고 하고, 인물들은 그들이 필요해질 때 가져다 쓰는 것이 아니냐고 합니다. 그런데 제가 저질렀다는 그런 잘못은 충분히 허용될 만한 것이라고 생각합니다. 파브리스의 인생을 쓴 것 아닙니까?

마지막으로 분에 넘치는 선생님의 찬사를 고아에 대한 연민으로 생각하면서 저는 말씀해주신 원칙에 모두 동의합니다. 여기서 편지를 마쳐야겠군요.

선생님께서 저를 오만방자한 괴물로 생각하실지 모르겠습니다. 마음속으로 이렇게 말씀하시겠지요. 뭐야, 내가 자기를 위해 해준 일이 이 세기를 통틀어 전례가 있었던 일인가! 그런 일을 해줬는데 그것도 부족해서 저 짐승 같은 놈이 또 문체도 칭찬해달라고 한단 말인가!

1. 스탕달이 발자크에게 보내는 편지 초고들

제가 아는 규칙은 오직 한 가지뿐입니다. '명확하라'라는 것이죠. 제 글이 명확하지 않다면 제 모든 '세계'는 끝입니다.

저는 모스카, 공작부인, 클렐리아의 마음 깊은 곳에서 무슨 일이 일어나는지 말하'고자 합니다'. 그곳은 라틴문학 전문가 조폐국장, 루아 공작, 라피트 씨 등과 같은 벼락출세한 사람들의 시선으로는, 식료품상이며, 선량한 가장家長들과 같은 이들의 시선으로는 결코 이해할 수 없는 세상이지요.

내용이 모호하다고 빌맹 씨나, 상드 부인 등의 모호한 문체를 쓴다면, 내용이 난해하다고 모호하기 짝이 없는 으스대기나 하는 문체를 쓴다면 에르네스트 4세에 맞선 공작부인의 투쟁을 이해할 수 있을 사람은 단언컨대 한 명도 없을 것입니다. 그래서 저는 샤토브리앙과 빌맹 씨의 문체를 이렇게 생각합니다.

1. '아름답게 느껴지'지만 정작 말할 필요는 없는 수많은 사소한 것들(아우소니우스, 클로디우스 등)

2. '거짓들faussetés'과 '듣기에만 아름답게 느껴지는' 많은 사소한 것들.

[세 번째 초고, 1840년 10월 28-29일]

선생님, 어제저녁 저는 정말 깜짝 놀랐습니다. 문학 분야 최고의 감정인이 잡지에 한 사람을 이렇게 깊이 연구한 적이 있었는가 싶습니다. 선생님께서는 길거리에 버려진 한 고아에게 연민을 느끼셨습니다. 선생님의 호의에 마땅히 부응하고자, 어제저녁에 잡지를 읽고 오늘 아침에 선생님께서 세상에 널리 알려주신 작품의 첫 쉰네 페이지를 네댓 페이지로 줄여버렸습니다.

문학의 요리법을 배워야 한다면 글쓰기의 즐거움을 잃어버릴지도 모릅니다. 그래서 저는 지금부터 이삼십 년 후에야 제 작품이 향유될 수 있으리라 생각했습니다. 그러려면 옛 문학서적을 뒤적거리는 사람이 선생님께서 장점을 놀랠 만큼 과장하신 작품들을 발견해야겠죠. 선생님께서는 너무 나가신 것 같습니다. 예를 들어 『페드라』 말씀이 그렇습니다. 제가 추문에 휩싸여 버렸다고 선생님께 말씀드려야겠습니다. 제가 라신을 정말 좋게 생각하는데도 말이죠.

선생님께서 제 소설을 수고스럽게도 세 번이나 읽으셨으니 대로에서 선생님을 만나게 되면 여러 질문을 드려볼까 합니다.

1. 파브리스를 '우리의 주인공'으로 부르도록 해주실 수 없을까요? 파브리스라는 언급을 그렇게 자주 반복하지 않을 필요가 있었습니다.

2. '파우스타'의 에피소드를 삭제해야 할까요? 그 부분을 쓰다 보니 굉장히 길어지긴 했지요. 그 부분에서 파브리스는 공작부인에게 사랑의 가능성이 없음을 보여줄 기회를 찾자 그것을 잡은 것입니다.

저는 첫 쉰네 페이지를 우아한 도입부로 생각했습니다. 교정쇄를 교정하면서 후회도 참 많이 했었죠. 하지만 그럴 때마다 저는 월터 스코트의 책들이 첫 반 권이 얼마나 지루한지, 저 숭고한 『클레브 공작부인』의 긴 도입부는 어떤지 생각했습니다.

3. 저는 부자연스러운 문체를 혐오합니다. 선생님께 『파르마의 수도원』의 대부분이 최초의 구술 상태 그대로 인쇄로 넘어갔다는 점을 말씀드려야겠네요. 저는 절대 마음 바꾸는 일 없을 거라고 아이들처럼 말해보겠습니다. 하지만 1792년에 궁정이 무너진 이래로 형식의 중요성은 나날이 줄어들고 있다고 생각합니다. 제가 아카데미 회원 중 가장 훌륭한 분으로 거명하는 빌맹

씨가 『파르마의 수도원』을 프랑스어로 다시 쓴다면 두 권으로 나온 이 책이 세 권으로 늘어서 나올 것입니다. 사기꾼들 치고 웅변적이고 공감을 유도하지 않는 자가 어디 있습니까. 그러니 사람들은 미사여구로 꾸며진 어조에 반감을 갖게 되지 않던가요. 저는 열일곱 살에 샤토브리앙의 '숲의 어렴풋한 절정'이라는 표현을 두고 결투를 벌일 뻔한 일도 있습니다. 용기병 6연대에는 그 구절이 좋다는 사람들이 대단히 많았거든요. 저는 『인도의 누옥』은 읽어본 적도 없고, 드 메스트르도 참아낼 수가 없습니다.

제가 호메로스처럼 즐겨 읽는 책은 구비옹 생시르 원수의 『회상록』입니다. 페늘롱의 『사자들의 대화』와 몽테스키외를 읽으면 글을 참 잘 썼다는 것이 느껴집니다. 모르소프 부인의 저자와 그의 동료들을 제외한다면 삼십 년 동안 저는 우리나라에서 인쇄된 책은 전혀 읽은 적이 없습니다. 그 대신 저는 아리오스토를 읽습니다. 그가 쓴 이야기들을 좋아합니다. 공작부인은 코레치오의 그림에서 베낀 것입니다. 저는 회화사에서 프랑스 문학의 미래 역사를 봅니다. 우리는 작업을 급히 하고 표현마다 과장을 일삼았던 피에트로 드 코르토네

문하의 학생들 수준에 있습니다. 마조레호수에 있는
보로메오섬들의 절단석을 움직이게 만드는 코탱 부인
의 학생들이라고 해도 좋겠습니다. 이 소설 다음이면
저 역시…[3] 『파르마의 수도원』을 쓰면서 어조에 일관성
을 부여하기 위해 저는 매일 아침 법전을 두세 페이지씩
읽곤 했습니다.

상스러운 말 좀 하겠습니다. 저는 독자의 영혼을
쥐고 흔들어주고 싶지 않습니다. 저 가엾은 독자는
'파도를 뽑아버리는 바람' 같은 야심찬 표현을 흘려듣고
말지요. 하지만 감동의 순간이 지나면 독자는 그런
말이 다시 생각이 납니다. 반대로 저는 독자가 모스카
공작을 생각해볼 때 '매만질 데가 전혀 없다고 생각'하
기를 바랍니다.

4. 저는 오페라의 휴게실에 라씨와 리스카라를 등장
시킬 겁니다. 워털루 전투 이후에 라누체 에르네스트
4세가 파리에 보낸 밀정들이지요. 아미앵에서 돌아온
파브리스는 누가 봐도 '이탈리아' 눈초리며 누가 들어도
알 수 있는 '밀라노 방언'을 금세 알아차립니다만, 그들

---

3.   문장이 여기서 생략되어 있다.

은 누가 그런 것을 알아차렸다고는 생각지도 않지요. 등장인물이 나올 때마다 밝혀주어야 한다고 다들 제게 말합니다. 저는 선한 블라네스 신부의 대목을 확 줄여보려고 합니다. 아무 행동도 하지 않지만 독자의 마음에 감동을 주고 꾸민 듯 보이는 소설적인 분위기를 제거해주는 인물들이 필요하다고 생각했습니다.

저를 오만방자한 괴물로 생각하실지 모르겠습니다.

저 위대한 아카데미 회원들은 자기들이 1780년에 태어났다면 대중이 자기들의 글을 좋아했을 거라고 생각합니다. 구체제였으면 그들을 위대하게 봐줬으리라는 거죠.

어정쩡한 바보들의 수가 늘어갈수록 '형식'의 중요성은 줄어듭니다. 상드 부인이 『파르마의 수도원』을 다시 썼다면 큰 성공을 거뒀을 겁니다. 하지만 지금의 두 권에 담긴 내용을 옮기려면 서너 권은 되었을 겁니다. 이런 변명을 용서하시기 바랍니다.

어정쩡한 바보는 특히 라신의 시구를 좋아하죠. 시행 詩行을 끝맺지 않았구나 하는 것을 이해하기 때문입니다. 그러나 나날이 운문은 라신의 장점 중 가장 중요치 않은 것이 되어 가고 있습니다. 대중은 수가 늘어나고 덜 온순해지면서 정념에 대해, 인생의 상황에 대해 수많은 '사소한 진실들'을 보기를 바랍니다. 볼테르며, 라신이며, 저 모든 시인들(코르네유는 예외로 합시다)은 얼마나 시를 쓸 때 각운을 맞추는 데 신경을 씁니까. 글쎄요, 이 시구들이 사소한 진실들이 정당하게 들어서야 할 자리를 차지하는 것이로군요.

오십 년 후에 비냥 씨와 산문을 쓰는 모든 비냥 씨들은 우아하지만 다른 장점은 전혀 갖지 못한 작품들로 싫증을 일으켜 저 어정쩡한 바보들의 애를 태우지 않겠습니까. 저들은 허영에 젖어 늘 문학에 대해 말하고 사유하는 척합니다. 그런 사람들이 매달릴 수 있는 형식이 없게 되면 어떻게 될까요? 결국 볼테르를 저들의 신으로 만들게 될 겁니다. 정신이란 것도 이백 년이면 끝입니다. 1978년이 되면 볼테르도 부아튀르가 되고 말겠죠. 물론 『고리오 영감』은 한결같이 『고리오 영감』일 겁니다. 어정쩡한 바보들은 금과옥조로 삼아야 할 저들의 소중한 규칙이 더는 존재하지 않는다는 점에 애가 타서 문학을 혐오하게 되어 결국 독실한 기독교 신자가 되고 말 겁니다. 질 나쁜 정치가들 치고 웅변적이고 과장된 어조를 취하지 않는 사람이 없으니 1880년에는 다들 그런 자들에게 진저리를 낼 테고 아마 그때가 되어서야 『파르마의 수도원』을 읽게 되지 않을까요.

'형식'의 중요성은 나날이 감소하고 있습니다. 흄을 보십시오. 흄의 양식良識을 발휘해서 1780년부터 1840년까지의 프랑스 역사를 쓴다고 가정해 보십시오. 독자들은 그 책을 사투리로 썼더라도 읽을 겁니다. 법전처럼 쓴 프랑스 역사를 말입니다. 『파르마의 수도원』의 문체가 선생님께 거슬린다니 문체를 좀 교정하려 합니다만, 제게는 쉬운 일이 아닐 겁니다. 저는 유행이 되고 있는 문체를 존중하지 않습니다. 참을 수가 없거든요. 어디를 보나 클로디우스니, 세네카니, 아우소니우스니 하는 사람들만 보입니다. 일 년 전부터 저는 풍경이라든지 의상이라든지 하는 것을 묘사해서 독자를 좀 쉽게 해주어야 한다는 말을 들었습니다. 다른 작가들에게서 그런 묘사들은 정말 지겨울 정도였습니다! 저도 한번 시도해 보겠습니다. 『르뷔 파리지엔』이 아니었다면 제가 동시대에 성공을 거둘 수 있으리라고는 상상조차 못했을 겁니다. 저는 좋이 십오 년 전에 이렇게 생각했습니다. "내가 베르탱 양의 손을 얻어, 일주일에 세 번만 그 손을 쓸 수 있다면 아카데미 회원에 입후보했을 것이다"

라고요. 상스럽기 마련인 벼락출세자들이 사회에서 사라지면 특히 고상한 것이 존중될 테니 더는 귀족계급을 대변하는 신문 앞에 무릎 꿇는 일이 없을 것입니다. 1793년 이전에는 점잖은 사람은 다들 책을 올바로 판단할 줄 알았습니다만, 이제 그 사람들이 1793년이 다시 돌아왔으면 합니다. 겁만 내고 있고, 판단할 줄도 모릅니다. 생토마다캥 인근(뒤 바크 거리 110번지)의 한 소규모 서적상이 이웃 귀족에게 대여한 도서목록을 한 번 보세요. 그런 것만 보아도 할 일이 없어 얼이 빠져 버린 저 겁쟁이들을 즐겁게 해 주기란 불가능하다는 것을 저는 단호히 확신합니다.

저는 메테르니히 씨를 모델로 삼지 않았습니다. 그를 1810년에 생 클루에서 본 적이 있긴 합니다. 그가 카롤린 뮈라의 머리카락으로 팔찌를 삼아 감고 있을 시절이었습니다. 그 당시 미인이었던 여자였죠. 저는 일어나지 않을 일에 아쉬워하는 사람이 절대 아닙니다. 저는 운명론자라서 때가 오기만 기다리며 숨어 삽니다. 저는 1860년이나 1880년경에 혹시 작은 성공쯤 거두지 않을까 생각합니다. 그때가 되면 누가 메테르니히 씨 이야기를 하겠으며, 한다 해도 어린 군주에 대해서는 그보다도 덜 이야기하겠죠. 말레르브 시절에 영국 수상이 누구였을까요? 제가 불행히도 갑자기 크롬웰과 마주치지 않는다면 그 자는 내가 모르는 자입니다.

그런 사람들이 죽으면 그들과 우리는 역할을 바꾸게 마련이죠. 그들은 살아 있는 동안에만 우리에게 영향을 미치지만 죽자마자 망각이 그들을 덮치게 됩니다. 백 년 후에 누가 빌렐 씨, 드 마르티냑 씨 이야기를 하겠습니까? 탈레랑 씨가 괜찮은 『회상록』을 하나 남긴다면 그걸로 살아남을 수도 있겠습니다. 오늘날 스카롱의 『희극 소설』의 자리가 1980년의 『고리오 영감』의 자리일 것입니다. 그 시대의 로스차일드가 누군지, 50루이 덕분에 코르네유의 후원자가 되었던 사람이 드 몽토롱 씨라는 것을 알려준 사람이 스카롱입니다.

선생님께서는 직접 경험해 보신 분의 촉각으로 『파르마의 수도원』이 프랑스, 에스파냐, 비엔나[제국] 같은 대국大國을 비판하는 것이 아님을 잘 아셨습니다. 세부적으로 행정이 어떻게 이루어지는지만 봐도 알 수 있지요. 그러니 독일과 이탈리아의 소국들의 군주만 남게 됩니다.

그런데 독일인들은 훈장이라면 정말 꿈쩍 못합니다.

정말 바보들이 아닙니까! 저도 독일에서 몇 년 살아봤지만 그들을 경멸해서 독일 말도 다 잊었습니다. 그러니 선생님께서는 제 인물들이 독일 사람들일 수 없다는 점을 정말 잘 아셔야 합니다. 이런 생각을 따르신다면 제가 사라져버린 왕조, 예를 들면 '사라져버린 가문들' 중에 그래도 가장 잘 알려진 파르네제와 같은 가문 생각을 했다는 것을 아시게 될 겁니다. 장성將星들이며 조부祖父들 때문이라도 말이죠.

제가 취한 인물은 잘 알고 있던 사람입니다. 저는 그에게 아침마다 행복을 찾아 떠나는 기술을 실행하는 습관을 마련해 주었죠. 그 다음에는 더 큰 재기를 부여했습니다. 저는 벨지오조소 부인을 한 번도 만난 적이 없습니다. 라씨는 독일 사람이었죠. 저는 그와 이백 번은 이야기를 해 본 것 같습니다. 저는 군주가 1810년에서 1811년 사이에 생 클루에 체류했다는 것을 알았습니다.

휴! 선생님께서는 이 글을 두 번에 걸쳐 읽으셔야겠네요. 선생님께서는 영어를 모른다고 하셨죠. 파리에는 월터 스코트의 '부르주아' 문체가 있습니다. 『데바』지의 주필이자 꽤 괜찮은 데가 있는 『리롱 양』의 작가인

들레클뤼즈의 부담스러운 산문이 그렇습니다. 월터 스코트의 산문은 우아하지 않고 무엇보다 멋을 너무 부립니다. 자기 키를 한 치도 줄이고 싶지 않는 난쟁이를 보는 것 같죠.

선생님의 이 놀랄 만한 기사는 어떤 작가가 다른 작가에게 결코 받은 전례가 없었던 그런 것이었습니다. 그 기사를 읽고 저는 지금 큰 소리로 웃으며 용기를 내어 선생님께 말씀드립니다. 좀 지나치지 않나, 하는 찬사를 매번 마주치게 되는데, 그 대목에 이르렀을 때마다 그걸 읽으면서 제 친구들이 어떤 표정을 짓게 될지 상상이 갔습니다.

예를 들면, 참사원 심의관이었던 아르구 장관이 저와 같거나 친구라고 할 수 있는 사람이었습니다. 1830년에 그가 장관이 되었고, 제가 몰랐던 그의 부대신들이 생각하기에 서른 명의 예술가가 있다고 생각했습니다.[4]

---

4. 문장이 여기서 생략되어 있다.

2

월터 스코트와 『클레브 공작부인』

　소설의 세계에서 이 둘은 양극단과 같다. 등장인물이 입은 의복, 그들이 살아가는 환경, 얼굴 생김새를 꼭 묘사해야 할까? 아니면 등장인물들의 마음을 뒤흔들어 놓는 정념과 다양한 감정을 그려내는 것이 더 나을까? 내 생각은 인정받지 못할 것이다. 수많은 문인들이 무리를 형성하여 너나없이 월터 스코트 경과 그가 쓰는 소설의 방식이 흥미롭다고 격찬을 보낸다. 그러나 중세 시대 농노의 의복과 구리 목걸이를 묘사하는 일이 인간의 마음이 만들어내는 굴곡을 그려내는 것보다 더 쉬운 일이 아닐까? 중세 시대의 의상을 잘못 생각하거나 잘못 그릴 수도 있다(리슐리외 추기경의 저택 부속실에서 사람들이 어떤 의복을 입었고 어떤 관례가 통했는지 우리는 절반만 알 뿐이다). 반면 저자가 인간의 마음을 잘못 그려내고, 앙리 4세의 아들이 참전한 전쟁의 동료였던 한 저명한 인사士를 하인이나 가질 법한 비천한 감정으로 표현한다면 혐오감이 일어나 책을 집어던지고 말 것이다. 다음에 소개하는 볼테르의 말은 다들 잘 알고 있다. 볼테르가 한 젊은 여배우에게 비극 낭송은 어떻게 해야 하는지 가르쳤다. 여배우가 너무도 강렬한 한 대목을 맥 빠지게 읊었던 것이다. 볼테르가 목소리를 높여 이렇게 말했다. "이보세요, 아가씨. 몸에 악마가 들린 듯 해야죠. 잔인한 폭군이 당신 연인을 뺏어 가면 어떻게 하실 건가요?" 그러자 여배우가 이렇게 답했다. "선생님, 다른 애인을 찾으면 되죠."

역사소설을 쓰는 모든 사람이 저 신중하기 이를 데 없는 여배우처럼 '이성적으로' 생각한다는 주장을 하려는 것은 아니다. 하지만 너무도 예민한 감성을 가진 사람들이라면 내가 한 등장인물의 의상을 특별히 눈에 띄는 방식으로 묘사하는 것보다 그 인물이 느낀 것을 말하거나 그것을 그의 입으로 말하게끔 하는 일이 비교할 수 없이 더 어려운 일이라는 의견을 개진한다고 해도 비난하지 않을 것이다. 월터 스코트 경을 추종하는

2. 월터 스코트와 『클레브 공작부인』

유파에도 다른 장점이 있음을 잊지는 말도록 하자. 의상의 묘사와 인물의 '포즈'가 부차적인 것이라고는 하나, 이를 위해서는 적어도 두 페이지가 필요하다. 마음이 나타내는 굴곡을 발견하기란 정말 어려운 일이지만 그것을 정확히, 과장 없이, 결단력 있게 표현하는 일은 더 어려우므로, 그저 몇 줄만으로 그치곤 한다. 손에 집히는 대로 라파예트 부인의 『클레브 공작부인』의 한 권을 집어 들고 펼쳤을 때 마주치는 아무 페이지나 시작해서 열 페이지만 읽어보라. 그리고 월터 스코트 경의 『아이반호』나 『켄틴 더워드』를 열 페이지 읽어 본 뒤 두 작가를 비교해 보시라. 적어도 스코트 경의 위의 두 작품에는 '역사적인 장점'이 있다고 생각할 수 있다.

그 두 작품은 역사를 아예 모르거나 잘못 알고 있는 사람들에게 사소한 몇 가지 사실을 가르쳐 준다. 역사적인 장점이 마련하는 즐거움이 그런 것이다. 나는 그 장점이 있다는 점을 부정하고 싶지는 않다. 그러나 그런 장점이야말로 제일 먼저 빛이 바래고 마는 장점일 것이다. 우리의 세기는 단순하고 진실한 장르를 향해 한 걸음을 내딛을 것이다. 월터 스코트 경처럼 기교를 과시하다시피 하는 장르는 처음에야 매혹적으로 보이 겠지만 결국 독자들의 마음에 들지 않게 된다. 그래서 유행을 타고 있는 소설이 앞으로 겪게 될 운명이 어떤 것일지 빠르게 살펴보는 것이 좋지 않을까 한다.

얼마나 많은 사람들이 월터 스코트 경이 위대한 인물이라는 점을 주장하느라고 애를 쓰고 있는지 한번 보시라. 그런 사람들의 수가 얼마가 되더라도, 나는 19세기에 큰 유행이 되고 있는 위선을 좌시하지 않을 것이다. 솔직히 말해서 나는 스코틀랜드 소설가 월터 스코트 경의 명성이 반쯤 무너지는 데 십 년이면 족하다 고 확신한다. 지난 세기 프랑스에서 리처드슨이 누렸던 명성은 지금의 월터 스코트 경이 누렸던 명성에 버금가 는 것이었다. 디드로는 "추방을 당하거나 감옥에 갇힐 때 세 권의 책을 가져 갈 수 있다면 호메로스, 성경, 클라리사 할로를 택하겠다"고 말했다. 리처드슨이나 월터 스코트 경이나 영국보다 파리에서 더 큰 명성을 누렸다는 공통점이 있다.

어떤 예술 작품이든 '아름다운 거짓말'이 아닌 것은 없다. 글깨나 썼던 사람들 치고 이 점을 모르는 사람이 있을까. 사교계에 사람들이 모여서 흔히 하곤 했던

2. 월터 스코트와 『클레드 공작부인』

"자연을 모방하라"는 조언처럼 우스꽝스러운 것이 없다. 이보시라! 제기랄, 자연을 모방해야 한다는 건 나도 잘 안다. 하지만 어디까지 자연을 모방하라는 건가? 이것이 중요한 문제이다. 똑같이 천재를 갖고 태어난 라신과 셰익스피어 두 사람 중에서 한 사람은 이피게네이아를 그렸고, 다른 사람은 이모진을 그렸다. 라신은 이피게네이아를 그녀의 아버지가 아울리스에서 딸을 제물로 바치는 그 순간에서 포착했으며, 셰익스피어는 이모진을 미트포드 항구 인근의 산에서 그녀가 사랑하는 남편이 단도로 그녀를 찌르러 다가가는 순간에 포착했다.

저 위대한 시인들은 '자연을 모방했'다. 그런데 뒤의 사람은 오랜 장미 전쟁의 풍파를 겪고, 여전히 거칠지만 진지한 솔직함을 간직하고 있던 시골 신사들을 즐겁게 해주고 싶었다. 앞의 사람은 로죙과 바르드 후작이 닦아 놓은 풍속에 따라 왕의 환심을 사고 부인들의 관심을 받고자 안달했던 예절바른 궁중 조신들의 박수갈채를 받고 싶었다. 그러니 '자연을 모방하라'는 조언은 얼마나 의미 없는 말인가. 독자를 즐겁게 하려면 어디까지 자연을 위장해야 하는가? 이것이 중요한 문제이다.

나는 유치해 보이는 세부사항이라도 꼭 집어넣어야 한다고 생각한다. 이피게네이아가 제물로 바쳐져 죽음을 맞을 때 아울리스에서 말해진 모든 것을 속기로 적었다면 분량이 대여섯 권은 되었을 것이다. 라신이 극중에서 선택한 인물들이 했던 이야기로 한정하더라도 그 정도는 될 것이다. 우선 이 여섯 권을 여든 페이지로 줄여야 했다. 더욱이 아가멤논과 칼카스가 나눈 이야기 대부분을 요새 사람들은 전혀 이해할 수 없을 것이다. 설령 이해했다고 하더라도 그들에게는 끔찍한 공포를 불러일으켰으리라.

그러니 예술은 아름다운 거짓말일 뿐이다. 그런데 월터 스코트 경의 거짓말은 정도가 너무 심하다. 스코트 경이 정념을 묘사할 때 '자연에 존재하는' 더 많은 '수의 특징들'을 가정했더라면 고상한 영혼을 가진 사람들은 그 이야기를 더욱 즐겁게 읽었을 것이다. 그런 사람들이야말로 문학에서 결정권을 쥔 사람들이다. 스코트 경의 인물들은 정념에 사로잡혔을 때 꼭 앞서 말한 마르 양처럼 이를 '수치스럽게' 생각하는 것 같다. 마르 양이 한 번은 바보 여인 역을 맡아 연기한 적이 있다. 저 위대한 여배우는 무대에 들어서면서 관객에게 세심한 눈길을 보낸다. "절대 저를 바보라고 생각하시면 안 돼요." 그녀는 눈짓으로 그렇게 말한다. "저는 여러분처럼 재기 넘치는 여자랍니다. 여러분을 즐겁게 해드리고 갈채를 받는 것이 제 소원이죠. 그러니 저더러 바보 연기를 잘 할 줄 모르는 게 아니냐는 말씀만 해주세요."

월터 스코트와 마르 양의 잘못을 저지르는 화가에게 이런 이야기를 해 줄 수 있을 것이다. "이 화가의 색채에는 순진성이 부족하다."

나는 좀 더 멀리 나아가 보고자 한다. 스코틀랜드 소설가 월터 스코트 경의 인물들은 과감성과 확신이 부족하다. 그들에게 보다 고상한 감정을 표현하도록 시키므로 더욱 그런 것이다. 고백컨대 이것이 내가 보는 월터 스코트 경의 가장 아쉬운 부분이다. 여기서 한 늙은 판사의 경험을 말해 보겠다. 그 사람이 국왕 조지 4세가 에든버러를 방문했다가 열었던 성찬에 초대를 받았다. 국왕이 백성의 건강과 안녕을 기원하며 마신 '술잔'을 달라고 졸라댔던 사람이다. 월터 스코트 경은 비싼 술잔을 얻어서 그것을 자기 프록코트에 넣었다. 그런데 집에 들어섰을 때 저 높은 국왕의 은총을 그만 잊고 말았다. 프록코트를 던졌으니 술잔은 산산조각이 났고 그는 절망에 빠져버렸다. 늙은 코르네유나 선한 뒤시스가 이런 절망을 이해할 수 있기나 할까? 코르네유가 죽은 지 146년이 흘렀지만 지금부터 다시 146년이 흘러도 월터 스코트 경은 코르네유가 지금 우리에게 차지하고 있는 자리에 없을 것이다.

3

문체론

문체에 대하여

세생 기사와 도미니크 작성[5]

간결한 문체로 작성된 논고

1812년 24일부터 30일까지 플랑시 쉬르 오르에서 작성함

---

5. 세생 기사(le chevalier de Seyssin)는 스탕달의 친구 루이 크로제(Louis Crozet)이고, 도미니크는 스탕달의 또 다른 필명 이다.

제시된 사유를 표현하는 방식

사람마다 문체도 다르다는 말들을 한다. 잡지에서 어떤 문장과 마주칠 때 그건 그 사람 문장이다, 라고 말할 수 있다.

위대한 프랑스 작가 한 사람씩 짧은 논평을 해볼까 한다. 우리가 보기에 그런 작가들은 다음과 같을 것이다.

페늘롱 – 뷔퐁 – 몽테스키외 – 볼테르, 라 브뤼예르의 모방자들 – 장 자크 루소 – 파스칼 – 위대한 인물들은 아니나 독창적인 콜레와 해밀턴 – 보쉬에 – 『이탈리아에 대한 편지』(3권, 21쪽)의 저자 드 브로스 법원장(1815년에 추가됨)

페늘롱

페늘롱의 문체(『사자死者들의 대화』와 부르고뉴 공을 위한 콩트들)는 그가 자연을 세상 만물을 고스란히 비추는 거울처럼 만들어, 자연의 '무한한 다양성'을 그대로 보여준다는 점에서 장 자크 루소의 문체보다 월등히 뛰어나고 생각한다. 루소의 문체는 그의 손이 닿는 곳마다 색을 입히는 문체이다.

루소가 그려내는 시원한 숲은 미덕을 가리키지만, 페늘롱이 그런 숲을 그려낸다면 달콤한 관능만이 느껴지게 된다. 더운 남국南國에서라면 페늘롱의 그런 표현이 참으로 자연스러워 보일 것이다.

페늘롱의 문체만큼 완벽하게 자연스러운 것이 없어서 희극적인 것도 비극적인 것처럼 받아들여진다. 자연의 다른 모든 것들도 마찬가지이다. 이와는 반대로 루소의 문체에는 비극적이고, 감정이입이 되는 정서가 압도적이라 희극적인 것이 들어갈 여지가 없다.

페늘롱은 캐나다 야만인들을 통해 군주정을 그려내고, 윌리엄스의 성격을 그려내며 한바탕 웃음을 주고, 아침 내내 제 다이아몬드들을 문질러 닦는 요니츠도 잊지 않을 것이다.

완벽한 페늘롱을 생각해본다면 위와 같을 것이다. 하지만 신부로서 그의 영혼은 천성적으로 온화했으니, 그에게는 루소의 『신엘로이즈』 1권에서 느껴지는 감동이 없다. 페늘롱의 고상함이 한껏 드러난 부분은 대단히 공을 들인 것이다. 그 정도로 신경을 써야 조금이라도 모호해지지 않을 수 있다. 독자는 문장이 조금이라도 모호하다고 생각되면 한순간 불안에 사로잡히기 마련이다. 루이 14세 궁정 대귀족들처럼 그는 타인에게 경의를 표하면서 제게 그 경의가 돌아오게끔 한다.[6] 페늘롱이 자연사를 다룬 저작을 쓴다면 문체는 물론 사유의 면에서도 뷔퐁보다 낫지 않겠는가. 알맞은 색채를 고를 줄 알기 때문이다. 고상함과 위엄은 다르다. 고상함이 위엄보다 자연스러운 표현이다.

이렇게 써보고 나니 우리는 장 자크 루소가 역사가로서 페늘롱의 문체가 얼마나 탁월한지 알고 있었다고 생각하게 되었다. 루소의 『에밀』 4권에서 "내 생각에 투키디데스는 [역사가의 진정한 모델이다]"부터 [티투스 리비우스는] 지금 에밀의 나이에 [적합하지] 않다"[7]

---

6. [스탕달의 주] 생 시몽이 페늘롱의 성격에 관해 쓴 탁월한 묘사를 보라.

7. "내 생각으로는 투키디데스야말로 역사가들의 진정한 모델이다. 그는 사실을 판단하지 않고 전달하지만, 우리 스스로 그것을 판단케 하기에 적절한 상황들을 하나도 빼놓지 않는다. 그는 자기가 이야기하는 모든 것을 독자의 눈앞에 들이민다. 사건과 독자 사이에 끼어들기는커녕 자신의 모습을 감춘다. 사람들은 더 이상 읽는 것이 아니라 보고 있다는 기분이 든다. 그러나

고 썼던 부분이 그렇다.

페늘롱은 사물을 묘사하지, 그것을 보는 자기 마음의 상태는 묘사하지 않는다. 그래서 페늘롱과 공감할 수 없는 냉혈한冷血漢이라도 그를 웃음거리로 만들 수 없다.

우리는 페늘롱이 부르고뉴 공을 위해 쓴 '알리베 이야기'의 첫 번째 문장에서 사유가 자연적인 순서에 따라 전개되어간다는 점에 주목한다. 매번 쉼표를 놓아야 할 때 그는 마침표를 찍는데, 의미는 전혀 중단되는 법이 없다. 볼테르는 아주 짧은 수수께끼 같은 문제들을 제시하면서 독자의 주의를 끌곤 한다. 독자는 자존심을

유감스럽게도 그는 언제나 전쟁에 대해 이야기해서 그의 이야기에서는 세상에서 가장 비교육적인 일, 즉 전투를 제외하고는 다른 것이 거의 보이지 않는다. 『1만 인의 퇴각』과 카이사르의 『기록』은 거의 같은 사례와 결점을 지닌다. 훌륭한 헤로도토스는 인물 묘사나 격언을 사용하지 않으면서도 유창하고 소박하고, 흥미와 즐거움을 가장 잘 불러일으킬 수 있는 세세한 묘사를 가득 채워서 어쩌면 가장 훌륭한 역사가라고도 할 수 있겠지만, 세세한 묘사 자체가 자주 유치한 어리석음으로 변질되어 젊은이의 취향을 키워주기보다 망치기 알맞다. 티투스 리비우스에 대해서는 아무 말도 않겠다. 그에 대해 이야기할 차례가 올 것이다. 다만 그는 정치가이며 미사여구를 늘어놓는 작가여서 지금 나이에는 전혀 적절치 않은 사람이다"(루소, 『에밀 2』, 이용철, 문경자 역, 70-71쪽).

걸고 그 수수께끼를 풀고자 하므로 계속 주의를 기울이게 된다. 그래서 볼테르의 문체는 독자들이 그 수수께끼를 맞히고 싶어 하도록 만들어 그런 방식으로 주의를 집중하게끔 한다. 볼테르는 전혀 흥미롭지 않은 문제를 다룰 때 탁월한 문체를 과시한다. 반면 정말 흥미로운 주제를 다룰 때는 페늘롱의 문체가 필요하다.

"페르시아 왕, 압바스 샤는, 여행을 떠나, 궁정에서 멀리 떨어진 농촌으로 가서, 자기가 누군지는 알리지 않은 채 백성들이 꾸밈없는 자유를 누리는 것을 보았다. 왕은 조신朝臣 한 명만 데려갔다."[8]

페늘롱은 신화(다이애나의 사냥)를 은근히 암시하곤 하는데 그의 문체에 고상한 우아함과 냉정함이 나타나는 이유가 여기에 있다.

「변덕스러운 남자」[9]는 신랄한 표현만을 놓고 본다면 라 브뤼예르의 장기인 촌철살인보다 못하다. 그러나 성격 묘사가 길어질 경우에 페늘롱보다 신랄하게 표현하는 사람은 없다. 페늘롱은 자기가 성격을 묘사한 것을 부르고뉴 공작이 읽게 해야 했기 때문에 그를

8. 페늘롱, 『우화*Fables*』, 열세 번째 우화.
9. 페늘롱, 서른일곱 번째 우화.

자극이라도 할까봐 그런 문체를 피했던 것 같다. 그 대신 상세하게 설명하려고 했다. 이 점이 페늘롱의 문체에 신랄함이 덜한 두 번째 이유이다. 그렇지만 「변덕스러운 남자」를 보면 「알리베 이야기」는 물론 페늘롱의 『우화』 전체에 실린 다른 이야기들보다 신랄한 데가 있다.

우리의 결론은 아래와 같다.

문체는 투명한 광택제와 같아야 한다. 즉 광택제를 위에 발랐을 때 원래 색色, 사실, 사상이 변해서는 안 된다.

페늘롱의 문체를 읽으면 명확하고 뚜렷함이 느껴지기는 하나, 강력한 느낌은 없다. 그런데 엘베치오를 따르자면 문체는 명확하고 뚜렷하고 강한 느낌을 주어야 한다.

페늘롱을 읽다보면 신이 직접 말하는 것 같다는 생각이 강하게 든다. 그렇지만 그 경우 신은 우리에게 즐거움을 마련해주는 신은 아니다.

종교에 관해 쓸 때 신이 직접 말하기라도 하는 듯한 느낌을 주기 위해서라면 페늘롱의 방식이 적합한 것 같다. 반면 대중을 흥분에 몰아넣고 싶다면 성 베르나르나 보쉬에 같은 사람들의 방식이 필요하다.

뷔퐁

「개에 대하여」, 「고양이에 대하여」나, 야생동물을 전반적으로 다룬 논고를 읽어봤을 때, 우리는 뷔퐁의 문체에는 부드러운 데도 없고 희극적인 데도 없다고 생각했다. 그가 관심을 갖는 것은 우리가 어떤 유용한 이득을 얻을 수 있는가에 대한 것뿐이다. 말하자면 그것이 돈이 되는 이익인가 하는 것이다. 감정으로 느끼는 행복은 그의 관심 밖의 세계인 것 같다. 뷔퐁의 문체는 건조하고 바짝 긴장되어 있다. 그의 문체는 위엄을 표현하는 것을 목표로 한다. 그런 문체를 통치하는 사람이 사용하면 안성맞춤일 것이다. 그러나 뷔퐁의 문체에서는 우리가 모방해 볼 만한 데가 전혀 없는 것 같다. 자연사를 쓰려면 뷔퐁의 문체보다는 잘 쓴 독일어로 다정하고, 온화하고, 감동적인 어조를 살리는 편이 더 낫다고 생각한다.

몽테스키외

몽테스키외의 문체야말로 눈에 확 띄는 데다 활기를 불어넣는 데 가장 뛰어나다. 그만큼 희극적이고, 신속하게 전개되는 문체는 없다. 그런 문체를 읽는 독자는 머릿속에 사유를 더없이 강력하게 새기게 된다.

우리가 알고 있는 작가 중에서 몽테스키외만큼 간결한 문체를 자랑하는 사람은 없다. 어떤 작가가 자기가 일곱 줄로 표현했던 것을 정확한 논리에 따라 네 페이지에 걸쳐 쓸 수 있겠는가?(『법의 정신』 13권에서 '자유의 남용'이라는 제목이 붙은 15장 첫 번째 문단부터 "모든 것을 거부하는 예속상태[를 지향했다]"[10]까지를 보라.)

이 문체는 독자를 감동시키는 데는 부적합하다. 감동을 받기 위해서는 그쪽으로 이끌려 가서 감동받을 채비가 되지 않으면 안 된다. 이와는 반대로 웃음은 놀라움에

---

10. "자유의 이러한 큰 이익은 자유 자체의 남용이라는 결과를 낳았다. 제한정체가 훌륭한 성과를 거두는 바람에 도리어 그 절도가 잊히고 말았다. 많은 조세 수입이 올랐고 그것을 지나치게 올리고자 하는 생각 때문에 사람들은 그것을 선물해 준 것이 자유의 손이라는 사실을 잊어버리고, 모든 것을 거부하는 예속 상태를 지향했다."

서 나온다. 놀람에는 항상 미묘한 두려움의 감정이 있다. 사람은 놀라면 자기를 생각하고, 자기 이익을 생각하기 마련이다. 놀람은 '희극적인 것'을 표현하는 탁월한 장치로서, 자기와 타인을 비교하게 해 준다. 그러므로 자기가 안전하다고 깊이 느껴야 얻을 수 있는 감동과는 완전히 반대되는 장치라고 하겠다. 그래서 대단히 분명한 한 가지 사유만을 갖는 짧은 문장으로는 감동이 일어나지 않는다.

몽테스키외는 라 브뤼예르의 문체를 모방한 것 같다. 그런데 모방자가 모방된 자보다 더 큰 천재성을 가졌다. 그래서 몽테스키외의 문체가 더욱 웅대하다. 라 브뤼예르가 일곱 줄로 쓴 것을 논리적으로 확장해보기란 불가능한 일이다.

라 브뤼예르는 자제를 못하고 격분해버리고 마는 사람 같다. 그의 풍자는 신랄하지 않지만 그는 빈정대는 사람도 아니다. 몽테스키외는 더욱 활기에 넘친다. 몽테스키외의 소설 『페르시아인의 편지』는 라 브뤼예르의 『성격론』보다 더 희극을 닮았다.

사상의 폭, 속도, 간결한 문체, 이야기를 희극적인 것으로 만드는 데 『페르시아인의 편지』에 비교할 만한

3. 문체론
....
231

것이 없다. 불쾌감이 전혀 느껴지지 않으며 관능이 느껴지는 부분이 많다(우리는 예전에 수도 없이 읽었지만, 다시 한 번 박장대소를 하면서 읽고 위의 생각이 옳았음을 확인할 수 있었다).

수도사들로 하여금 자기들이 속한 교단을 사랑하게 해주는 이성과, 모든 형태의 정부들이 따르는 원칙과 관련된 많은 사실들이 수수께끼처럼 제시된다. 이렇게 되면 신랄함은 늘어나고 장엄함은 줄어든다. 페늘롱이라면 절대로 이런 식으로 쓰는 일이 없다.[11]

몽테스키외가 보여주는 관능은 볼테르보다 더 노골적이다. 볼테르의 관능에는 궁정풍이 느껴진다. 몽테스키외는 실오라기 하나 걸치지 않은 아름다운 노예들로 둘러싸여 관능에 취해 있는 술탄을 보여준다. 운문으로 된 볼테르의 콩트들의 어조는 부드럽지만 자연스러운 데가 없다. 볼테르가 쾌락을 묘사하는 방식을 보면 어떤 불행한 자가 느끼는 즐거움 같은 것이 느껴진다. 테아트르 프랑세에서 연기하는 배우 플뢰리가 이런 유형에 속한다. 지나가면서 하는 말이지만, 우리는

---

11.   [스탕달의 주] 이는 회화에서 안톤 라파엘 멩스가 제시한 이론에 정확히 부합한다.

어떤 사람이 불행한 가운데 갖게 되는 쾌활함에는 언제나 우아한 데가 있다는 데 주목했다. 그런 사람은 비평에 일가견이 있는 사람이다. 말할 때는 언제나 우아한 어조를 취하고, 자연스럽게 열정에 휩싸여 흥분하는 일이 없다.

볼테르

볼테르의 문체는 명확하고 명료하다. 그러나 이 특징은 볼테르보다는 몽테스키외에게서 더욱 두드러진다. 볼테르는 몽테스키외보다 정확성이 덜하다. 그러나 빠르고 수월하게 읽힌다는 점이 볼테르에게 주목할 만한 것이다. 볼테르가 몽테스키외 이상으로 구술하여 글을 썼기 때문인 것 같다. 희극적인 부분은 『페르시아인의 편지』가 볼테르보다 우위에 있다. 볼테르의 콩트 『자디그』와 『캉디드』 등처럼 계속 불쾌한 부분이 이어지지 않는다는 점에서 그렇다.

볼테르는 몽테스키외와 비교할 때 힘은 덜하지만 가볍기는 더하다. 몽테스키외에게는 볼테르가 반복하는 '할 때quand', '이므로car' 등의 표현이며, 볼테르의 중상문 『아카키아 박사에 대한 혹평』과 같은 저작처럼 가벼운 것이 전혀 없다.

볼테르의 문체가 명확한 것은 몽테스키외보다 덜 심오하기 때문이다. 일반적으로 볼테르의 문장은 법원장 샤를 드 브로스의 문장보다도 짧다.

볼테르는 몽테스키외가 캐나다 야만인들을 묘사했던 곳(전제주의에 대한 장)[12]에서처럼 강하고 심오한 데가 없다. 몽테스키외의 희극적인 부분은 볼테르보다 더 고상하고 더 정확하다. 『페르시아인의 편지』의 종교를 주제로 한 편지와 볼테르가 종교를 주제로 표현했던 방법을 비교해 본다면 이 점을 분명히 알 수 있다. 그는 '셋은 하나일 뿐이다'라는 부조리한 생각[13]을 끝도 없이 길게 늘어놓을 것이고, 이 주제를 전혀 고상한 데라고는 찾아볼 수 없는 수만 가지 농담으로 휩쓸어 갈 것이다.

볼테르의 희극적인 문체는 몽테스키외의 그것보다 유려하게 구성되어 있다. 하지만 악인이 뚫고 나올

---

12.   몽테스키외, 『법의 정신』, 5권, 13장.
13.   기독교의 삼위일체에 대한 교리.

수 없는 곳이란 없다.

그의 서한에는 명사名士들과의 무람없는 모습이 두드러진다. 이는 고상한 태도라고 하겠다. 그는 명사가 자존심을 걸고 확신하는 어떤 일반적인 진리를 항상 방패로 삼는다. 볼테르는 젊었을 때부터 궁정인들과 보낸 시간이 많았기 때문에 말투만은 여기 언급하는 모든 작가들보다 우월하다. 그들 중 누구도 제게 우둔부장관愚鈍部長官 직을 하사하는 오를레옹 공작에게 "전하, 경쟁자가 너무 많을 것입니다. 벌써 네 사람이나 됩니다"[14]라고 대답할 사람이 있을까.

볼테르는 독자의 자존심을 자극해서 많은 것을 스스로 깨닫게 한다. 그러나 그가 쳐둔 베일은 몽테스키외의 베일보다는 두텁지 않다.

그의 풍자는 촌철살인인 데가 없고, 변질될 경우 불쾌감이 들 때가 많다.

볼테르의 문체에서 모방해야 할 부분은 명확성, 경쾌함, 자연스러움(『샤를 12세』) 정도이다. 이런 문체는

---

14. 바스티유에 갇혔다가 석방된 볼테르는 섭정이었던 오를레앙 공작에게 "앞으로는 제 거처와 식사를 준비하지 않으셔도 됩니다"라고 대답했다.

서사 장르 어디에서든 모델로 삼아 볼 수 있다.

라 브뤼예르

표현법의 보고寶庫

몽테스키외 항목에서 이미 말했듯이 라 브뤼예르는 자제를 못하고 격분해버리는 사람 같다.

이 작가의 가장 주목할 만한 자질은 표현에 생동감이 넘친다는 점이다. 예를 들어보자.

"자네가 잘못 생각하는 거네, 필레몬. 이렇게 번쩍거리는 마차를 타고, 저 수많은 망나니들이 자네 뒤를 졸졸 따르고, 여섯 짐승이 자네를 이끌어 간다고 사람들이 자네를 더 존경하는 것이라고 생각한다면 말일세. 자네 마음 깊숙이 들어가고자 하는 사람은 자네 자신과는 상관없는 이 모든 쓸데없는 것들을 치워야 할 걸세. 자네가 그저 거들먹거리는 사람이라면 그렇다네."

이런 표현법이 너무 생생하고 강렬해서 뒤에 나오는 표현을 압도해 버릴 때도 간혹 있다. 그래서 범속한 충고에 불과한 것도 지나치게 중요하게 다뤄진다. "그 말은 좀 나중으로 미뤄뒀지. 그러려고 했었어" 같은 것이나, "달아나라, 내가 극에 있다. 나는 악인을 만난다"[15] 같은 것이다.

어떤 프랑스 작가에게 ""한 여인의 신앙심은 애교, 탐욕, 격노보다 더 나쁘다"는 말을 신랄하게 옮겨보라"고 말했을 때, 이렇게 아름다운 표현법을 발견해 낼 수 있는 사람은 아마 없을 것이다. "에르마, 내가 결혼한다면…"[16]에서처럼, 소도시에 대해서도 마찬가지다.

---

15. 원문은 다음과 같다. "달아나라, 도망치라, 아직도 멀리 가지 못했다. 나는 적도에 와 있단 말이오, 당신은 말하겠지. 극으로, 지구의 다른 반구로 가시오. 할 수만 있다면 별들로 올라가오. 그곳에 왔소. 잘 했소. 이제 당신은 안전하오. 지상에는 탐욕스럽고, 만족을 모르고, 인정 없는 사람이 있소. 그는 길을 가다가 만나는 모든 사람을 희생시키고자 하지. 다른 사람들을 희생할 수만 있다면 오직 자신만을 위해 필요한 것을 마련하고, 재산을 불리고, 선(善)의 목을 조른다오"(라 브뤼예르, 『성격론』, 폴리오, 129쪽).

16. "에르마, 내가 구두쇠 여인과 결혼한다면 파산하는 일은 없겠지. 도박하는 여인과 결혼한다면 부자도 될 수 있겠지. 똑똑한 여인과 결혼한다면 배우는 게 많겠지. 신중한 여인이라면 화를 내는 일은 없을 거고, 화를 내는 여인이라면 인내심을 기를 수 있겠지. 애교쟁이 여자라면 얼마나 기분이 좋아질까. 남자마음을 호리는 여자라면 나도 그렇게 사랑할 거야. 그런데 에르마, 신앙심이 깊은 여자라면 어떨까. 대답해 볼 수 있겠어? 신을

라 브뤼예르는 길게 이어지는 특징들을 단 한 마디로 설명하는 표현법을 고안해낸 사람 같다. "그는 부자다, 그는 가난하다"[17]와 같은 표현이 그 예이다.

라 브뤼예르의 특징은 표현이 생생하다는 점이 제일이고, 표현이 독창적이고, 그런 표현이 많다는 점이 그 다음이다.

라 브뤼예르는 전혀 감수성이 없는 사람이다. 에미르의 이야기[18]를 들으면 정원을 거니는 두 연인을 창문 위로 굽어보는 한 노인의 이야기를 듣는 것 같다.

서로 연결되지 않은 성찰들로 두꺼운 책을 관통하는 것이 결국 수많은 진실한 세부사항들을 통해 강렬한 표현들로 귀결한다.

라 브뤼예르가 '신랄한 표현'의 기원을 연 사람이라는 점은 너무도 확실히 알 수 있다. 몽테스키외와 볼테르가 그를 모방한 작가들임을 이미 살펴보았다. 그런

속이고자 하는 여자, 자기 자신을 속이는 여자에게 내가 도대체 뭘 기대해 볼 수 있을까?"(위의 책, 69-70쪽).

17. 위의 책, 141-143쪽.
18. 라 브뤼예르는 "사랑에 무감한 여인은 사랑하지 않을 수 없는 사람을 아직 만나지 못한 여인이다"라고 쓴 뒤 에미라는 여인의 이야기를 시작한다.

표현은 독자가 수수께끼를 직접 풀도록 하면서 독자의 자존심과 호기심을 깊이 자극하게 된다. '그는 가난하다, 그는 부자다'라는 표현은 한 인물을 묘사한 초상肖像이 끝나기 직전에 나타난다. 그것을 발견할 때 얼마나 즐거운가!

라 브뤼예르는 돈호법을 대단히 자주 쓴다. 그러나 냉정히 부르는 것이니 고상함은 전혀 손상되지 않는다.

몽테스키외와 라 브뤼예르의 문체처럼 닮은 문체는 없는 것 같다. 차이가 있다면 몽테스키외는 더 폭넓고 더 뜨거운 정신을 가지면서 관능과 희극적인 것을 자기 문체에 들인다는 점이다. 반면에 라 브뤼예르에게는 희극적인 것이 전혀 없다. 문체가 건조하기 때문에 그런 것이 들어설 틈이 없는 것이다. 우리가 장 자크 루소를 읽고 소설들을 읽어서 형성된 취향을 갖지 않았다면 라 브뤼예르의 문체를 건조하다고 생각하지 않을 수도 있겠다. 지금 우리는 객관적인 관찰이라도 감수성을 다소 섞어 보는 데 익숙해져 있는 것이다. 예를 들어 보자. "인생을 가장 잘 살았던 사람은 가장 오래 살았던 사람이 아니라 인생을 가장 깊이 느꼈던 사람이다"[19](『에밀』).

3. 문체론
····

어떤 표현이 아무리 희극적이라도 그것이 웃기려면 어떤 존재를 대상으로 삼지 않으면 안 된다. 이 존재를 살아 움직이게 하기 위해서는 감수성이 필요하다.

라 브뤼예르의 아카데미 입회 연설을 본다면 그는 자기 재능을 그것에 적합한 장르에만 국한시켰던 것은 아니었다. 그렇지만 그는 아카데미 회합에 온 사람들에게 즐거움을 주기 위해서는 '성격들'이 필요했음을 알았다. (머릿속에 문학만 들었고 종말론을 허영심으로나 이해하는 형편없는 사람들)

그러니 라 브뤼예르의 생생한 표현과 누구나 느끼는 것을 신랄한 방식으로 옮기는 기술을 모방하도록 하자.

장 자크 루소

우리가 아주 어렸을 때 이 작가만큼 존경했던 사람이 없었다. 루소는 누구보다 잘 알아야 하는 작가 중 한 명이었다. 그래서 『신엘로이즈』 4권의 호수의 산책

---

19. 『에밀』, 1권.

장면이 나타난 편지를 전체적으로 분석해보겠다.

1. "할 만하다…"의 어조는 부르주아적인 데다 현학적이다. 그러므로 불필요한 문장이다.[20]

2-1. "오늘 아침에 할미새 사냥을 했던 건 악한 일을 행하려고 해서가 아니라 우리의 힘과 솜씨를 보여드리기 위한 것입니다"라는 문장은 정확하지 않고 우울하게 느껴진다.

2-2. 여기서 벌써 쥘리가 현학적임이 드러난다.

3. 이런 현학적인 태도가 계속 늘어나면서 아름답게 보이게 된다. 그러나 고백컨대 내가 원하는 여인은 미덕을 따지는 여인이 아니라 관능적인 여인이다. 내게는 이탈리아가 주는 관능이 그런 현학적인 태도 앞에서 완전히 사라져버리는 것 같다. 루소의 취향을 따르는 비쩍 마르고 창백한 사람들이 있음을 나는 잘 알고 있다(도미니크의 생각).

4. '저 말이죠, 제가Moi, je'라는 표현은 살짝 부르주아적인 데가 있다. 이 말을 들으면 '그것은 사실이다id est z'라고 말할 때에나 관심을 두기 시작하던 한 사람이

---

20.   "[별도로 한 통의 편지를 할애해야] 할 만한 [이야기입니다]"
        (『누벨 엘로이즈 2』, 김중현 역, 책세상, 165쪽).

생각난다.

　5. 지질학과 수학의 지식 같은 것은 제거해야 한다. 전혀 아름답지 않다.

　6. '탐욕스러운 징세청부인이' 같은 것.

　이 편지에서 너무나 중요하고 엄청난 오점이다…. 장 자크는 여기서 부드럽고 관능적인 것을 버리고 추악한 것을 선택한다. 어떤 것보다 이 오류가 열다섯 줄을 망쳐버리고 있다.

　7. "우리가 기분 좋게 [하던] 중에"[21] '기분 좋게^{agréa-}blement'라는 말은 췌언으로 우스꽝스럽기만 하다. 앞서 언급한 추악한 것에 추가될 수 있다.

　8. 왜 파도^{vague}라는 말보다 물결^{onde}이라는 말을 더 좋아하는가?

　9. '고통스[럽게 바라봐야] 했습니다.'[22] 감정의 중복된 표현. 페늘롱이라면 "나는 쥘리를 봤습니다"처럼

21.　"그처럼 근처 연안을 기분 좋게 둘러보는 동안 (Tandis que nous nous amusions agréablement à parcourir ainsi des yeux les côtes voisines)"(위의 책, 167쪽).

22.　"[우리 모두는 힘을 합쳐 노를 저었습니다. 그때쯤, 힘이 다 빠진 쥘리가 배 가장자리에서 토하는 것을] 고통스럽게 바라보아야 했습니다"(위의 책, 167쪽).

더 단순하고 더 아름답게 말했을 것이다.

10. '취하게까지는 아니게 하도록.'[23] 앙리는 이 사소한 표현이 형편없고 불필요하다고 비난한다. 이 표현은 쥘리의 신중한 성격을 알려주지만 이것으로 현학주의의 오점이 강화되는 것이다.

11. '아주 잘si bien'. 프랑스어 fait bien의 오류.[24]

12. '저 다정한 어머니의'의 표현은 현학적인 문체처럼 보인다.

13. '제 경우 상상력이⋯.'[25] 부르주아의 문체.

14. '그토록 감동적인 저 아름다운.'[26] 참 아름답기도 하다.

---

23. "[그녀는 우리 모두의 얼굴을 닦아주었습니다.] 취하기까지는 하지 않도록 [포도주에 물을 타서 가장 기력이 떨어진 사람들에게 돌아가면서 마시게 했습니다]"(위의 책, 167쪽).

24. "[당신도 당신에 대한 저의 존경과 감정의 정당성을] 아주 잘 [증명해줌으로써 저의 삶을 제게 소중한 것으로 만들어주지요]"(위의 책, 4부 열 다섯 번째 편지, 163쪽).

25. "제 경우 상상력이 [항상 피해를 실제보다 부풀리기 마련이어서] [⋯]"(위의 책, 168쪽).

26. "그토록 감동적인 그 아름다운 [사람이 풍랑 속에서 발버둥치고 죽음의 창백함으로 얼굴에서 홍조가 사라지는 것이 눈에 보이는 것만 같았습니다]"(위의 책, 168쪽). 뒤에 스탕달이 참 아름답기도 하다(Très beau)고 평한 것은 조롱의 어조이다.

15. '위험이 절정에 이르렀을 때….'[27] 현학적인 문체. 시골사람들을 자극하기에는 괜찮다.

16. 앙리는 '우리는 점심식사를 했다 nous dînâmes'는 표현을 비난했다. 세생은 그와 다른 의견이다. 세생은 그는 '갖게 된 식욕'만을 현학적이라고 비난했다.[28]

17. 죽어가는 쥘리가 희극을 연기하는 것은 정말 비난받아 마땅하다. 하지만 우리는 의견의 일치를 보지 못했다. 우리가 중시하는 것은 사유이지 단지 사유를 표현하는 방식이 아니다. 문체란 이런 것이기 때문이다. "사유가 제시되었을 때 그것이 가져오게 될 모든 효과를 산출하는 데 적합한 모든 주변 상황들을 덧붙이는 것." 우리는 사유가 원래 가졌던 특징을 보존하는 한에서 이 주변 상황들과 그것을 제시하는 순서를 선택할 수 있다.

루소의 문체는 유려하고, 조화롭고, 강한 인상을 고른 수준으로 표현해낸다. 정지나 명암의 순간을 남기

---

27. "위험이 절정에 이르렀을 때 [그녀가 우리만을 생각했던 것처럼, 육지에 올라온 그녀에게는 모두가 오직 자신을 구하기 위해 수고한 것처럼 보였습니다]"(위의 책, 168쪽).

28. "[격렬한 일을 한 뒤에 그런 것처럼] 우리는 아주 맛있게 점심을 먹었습니다"(위의 책, 168쪽).

는 법이 없다.

예를 들면 "점심 식사가 끝난 후에도… 여전히…까지."[29]

장 자크의 문장에는 감정 표현이 나타나지 않는 곳이 없다.

예를 들면 "이 산은 '대단히' 높아서 해가 지고 삼십 분이 지나도 산 정상에는 여전히 햇빛이 빛난다. 붉은 빛은 '그 정상' 위에 '멋진' 분홍색을 만들어 아주 멀리서도 볼 수 있다."[30]

이 문장은 정말 어느 것 하나 관심을 갖지 않는

---

29. "점심식사가 끝난 뒤에도 [호수는 여전히 풍랑이 심했고 배는 수리가 필요했기에 저는 쥘리에게 산책을 다녀오자고 했습니다. 하지만 그녀는 바람과 태양을 이유로 반대했습니다. 그녀는 저의 피로를 걱정하고 있었던 것입니다. 저는 저 나름대로 생각이 있었기 때문에 반박했습니다. 제가 말했습니다. "나는 어렸을 때부터 힘든 일에 익숙해요. 힘든 일은 건강을 해치기는 커녕 나를 더 건강하게 만들어주었고요. 태양과 바람이 문제라면 당신에게 밀짚모자가 있고, 우리는 피난처와 숲으로 가게 될 거예요. 바위 사이로 좀 올라가는 것 말고는 문제될 것이 없습니다]"(위의 책, 168~169쪽).

30. "이 산들은 너무 높아서 해가 지고 30분이 지나도 꼭대기들은 여전히 햇빛으로 밝다. 그 붉은 빛은 하얀 정상을 아주 멀리서도 볼 수 있을 정도로 아름다운 장밋빛으로 물들인다"(위의 책, 170쪽).

것이 없는 사람이 썼다. '대단히', '저', '정상', '멋진'이라는 단어들에 열정과 감수성이 담겨 있다.

그러니 장 자크의 문체가 감동을 주지 않으려야 않을 수 없는 것이다. 그가 관심을 기울이지 않는 것이 없으니 끊임없이 우리는 공감하게 된다. 작가와 독자를 이어주어 공감케 하는 '꺾쇠'들 중 몇 개를 벗어난들, 수많은 다른 꺾쇠들이 또 있어서 여러분을 사로잡을 채비가 되어 있다.

자기감정을 열정적으로 표현하고 다른 사람들도 그와 같은 감정이기를 바라는 사람이 맡는 역할은 전혀 고상하지 않다. 감정이 공유되는 기대를 걸었다가 틀림없이 실망하고 말 것이기 때문이다.

페늘롱은 사물을 묘사하되, 그것이 독자에게 일으킬 수 있는 감정에 대해서는 말하지 않는다. 그가 부인할 수 없는 감정일 경우에만 말할 뿐이다. "'달콤한' 향香, '더위 때문에 생긴' 피로" 등이다.

페늘롱의 문체는 우리의 경험에 대해서는 말하지 않고 우리가 감각을 통해 스스로 느끼게끔 하는 것이다. 미적지근한 것을 차가워지도록 내버려 둔다.

생 프뢰가 자기감정을 묘사할 때 그는 페늘롱의

방식을 벗어나지 않는다. 그는 "저는 뜨겁게 불타오르고, 슬픔에 잠겨있고, 이러저러한 것을 감탄하는 것입니다"라고 말할 수 있고 그렇게 말하는 것은 옳다. 우리 모두는 우리가 원하는 것을 자유롭게 그렇게 생각할 수 있는 것이다. 그런데 "이러저러한 것을 감탄하는 것입니다"라고 말하는 대신에 "이러저러한 것이 감탄스럽습니다"라고 말한다면, 그런 단정은 부정될 수 있다.

예를 들어 페늘롱의 문체와 루소의 문체의 차이는 메이르리의 바위산을 묘사하는 부분에서 두드러진다. "이 고독한 공간…에 충만한 아름다움은 오직 민감한 영혼들만이 좋아하는 것으로 다른 사람들에게는 끔찍하게 보입니다"[31](다음에 묘사가 이어짐).

"저 엄청나고 웅장한 사물들 한가운데 우리가 자리 잡았던 저 작디작은 땅에 보기 좋은 전원의 매력이 펼쳐졌습니다"(이어진 묘사).

페늘롱이라면 묘사를 한대도 그 묘사들이 마음에 만들어내는 효과부터 그려내는 일은 없었으리라.

---

31.   4부 17번째 편지.

더 좋은 예를 고를 수도 있겠지만 앞에서 메이르리의 바위산의 묘사를 시작하기 전에 두었던 인용문과 나중에 나오는 묘사를 교차시켜 자기감정이 그만 부정되어 버리는 우스꽝스러움을 피한다.

　한 사람이, 특히 유명한 사람이 우리에게 "그것은 얼마나 숭고한가"라고 말하면 그가 혼자 말하는 것이 아니라고 생각하게 된다. 그 사람과 함께 그것을 우리에게 말하는 수많은 목소리를 듣고 있다고 생각하게 된다. 권위가 우리의 마음을 사로잡아 버리는 것이다. 이런 주장이 우리가 공감하는 수많은 감정과 관련되어 있다면, 우리가 할 수 있는 일은 그것을 검토하는 것이 아니라 수용하는 것이다. 바로 이런 까닭에 루소의 문체가 페늘롱의 문체보다 훨씬 우리에게 영향을 미치게 된다. 엄청난 수의 물고기를 잡는 그물과 같다. 그러나 잡히는 건 대개 모래무지들이다.

페늘롱과 루소의 간략 비교

　우리는 머릿속에 떠오르는 대로 생각을 순서 없이

기록했다. 다음이 이를 요약한 것이다.

페늘롱의 방식을 그대로 유지한 채 장 자크처럼 한 마음의 상태를 잘 묘사할 수 있을지 모른다. 그러나 우리에게 생각하는 방법을 말해줄 수 있는 사람은 없다. 누구도 우리에게 그런 마음을 들게끔 갖춰 줄 수는 없고, 그저 우리에게 맡겨둘 뿐이다. 루소는 우리에게 어떻게 생각해야 하는지 일일이 말해 준다.

루소가 자기가 제시한 주장이 그만 부정되어 버리는 우스꽝스러운 상황을 무릅쓸 뿐 아니라, 부정할 생각을 할 수 있는 사람들에게 모욕을 가하면서 독자를 선동하는 일도 자주 있다. 예를 들면 "이 상태는 계속될 수 없는 종류의 것이다. 불안하고 끔찍하다. 자기 욕심을 채우는 악덕이나 영혼의 나태와 같은 것이나 우리를 그 상태에 남겨둔다"(『에밀』, 사부아 보좌신부의 고백).

첫째, 우리는 여기서 말하는 상태가 불안하지도, 끔찍하지도 않다는 점을 증명해주는 직접적인 사례를 많이 알고 있다. 둘째, 우리는 모욕을 당하면 화가 난다. 이 대목은 가능한 가장 반反페늘롱적인 대목이다.

다음처럼 말했더라면, 누구의 생각도 거스르지 않고

페늘롱의 문체도 유지할 수 있었을 것이다.

"이 상태는 계속될 수 없는 종류의 것처럼 내게 보였다. 불안하고 끔찍한 상태라고 생각했다. 그 상태를 견딜 수 있게 하는 것은 악덕과 나태가 아닐까 하고 나는 항상 생각했다."

하지만 남녀노소 불문하고 시골사람이나 열네 살 먹은 젊은이에게 그런 문체의 효과는 덜할 것이다. 그들이 뒤파티를 얼마나 찬미하는지, 반면 드 브로스에게는 얼마나 무관심한지 보시라.

그러나 독자의 정신에 새겨진 인상은 강력하기가 덜했음을 인정하자. 일반적으로 장 자크는 모든 수단을 강구하여 강렬한 인상을 만들어내고자 한다.

간혹 부르주아의 표현법을 사용하기도 한다. 예를 들면 "이 성찰에 덧붙여보시라" 등이다.

루소가 말하는 방식에는 사람들에게 선소리를 하는 것이 있다. "우리"라고 말할 때이다(『에밀』).

『사회계약론』의 문체는 격하고 급하다. 더욱이 지금까지 검토한 것 이상의 성격이 나타나니, 빈정대는 성격이 그것이다… 이 문체에는 몽테스키외의 희극적인 것이 없다. 루소의 문체가 희극적이고자 했다면 금세 불쾌해지고 말았을 것이다.

『에밀』 4권은 (조판본으로) 삼백 페이지에 이른다.
너무 길어 주의가 산만해진다. 너무 낡은 방식으로
보인다. 『법의 정신』과 『사회계약론』처럼 권과 장으로
나누는 것이 훨씬 좋다.

그리고 권과 장에 제목을 붙였으면 한다. 장 자크와
몽테스키외가 붙였던 제목을 보면 그 장의 결과를 보여
주는 때가 간혹 있다. 우리가 생각하기에 제목은 그
장에서 다루게 될 주제만 알려주는 편이 더 낫다.

몽테스키외와 샤토브리앙처럼 장들의 길이를 균일
하지 않게 하면 다채로와 보여 좋다.

"[…를] 두어 '보시라'."(『스펙터클에 대해서 달랑베
르에게 보낸 편지』의 주석)는 부르주아적 표현법이다.

『달랑베르에게 보낸 편지』의 문체는 신속하게 전개
되면서도 음수율이 맞춰져 있고, 그런 점에서 『사회계
약론』의 문체보다 더 낫다. 대단히 명확한 문체이다.
논쟁을 할 때 모방해봄직하다.

루소는 크게 이상한 것은 아니지만 주저하지 않고
다소 파격을 주기도 한다. 이런 것이 그의 문체가 평범하
지 않다는 증거이다. 'supporté' 대신 'porté'를 쓰고,

'par de longues ombres' 대신 'par longues ombres'를 쓰는 것 등이다.

파브리키우스의 활유법을 사용한 문체는 회중에게 웅변가의 생각을 공유하게 하는 데 대단히 적합해 보인다. 웅변가는 주제를 벗어나지 않고 청중에게 확신을 심어주는 모든 수단을 신속하고 강렬하게 이어지게 한다.

프랑스 사람들에게 미치는 루소의 영향은 정말 대단한 것이어서 일반적으로 그의 문체는 현대 작가들의 문체에 가장 가깝다. 몽테스키외와 라 브뤼예르의 문체보다 더 많은 사람들이 인정하는 호소력을 갖춘 문체이다. 우리는 그 문체가 사용하기 더 쉽다는 점을 추가하겠다. 라 브뤼예르와 몽테스키외의 짧은 문장은 항상 한 가지 사상, 뚜렷이 나타난 한 가지 사상만을 담는다. 반면에 루소는 우리에게 강력한 공감을 끌어내면서 많은 것을 받아들이게 만든다. 우리가 그의 문체에 매혹되지 않았다면 받아들이지 않았을 그런 것들을 말이다. 몽테스키외와 라 브뤼예르는 재기 넘치는 말을 하는 사람이지만, 루소는 무엇보다 마음에 호소하는 사람이다.

보쉬에

우리는 보쉬에의 문체에는 오직 하나의 음音만 있다고 생각한다. 공포를 일으키는 음이 그것이다. 그 밖에는 보나파르트의 무시무시한 장엄함이 있다. 정작 그가 살았던 루이 14세 시대의 원만한 고상함은 없다. 그것은 뷔퐁에게 나타난다.

이 점은 자연적인 표현으로 가득한 다음 표현에서 드러난다(「대大콩데 공의 추도사」).

"바닥에… 무슨 주제인가… 접근할 수 없는 산들이다… 모든 것이 뒤흔들리는 것을 보라… 그에게 말하지 말라… 어떤 것이었는지 들어라…"(「마리 테레즈의 추도사」). "그러니 한 왕국이 모든 악의 보편적인 藥임을 믿는가?…. 여러분에게 저 위에서 말씀하실 것이다…" (「라 발리에르」).

여러 생생한 표현법에 어떤 낯선 것을 덧붙이면서 공포를 증가시킨다. 둔탁한 해조를 통해 공포를 더욱 증가시키는 것이다. 즉 다듬고 유려한 것을 피하면서 그렇게 하는 것이다.

이런 식으로 보쉬에는 자신의 주제를 크게 키운다.

우리가 봤던 프랑스 문체 중에서 가장 장엄한 것이다. 그의 장엄함은 끔찍하다(이는 바티칸의 식스티나 성당에 있는 미켈란젤로의 예언자들이라 하겠다).

페늘롱의 문체의 장엄함은 천사처럼 순결하다.

보쉬에는 페늘롱이 호메로스와 그리스 저자들의 영향을 받은 것처럼 성경의 영향을 받은 것 같다. 보쉬에는 이 잔혹한 장르에서 프랑스의 모든 작가들을 넉넉히 압도한다. 추도사의 결함이 재미가 없다는 것이기에 보쉬에는 이내 자신을 무대에 세운다. 나는… 내가… 등등이다.[32] 이것도 전략이겠지만 그것의 효과는 스스로 무대에 서기라도 한 것처럼 나타난다. 보쉬에가 여러분에게 다가서기 위해, 그의 끔찍한 장엄함과 여러분의 공감을 결부시키기 위해 사용한 방법들 중 하나는 완벽히 자연스러움을 취하는 것이다. 다른 곳이었다면 진부했을 수도 있다. 예를 들면,

"우리가 세워 물을 뿜도록 한 공공 분수."

---

32.   [저자의 주] 대 콩데 공작 추도사의 시작과 끝. 부인, 특히 라 발리에르 부인의 시작 부분 "그리고 나는, 축성하기 위해" 이것은 그것이 자신의 정치에 불필요했다면 우스꽝스럽기까지 한 오만에 빠져 버린다.

게다가 이 모든 것은 성경의 어조이다. 그는 그 어조를 끊임없이 모방한다.

그의 표현법은 우리에게 간혹 도를 넘는 것으로 보이기도 한다. 그러나 우리가 그가 대상으로 삼아 글을 썼던 청중들과는 아주 다른 독자임에 주의하자.

"그녀가 옥좌에서 대단히 비천한 자였더라도 놀라지 마십시오. 오 경이로운 광경이여, 하늘과 땅을 감탄으로 황홀케 하도다! 등등"

이런 종류의 표현법은 우리에게 하품을 일으키게 한다. 우리에게 말하는 사람은 우리와는 아주 다른 사람이라, 어떤 흥미도 불러올 수 없다. 그러나 이러한 표현법들이 우리를 웃게 하지는 않는다. 우리는 넘치는 힘 때문에 생긴 결함을 보고 웃을 수는 없기 때문이다.

종종 보쉬에의 연설은 그저 성경의 표절에 불과할 때가 많다(마리 테레즈의 추도사). 그때 독서는 우리, 19세기 젊은이들로서는 대단히 권태롭다. 그러나 그 독서는 성경의 독서로 영향을 받은 신자들이라면 완전히 반대의 결과를 만들어낼 것이다.

바로 이것이 놀라운 정확함이다. 더욱이 그것이 존재하는 곳에 필수적이기도 하다(라 발리에르 부인의 고백에 대한 설교).

"여러분은 무얼 보셨습니까? 무얼 보고 계십니까? 어떤 상태인가요! 어떤 상태냔 말입니다! 저는 말할 필요가 없습니다. 사태가 스스로 충분히 말을 다했습니다."

그러므로 공포를 불러일으키고자 한다면 보쉬에를 모방해야 한다.[33]

(대단히 진실하고 대단히 잘 쓴 생각이 든다. 1813년 3월 15일)

플랑시, 1812년 6얼 24일부터 30일까지. 러시아로 떠나기 한 달 전에.

우리는 다음의 측면에서 문장을 충분히 분석해보지 않았다고 생각한다.

1. 주의를 집중해야 하는 대상들의 순서의 측면.

---

33. [저자의 주] 보쉬에와 몽테스키외가 그렸던 샤를마뉴 대왕의 초상을 비교해보라.

여기에는 깜짝 놀라게 하는 것이 들어 있거나, 알리베의 첫 문장처럼 자연스럽고 장엄한 명확성이 드러난다.

2. 루소와 브로스 법원장이 자주 쓰곤 했던 해조諧調의 파괴와 이에 대한 청각적 효과.

3. "[…] 식스티나 성당에서 최후의, 실제로 '최후의' 심판을 위해."

그리고 (관념들을 전개할 때 따르는) 자연적인 질서에서 서너 개의 긴 문장 다음에.

1815년 1월 8일

여러 가지 주석들

(내게 곧 시간이 생기면 앞의 논고에 추가해 보고자 한다)

단어들의 배치에서 도미니크는 비극적인 결합, 장엄함을 증가시킬 목적을 가진 결합을 증오한다. 그는 그것에서 단지 우스꽝스러운 것밖에 보지 않는다. 장 자크처럼 비극적인 것은 그것이 효과를 내지 않을 때 그에게 실패한 농담보다, 그라티아노(베네치아의 상인)나 팔스타프처럼 쾌활한 마음에서 출발하는 농담보다 더 우스꽝스럽게 보인다.

웃긴 것의 원천에는 항상 그의 관점에서 볼 때 이런 생각이 있다. "나는 당신보다 더 행복하다."

이 설명이 사실이건 아니건 브로스 법원장의 필요에 따라 자연스럽거나, 웃기거나, 비극적인 문체에 대한 도미니크의 취향은 확실하다.

두 달 동안 열심히 탐색해 본 뒤, 그러므로 도미니크가 취해야 하는 문체는 그런 것이었다. 그가 바로 그 자신이 되기를 바란다면 말이다. 이것이야말로 반드시 따라야 할 규칙 중의 규칙이다.

희극의 문체와 희극적 효과들의 결합이 필요함을 확신한 도미니크는 거기에 자기가 찾아야 할 운수가 있다고 생각했다.

1815년 1월 8일. 매혹적인 치키아베티아에서 희망을 품고 감정은 없이 돌아오며.

'잃어버린 환상'의 문학과 '환상 없는' 문학

시간이 흘러 주제가 낡은 것이 되었대도 자기 분야에서 일가를 이룬 대가들의 토론처럼 깊은 울림을 주는 것도 없다. 그들의 토론은 후세 사람들에게 늘 새로운 성찰의 기회를 마련한다. 더욱이 두 대가가 기질도, 성격도, 정치적 입장도, 각자의 예술 분야를 바라보는 시각과 방법도 다른 경우라면 더욱 그렇다. 그들의 토론이 아무리 격렬해 보이더라도 그 안에는 상대의 성취에 대한 깊은 존경이 담겨 있으며, 아무리 예의 바르고 격식을 갖춘 토론으로 보인대도 서로 평행을 달리기에 결코 만날 수 없는 뜨거운 공방전이 항상 숨어 있는 법이다. 잡지 지면과 서신으로 오갔던 일회적인 토론이었지만 스탕달의 『파르마의 수도원』을 이 시대의 걸작으로 인정한 발자크와, 소설가 발자크의 문학적 성취에 깊은 존경심을 품었던 스탕달의 우정 어린 문학 토론을 그저 문학사의 한 가지 일화로만 볼 수는 없다. 게오르크 루카치는 두 작가의 만남이 "세계문학사의 한 가지 대사건으로 괴테와 실러의 만남에 비견할 만하다"(György Lukács, *Balzac et le réalisme français*, Paris, Maspero, 1967, 91쪽)고 평가하지 않던가.

확실히 루카치는 앞의 책에서 "19세기의 가장 위대한 두 프랑스 리얼리스트" 발자크와 스탕달의 "본질적으로 탁월한 리얼리즘의 수준을 끌어내리는 모든 경향에 맞선 투쟁"(위의 책, 75쪽)을 높게 평가한다. 그러나 그는 두 작가의 소설 구성의 원칙과 문체에서 보이는 차이가 사소한 것이 아님에 주목했다. 소설에 정반대의 성격을 부여하고 이를 채색하는 방법도 다른 동시대의 두 작가가 문학적 이상과 가치를 공유하게 되는 것은 문학사에서 전례를 찾기 힘든 일이다. 바로 그런 이유로

이 두 작가의 토론은 『파르마의 수도원』한 작품에 대한 평가이기에 앞서 근대문학이 갖추고자 했던 체계와 사상에 대한 상이한 입장을 살펴보는 일이라고 할 수 있겠다.

발자크의 모습은 그의 방대한 문학 기획인 '인간희극 comédie humaine'의 여러 편의 소설에서 어렵지 않게 찾을 수 있다. 『고리오 영감』의 주인공 외젠 드 라스티냑은 법학 공부를 하려고 앙굴렘에서 파리로 올라온 청년으로, "우선 열심히 공부하기를 원했지만 곧 사람들과 교제해야 한다는 필요성에 이끌려"(『고리오 영감』, 박영근 역, 민음사, 1999, 44쪽) 파리 사교계의 문을 두드린다. 『골짜기의 백합』에서 집안의 막내로 태어나 "부당한 대접을 받고 있다고 확신"(『골짜기의 백합』, 정예영 역, 을유문화사, 2008, 12쪽)하지만 자기 안에 "세상을 정복할 만한 힘이 있음을 느끼"(같은 책, 120쪽)는 펠릭스 드 방드네스 역시 그의 또 다른 모습이다. 무엇보다 발자크 후기의 걸작 『잃어버린 환상』의 작가 지망생 뤼시앵 샤르동은 문학에 헌신하고자 했던 젊은 발자크의 야심과 절망을 탁월하게 재현한

옮긴이의 말
·····
261

인물이라고 하겠다. 파리 사교계와 저널리즘에 발을 들여놓으면서 매문賣文과 방탕에 빠져드는 뤼시앵의 모습에서 그가 창조한 인물과 다르지 않은 길을 걷고 있다고 생각하는 발자크의 자괴와 굴욕이 고스란히 보인다. 또한, 의사였던 아버지의 성姓 샤르동을 버리고, "드 뤼방프레 가문의 마지막 후예"(『잃어버린 환상』, 이철 역, 서울대학교 출판부, 2012, 26쪽)였던 어머니의 귀족 성을 따르고자 하는 뤼시앵은 자신의 성 발자크 앞에 귀족 출신을 나타내는 '드de'를 붙여 오노레 드 발자크로 불리고자 했던 작가의 사회적 욕망을 고스란히 드러내는 인물이기도 하다. 『고리오 영감』의 마지막 부분에서 "파리와 나와의 대결"(위의 책, 396쪽)을 선포하는 외젠 드 라스티냑처럼 발자크의 인물들은 그의 능력으로, 그리고 그를 사랑해 줄 (연상의 귀족) 여인의 도움으로 사회적 성공을 꿈꾼다. 파리와 파리 사교계에 전쟁을 선포하는 발자크와 그의 인물들은 재능이 오로지 돈으로만 평가되는 사회 깊숙한 곳에 들어가 자신의 '귀족성la noblesse'을 인정받고 귀족처럼, 혹은 귀족 이상의 삶을 살겠다는 욕망을 숨기지 않는다. 그 욕망은 자주 낭비벽으로 나타난다. 낭비 취향은 그가 귀족의 정신을 가졌다는 다른 표현이며, 인물들은 모두 낭비 없이 귀족이 될 수 없다는 것을 뼈저리게 느낀다.

그러나 발자크의 인물들은 모두 파산하고 좌절한다. 그들의 환상은 고스란히, 처절하게 깨지고 만다. 루카치가 지적했듯이 발자크 소설 제목인 '잃어버린 환상'은 그의 작품들은 물론 발자크 자신의 허황해 보이기까지 한 꿈이 포기되어가는 과정을 정확히 요약하고 있다. 잘 알려진 대로 발자크는 연이은 사업 실패로 인한 부채를 끊임없는 창작으로 상환하고자 했다. 그의 사업 실패는 두 번의 저널 창간과 폐간으로 정점에 이른다. 『잃어버린 환상』에서 생생하게 그려지는 파리의 신문들과 기자들의 복마전伏魔殿은 바로 그의 경험에서 나온 것이라고 해도 과언이 아니다. 1836년에 발자크는 왕당파 기관지였던 『라 크로니크 드 파리 La Chronique de Paris』를 인수하면서, 자신의 명성을 전면에 내세우는 한편, 호화로운 필진을 섭외하여 성공을 자신했지만 결과는 실망스러운 것이었다. 더욱이 이 실패에서 전혀 교훈을 얻지 못한 발자크는 1840년에 다시 한 번 새로운 문학 월간지 『르뷔 파리지엔 Revue parisienne』을 창간하고, 이번에는 오직 자신의 글만으로 지면을 채웠다. 발자크는 생트 뵈브를 비롯한 당대 문학의 적들을 가차 없이 공격함으로써 자신의 독자를 저널의 구독자로 만들어보고자 했지만 결국 이 사업도 완전한 실패로 끝났다. 물론 발자크가 문예지 창간에 공을 들이고 성공을 자신했던 일이 그의 허황한 몽상이었던 것만은 아니다. 당대 베스트셀러 작가였던 알렉상드르 뒤마, 외젠 쉬, 조르주 상드 등의 연재소설이 문예지 가입자 수의 척도가 되었던 시절이었다. 소설가로서의 발자크 의 명성과 누구도 따를 수 없는 그의 작업 속도라면 성공이 눈앞에 있는 것이나 다름없어 보였다. 그러나 그의 바람과는 달리 『르뷔 파리지엔』은 석 달 만에 3호를 끝으로 폐간되었다.

그러나 『르뷔 파리지엔』이 문학사에 영원히 남게 된 것은 발자크가 마지막 3호에 실었던 스탕달의 『파르 마의 수도원』에 관한 긴 서평에 기인한다. 스탕달은 이 시기 무명작가나 다름없었다. 우리가 그의 주저로 알고 있는 『연애론』, 『적과 흑』이 출판된 지 오래였지 만 반향은 전혀 없다시피 했다. 스탕달이 1839년에 출간한 『파르마의 수도원』 역시 반응이 시원치 않기는 마찬가지였다. 그러므로 발자크가 『르뷔 파리지엔』에 실은 기사를 읽고 스탕달이 깜짝 놀라 "문학 분야 최고의 감정인이 잡지에 한 사람에 대해 이렇게 깊이 연구한 적이 있었는가 싶다"(149쪽)고 했던 것은 전혀 과장이 아니다.

발자크는 『파르마의 수도원』을 읽으면서 이 소설의 작가 스탕달에게서 문학에 헌신하고자 했던 젊은 발자크 자신을 보았던 것일 수 있다. 『잃어버린 환상』에서 파리에 올라와 첫 번째 시련과 좌절을 겪던 시기에 뤼시앵을 격려했던 다니엘 다르테즈와 그의 친구들의 "오점 없는 생활"(『잃어버린 환상』, 위의 책, 247쪽)을 스탕달에게서 발견한 것이다. 이 책으로 그는 "좌절된 희망, 유산된 재능, 이루지 못한 성공, 상처받은 자부심의 그 끔찍한 보물인 질투를 몰랐던"(같은 책, 247쪽) 시절로, "파리의 사막에서 카르트방 가의 오아시스를 발견"(위의 책, 249쪽)했던 그곳으로 돌아갈 수 있었다. 발자크가 애정 어린 시선으로 스탕달의 이 작품을 여러 번 읽고 그 작품의 가치를 세밀히 드러내고자 했던 것이 이런 까닭이었다.

그래서 이 "전례가 없는"(155쪽) 서평에는 발자크의 서로 다른 두 가지 감정이 들어 있다. 동시대 작가들의 작품 위에 단번에 훌쩍 자리 잡은 걸작에 대한 공감과 찬탄이 하나라면, 바로 그런 까닭에 범속한 독자와 평단의 주목을 전혀 받지 못하고 문학사에서 이내 자취를 감추게 될 운명에 놓인 이 숭고한 작품을 '읽고 이해하게' 만들기 위해 스탕달이 어쩔 수 없이 타협해야 하는 부분들에 대한 충고가 다른 하나이다. 발자크는 스탕달의 문학적 발상과 성취가 "대단한 비밀로 싸여 있어서 이를 깨닫기 위해서는 연구가 필요"(140쪽)하다고 봤다.

그렇다면 스탕달의 걸작을 대중이 이해하고 즐기고 인정할 수 있으려면 무엇을 해야 할 것인가? 발자크는 『파르마의 수도원』의 작가 스탕달이 동시대 독자를 위해 어느 정도 양보해 줄 것을 요청한다. 우선 발자크는 스탕달과 자신의 문학적 입장의 차이를 지적하는 것으로 서평을 시작했다. 스탕달을 "'관념문학' 진영의 발군의 거장"(15쪽)으로 평가하면서, 발자크는 자신이 "절충주의 문학의 기치 아래 섰"(21쪽)다는 점을 밝힌다. 여기서 발자크의 '절충주의'란 "이미지와 관념을 모두 추구하고, 이미지 속에 관념을 넣거나 관념 속에 이미지

266

를 넣고, 변화무쌍함과 차분한 몽상을 모두 그려보고
자"(12쪽) 하는 것으로, 그것의 목적은 지난 시대의
문학이었던 '관념 문학'과 현대 문학의 한 경향으로서의
'이미지 문학'의 장점을 종합함으로써 "세계를 있는
그대로 제시"(11쪽)하려는 데 있다. 그런데 발자크가
보기에 스탕달은 『파르마의 수도원』에서 자신의 입장
을 "한 발짝씩 양보"(21쪽)함으로써 새로운 문학을 시도
하고 이를 성취했으니, 그의 작품이 현대 문학의 독자들
에게 접근하고 인정받을 수 있는 길은 이미 제대로
열린 것이다.

이 시기에 이탈리아 애호가였던 스탕달은 이탈리아
의 작은 도시 치비타베키아에서 이름 없이 살아갔다.
발자크의 주인공들이 "파리에 전쟁을 선포"하면서 귀
족들의 상류사회에 들어서서 성공을 꿈꾸던 시절이었
다. 그들은 왕정복고 이후 귀족들의 사교계가 모여
있던 포부르 드 생 제르맹에 들어가기 위해 안간힘을
쓴다. 바로 그 시대에 스탕달은 북이탈리아의 정수를
담아낸 대작을 만들어낸 것이다. 그렇다고 스탕달을
이국취미에 사로잡힌 작가로 보아서는 안 될 것이다.

그는 성큼성큼 이탈리아로 걸어 들어가 그 속에서 더없이 이탈리아적인 인물과 풍경과 사상을 그려냈다. 이 시대에 유럽의 작가들과 예술가들 치고 이탈리아로 떠나서 이탈리아를 소재로 작품을 그려내고자 하지 않았던 이가 없었던 것은 사실이다. 그렇지만 스탕달이 그려낸 이탈리아는 관념으로서의 이탈리아도, 이미지로서의 이탈리아도 아닌, 있는 그대로의 이탈리아 그 자체였다는 점에 주목하자. 발자크는 『파르마의 수도원』이 스탕달의 이탈리아에 대한 동경과 환상을 그린 작품이 아님을 단번에 알아차렸다. 발자크는 스탕달이 왜 이 작품에서 현대 이탈리아를 무대에 올렸고, 파르마라는 작은 공국에서 벌어지는 이야기를 하고 있는지 정확히 이해했다. 이 작은 공국에서 벌어지는 권력투쟁, 외교 분쟁, 연애사건에서 현대 유럽 전체의 정치·외교·사상을 고스란히 그려내고자 한 것이다. 그래서 명민한 독자라면 『파르마의 수도원』에 프랑스 절대왕정과 왕정복고의 역사는 물론 르네상스 이후 전 유럽의 역사가 고스란히 담겨 있음을 모를 수 없다. 바로 이것이 문학의 힘이 아닌가. 이 작품에는 한 작은 나라를 통치하는 군주, 그를 모시는 재상, 젊고 자유로운 정신을 가진 소년, 그 소년을 어머니처럼 아끼고 자신의 모든 것을 희생할 준비가 된 강건한 여인은 물론, 이들 주변에서 이야기를 떠받치는 조연들까지 섬세하게 그려져 있다. 파르마 공국에서 벌어지는 정치적 갈등과 술수들은 개별적이고 일회적인 것이 아니라 보편성과 항구성을 단번에 획득하고 있다고 할 수 있다. 이에 대해 루카치는 "스탕달이 현대 절대왕정의 전형적인 구조를 보여주는 한편, 이러한 사회적 상황의 기초에서 생겨나기 마련인 영원한 전형들les types éternels을 가장 전형적인 방식으로, 최고의 인간적 수준에서 재현해냈다"(루카치, 앞의 책, 74쪽)고 평가한다. 요컨대 이 소설에는 인물들 한 사람 한 사람의 초상과 그들이 맺는 복잡한 관계들이 놀랠 만큼 정확히 그려져 있으니, 문학에서 그 이상 바랄 것이 무엇이겠는가. 이런 점에서 스탕달은 19세기의 몰리에르이자, 19세기의 코르네유라고 할 것이다. 더욱이 스탕달은 이 두 대가를 하나로 종합하기까지 했으니 시대를 초월한 문학의 대가로 단번에 우뚝 선 것이다. 예법과 도덕에 구애받지 않는 영웅적인 인물들의 숭고한 사상과 행동을 그려냈다는 점에서 그는 코르네유이며, 희극적인 성격의 인물들을 직접 눈앞에 보듯 생생하게 살아 움직이는 모습으로 그려냈다는 점에서 그는 몰리에르와 같았다. 더욱이 몰리에르의 희극성과 코르네유의 숭고함을 모두 갖췄다는 점에서 그들 이상이라고 하겠다. 발자크 역시 이탈리아 인물들을 창조하고 그들의 성격을 세심히 그려보았지만 스탕달이 그의 작품에서 이뤄낸 성취에는 미치지 못했음을 인정한다. 이때 발자크는 스탕달과 자신의 차이를 부각하는 것이 아니라, 자신의 역량이 그에게 미치지 못한다는 점을 고백하는 것이니, 이것이야말로 비평가가 줄 수 있는 가장 큰 찬사가 아니겠는가?

그러나 발자크는 아쉬움도 감추지 않는다. 물론 이 긴 서평에서 발자크의 찬사와 아쉬움의 양적 '불균형'이야말로 스탕달에게 보낸 발자크의 경의를 뚜렷이 드러내는 것이다. 발자크의 불만은 구성과 문체의 두 가지로 요약된다. 발자크는 서평에서 『파르마의 수도원』의 여러 인물 가운데 지나와 모스카, 지나와 페란테 팔라의 관계를 부각했다. 다시 말하면 이 소설의 주인공이라 할 수 있는 파브리스 델 동고라는 인물과 그가 담당하는 역할이 뚜렷이 나타나지 않는다는 아쉬움이다. 발자크는 이 소설을 차라리 파브리스의 고모 지나를 주인공으로 삼거나, 아니면 파브리스를 "이탈리아 젊은이를 대표하는 인물"로 그리면서 "이 젊은이를 드라마의 중심인물로 삼"아, "그에게 위대한 사유를 제공하고, 주변의 천재적인 사람들보다 그를 더 우월한 존재로 만들어주는 감정을 갖춰주었"(132쪽)으면 어땠을까 생각한다. 특히 파브리스가 주교관을 쓰고 수도원에서 죽음을 맞이하는 마지막 장면은 "완결되었다기보다는 스케치 상태로 끝난다"(126쪽)는 점을 잊지 않고 지적했다.

더욱이 발자크는 "긴 문장은 제대로 구성되지 않았고 짧은 문장에는 조화가 부족"한 문체상의 결함도 지적한다. 그에 따르면 "문법적인 오류들은 허술하고 부정확"(135쪽)한 것인데, "섬세하지 못한 이런 오류들은 작업에 결함이 있었다는 증거"이다. 발자크로서는 문체와 구성의 두 결함을 보완한다면 그의 작품이 더 많은 독자를 거느리고 인정받을 수 있으리라 생각하는 것이다.

스탕달은 치비타베키아에서 발자크의 기사를 접하

고 당혹스러워한다. 발자크가 자신을 너무 추켜세운 것이 아닌가 하는 부담 때문이었다. 그렇지만 스탕달이 발자크에게 보낸 편지에 기대 이상의 찬사를 받은 것에 대한 감사의 뜻만 담긴 것은 아니었다. 그는 발자크에게 편지를 보내기 전에 적어도 이 주 동안 고심했고, 편지를 발송하기 전에 세 번의 초고를 썼다. 우선 스탕달이 놀라워 한 것은 단지 프랑스 최고의 작가가 누구도 주목하지 않았던 자신의 작품을 꼼꼼히 읽고 서평을 썼기 때문만은 아니다. 그는 오히려 발자크가 자신과 자신의 작품을 예리하게 정확히 읽었다는 점에 당황한다. 잘 알려진 대로 백여 개의 필명 뒤에 숨었던 스탕달을 발자크는 그의 본명인 '벨 씨'로 불러냈다. 다시 말하면 스탕달은 발자크의 서평에서 필명이라는 베일 속에 감춘 자신을 똑바로 바라보면서 그 베일을 무방비로 벗겨내는 '생생한 눈l'œil vivant'을 발견한다.

그런데 스탕달은 대가 발자크의 날카로운 시선이 자신의 문학과 작품을 예리하게 분석했지만 여전히 자신의 여러 겹 베일을 완전히 벗겨낸 것은 아니라는 점에 안도한다. 그것은 발자크의 안목의 문제인 것은 아니다. 스탕달은 발자크 비평의 공정성을 의심하지

272

않지만, 여전히 줄지 않은 채 남아 있는 자신과 대가의 거리를 발견하고 또 그 거리를 유지하고자 한다. 발자크는 우정을 담아 스탕달에게 작품의 구성과 문체를 손보라고 권했다. 그러나 스탕달은 자존심에서든, 입장의 차이에서든 발자크의 충고를 수용할 수 없었다. 사실 문체와 구성의 결함을 가진 훌륭한 작품이 어떻게 가능한가?

앞서 살펴본 대로 발자크는 『파르마의 수도원』을 분석하면서 파브리스라는 인물이 충분히 부각되지 않았다고 생각했다. 그런데 스탕달은 발자크의 지적에 동의하지 않는 것 같다. 그는 발자크에게 보낸 편지에서 "파브리스라는 언급을 그렇게 자주 반복하지 않을 필요가 있었"(151쪽)다고 썼다. 사실 『파르마의 수도원』에서 파브리스는 다른 주인공들과는 다른 세계에 사는 것처럼 보인다. 그는 이 소설 속에 이어지는 여러 사건들의 일부에만 등장하지만 그의 존재가 영향을 미치지 않는 사건이 없다. 파브리스는 엘베섬을 탈출해 파리에 입성한 나폴레옹을 따라 워털루 전투에 참전하고, 질레티라는 연적을 살해한 죄로 파르마의 성채에 감금되지만 그가 이렇게 부재할 때조차 소설의 다른 인물들의 행동을 좌우하는 존재이다. 그는 파르마의 그 어떤 실력자들보다 자유롭고, 그들의 행동을 구속할 수 있는 유일한 인물이다. 그 누구도 우발적으로 연적을 살해한 파브리스에게 적절한 형량을 매길 수 없고 정당한 처벌을 내릴 수 없다는 것이 한 가지 이유이며, 이 소설에 등장하는 그 누구도 파브리스의 사랑을 받을 자격을 갖추지 못했다는 것이 또 다른 이유이다. 수많은 연인들을 거느리고, 군주 부자조차 소유할 수 없었던 산세베리나 공작부인조차 조카의 사랑을 얻는 데 실패한다. 그러므로 『파르마의 수도원』에서 파브리스는 그 어떤 세속의 권력과 사랑으로도 포섭이 불가능하며, 심지어는 종교의 구속으로부터도 벗어난 존재라고 하겠다. 파르마에서 그를 둘러싸고 벌어지는 음모와 계략이 심화될수록 이를 초월해 있는 파브리스의 순수성은 더욱 두드러진다. 세속 권력을 추구하는 사람들로서는 그의 행동을 무모하다고 생각하겠지만 그가 품은 이상을 따라 본다면 그 행동은 숭고한 것이다. 그래서 그는 목숨을 내걸고, 고모의 사랑도 물리치고, 그에게 약속된 미래의 주교직도 내버리고, 그가 꿈꾸는 클렐리아와의 사랑을 기대하기도 어렵지만 전혀 주저하지 않고 파르마의 성채로 걸어 들어간다.

환상이 차례로 무너지는 인물들의 좌절과 분투를 그려내는 발자크로서는 파브리스라는 인물을 상상하기 어렵다. 스탕달의 파브리스는 애초에 잃어버리고 말 환상이 없는 인물이다. 더 정확히 말하자면 설령 파브리스가 환상(나폴레옹에 대한 환상, 클렐리아에 대한 사랑의 환상) 속에 살아간대도, 그는 절망하거나 환멸에 사로잡히는 일이 없이 그 환상 속에서 행복하게 죽을 수 있는 인물이다. 그러므로 파브리스에게 환상이란 없으며, 그의 정신은 이상과 현실이 투명하게 비추는 거울과 같다.

이런 의미에서 스타로뱅스키는 스탕달의 소설들에 반복해서 등장하는 유폐claustration와 은둔réclusion의 테마를 설명한다. "이름이든, 육체든, 사회적 조건이든 모두가 감옥"이기는 마찬가지이지만 그 감옥의 문에는 "탈주가 불가능하다고 생각할 정도로 완전히 빗장이 걸려 있지는 않다"(Jean Starobinski, *L'Œil vivant*, Gallimard, 1961, 199쪽). 스탕달이 수많은 필명 뒤에 숨는 것이나 그의 소설의 여러 인물들이 유폐되고 감금되거나 은둔하는 이유를 여기서 찾을 수 있다. 파브리스는 클렐리아를 사랑하기 위해서 성채로 걸어 들어가지만 이는 동시에 사랑받기 위한 것이다. 그의 육체는 성채에 감금되지만 바로 그때 그의 정신은 사랑받게 된다. 그런데 동시에 그의 정신이 사랑받는 곳은 정확히 그가 육체의 근본적인 구속을 벗어나는 곳이기도 하다. 그러므로 파브리스는 감금되기 위해서가 아니라 자유롭기 위해 성채에 들어간다(이는 정확히 『적과 흑』의 쥘리앵 소렐의 경우이기도 하다). "우리가 주인이 될 수 없는 불투명한 육체에 갇혀 살아간다는 것은 죽음과의 의심스러운 동거를 통해 살아가는 일"(스타로뱅스키, 위의 책, 204쪽)이다. 육체가 정신의 도약을 제한하는 구속인 것처럼, 이름 역시 자아를 규정하는 조건이라면, 의지로써 육체를 벗어나고 필명으로써 사회적으로 규정된 자아를 부정하는 것이 스탕달이 추구하는 문학적 자유이자 실존적 해방이다. 발자크의 세계에는 이런 추상적인 관념이 들어설 자리가 없다. 환상의 끝도 죽음이고 환멸의 끝도 죽음이지만, 스탕달의 죽음은 모든 구속으로부터의 초월인 반면, 발자크의 죽음은 영혼을 담보로 메피스토펠레스와 맺는 계약이다(『잃어버린 환상』의 마지막 부분에 등장하는 뤼시앵과 에레

276

라 신부의 관계는 정확히 파우스트와 메피스토펠레스의 그것과 동일하다).

마지막으로 발자크가 자신의 문학비평에 도입한 데생과 색채의 문제를 살펴보자. 17세기 아카데미에서 논의된 이 오랜 논쟁은 이상적인 선線과 변화무쌍한 색色 중 어떤 부분이 회화의 핵심인가에 대한 질문에서 비롯되었다. 라파엘로의 선인가 루벤스의 색인가? 이 문제는 이성이냐 정념이냐, 규칙이냐 파격이냐, 이상이냐 형식이냐, 관념이냐 이미지이냐를 묻는 것이기도 하다. 발자크는 서평에서 이 회화의 논쟁을 '관념문학'과 '이미지문학'의 대립을 설명하기 위해 차용했다. 발자크가 보기에 스탕달은 두말할 것 없이 데생주의자이다. 스탕달에게는 모든 것이 명확하며, 변화무쌍한 색채의 변화는 들어설 여지가 없다. 스탕달은 이탈리아의 정신을 가진 것이다. 이탈리아의 풍광에서 수직으로 내리쬐는 태양은 모든 것을 명확하게 드러내고 있으니 색채의 변화는 의미가 없다. 그저 널찍한 붓으로 과감히 터치하는 것으로 충분하다. 그러나 수시로 변하는 빛과 유동하는 대기에 따라 사물을 바라볼 수밖에 없는 곳에서 윤곽은 흐릿해질 수밖에 없으며, 화가는 좁은 붓으로 그 미세한 변화를 섬세히 그려내야 한다. 발자크의 세계에서 그가 창조한 인물들은 처음에는 명확하게 보였던 이상이 점차 추악하게 무너져내려가는 것을 지켜본다. 그러나 스탕달의 인물들은 흐릿한 윤곽으로 시작했어도 점차 뚜렷해지면서 마지막에는 더없이 투명해진다. 이런 차이가 동시대의 두 대가를 서로 다른 문학의 길로 가게 했던 것이리라.

발자크와 스탕달

초판 1쇄 발행 2019년 7월 12일

지은이 발자크·스탕달 | 옮긴이 이충훈 | 펴낸이 조기조
펴낸곳 도서출판 b | 등록 2003년 2월 24일 제2006-000054호
주소 08772 서울특별시 관악구 난곡로 288 남진빌딩 302호
전화 02-6293-7070(대) | 팩시밀리 02-6293-8080
홈페이지 b-book.co.kr | 이메일 bbooks@naver.com

ISBN 979-11-89898-02-1 03860
값 14,000원